スパイゲーム

核戦争に最も近づいた日

Fallout

スティーヴ・シャンキン 著
STEVE SHEINKIN
寺西のぶ子 訳
NOBUKO TERANISHI

亜紀書房

姉のレイチェルへ
あなたが私の道しるべとなってくれました

CONTENTS

スパイゲーム

核戦争に最も近づいた日

目次

PART 1

二枚の空洞コイン

PART
2
ハリネズミ作戦

PART 3 睨み合い

ラヴレンチー・ベリヤ	スターリン時代の内務人民委員部(NKVD)の長官
オレグ・ペンコフスキー	ソヴィエト軍参謀本部情報総局の大佐
ニコライ・シュムコフ	B-130潜水艦の艦長
ヴィタリ・サヴィツキー	B-59潜水艦の艦長
ヴァシーリイ・アルヒーポフ	ソヴィエトの海軍中佐、小艦隊司令官
アレクセイ・ドゥビフコ	B-36潜水艦の艦長
ルドルフ・アベル	アメリカに潜入したソヴィエトのスパイ
ロナ・コーエン	ソヴィエトのスパイ
レイノ・ハイハネン	ソヴィエトのスパイ。ルドルフ・アベルのアシスタント
セルゲイ・コロリョフ	ソヴィエトのロケット科学の第一人者
ユーリイ・ガガーリン	ソヴィエトの宇宙飛行士
アンドレイ・サハロフ	ソヴィエトの水素爆弾計画を率いる物理学者

イギリス

グレヴィル・ワイン	MI6の諜報員
ジャネット・チザム	MI6の諜報員

キューバ共和国

フィデル・カストロ	キューバの最高指導者、首相
ホセ・ペレス・サン・ロマン	職業軍人
エルネイド・オリバ	職業軍人

その他

久保山愛吉	アメリカ合衆国がビキニ環礁で行った水爆実験で被災した第五福竜丸の無線長
ハリー・ザイデル	東ドイツの元自転車競技選手

おもな登場人物

アメリカ合衆国

ハリー・トルーマン	第33代アメリカ合衆国大統領
ドワイト・アイゼンハワー	第34代アメリカ合衆国大統領
ジョン・F・ケネディ	第35代アメリカ合衆国大統領
ジャクリーン・ケネディ	ケネディの妻、ファーストレディー
ロバート・マクナマラ	ケネディ、ジョンソン政権下の国防長官
ロバート・ケネディ	ジョン・F・ケネディの弟。ケネディ政権下の司法長官
フランシス・ゲイリー・パワーズ	アメリカ空軍パイロットで、その後「特別任務」にあたる
バーバラ・ゲイリー・パワーズ	フランシスの妻
ジョン・ロッセーリ	アメリカの犯罪組織の大物。通称ハンサム・ジョニー
エヴリン・リンカン	ケネディ大統領の個人秘書
アラン・シェパード	アメリカの宇宙飛行士
カーティス・ルメイ	アメリカの空軍参謀総長
ジョン・マコーン	ケネディ、ジョンソン政権下のCIA長官
ジミー・ボーザート	新聞配達の少年。偶然、スパイ活動の決定的証拠を手にする
エドワード・テラー	ハンガリー生まれ。アメリカの物理学者
ロバート・オッペンハイマー	アメリカの物理学者
スタニスワフ・ウラム	アメリカの数学者
ジェームズ・ドノヴァン	ルドルフ・アベルの弁護士

ソヴィエト連邦

ニキータ・フルシチョフ	ソヴィエト連邦の第一書記
ニーナ・フルシチョワ	ニキータ・フルシチョフの妻
セルゲイ・フルシチョフ	ニキータとニーナの息子
ヨシフ・スターリン	1924年から53年までソヴィエト連邦の最高指導者
ゲオルギー・マレンコフ	スターリンの側近。ソヴィエト連邦高官

あなたは、暗い森の奥深くへ相手を連れていかねばならない。そこでは、二足す二が五になる。
そして、森から抜け出す道は、ひとりが通れる幅しかない。

ミハイル・タリ
第八代世界チェス・チャンピオン

スパイゲーム

凡例

［　］は訳者による補足である。

訳注は行間に番号（＊1、＊2……）をつけ、章末に記した。

プロローグ

新聞配達の少年

その子は、六階を目指して暗い吹き抜け階段を上っていた。お目当てはそこそこのチップだけ、一五セントもあればいい。ロシアのスパイ一味の退治なんておまけがつくとは、思いもよらなかった。

一九五三年六月のある金曜日の午後、ニューヨークのブルックリン区で『ブルックリン・イーグル』紙を配達する一三歳の少年、ジミー・ボーザートは、新聞代を集金していた。一週間の購読料は三五セントだが、たいていは五セントか一〇セントのコインを余分にもらえる。このアパートの最上階に住むふたりの元教師は特に気前がよくて、いつも二五セントのコインを二枚くれた。

ジミーは、その女性教師たちが住む部屋のドアをノックした。ひとりが出迎えて、コインを手に握らせてくれた。いつもより枚数が多い。失礼にならないように、ドアが閉まってから手を開いて見る。

いいぞ。二五セントが一枚と五セントが五枚だ。

ところが、階段を下り始めたところでかかとが引っかかり、コインが手から飛び出た——カチカチと音を立てて弾みながら、くるくる回って落ちていく。ジミーは慌ててコインを追いかけた。二五セントが最初に見つかり、続いて五セントが四枚見つかった。もう一枚はどこだ？　天井の電球は切れていた。はるか上の窓から反射して差し込むかすかな光を頼りに一段ずつ探していくと、見慣れたデザインのトマス・ジェファーソンの邸宅、モンティチェロが見えた。五セントコインの裏側のデザインだ。

見つかったのは裏側だけだった。

銀色に光る薄い金属を拾い上げると、表側がなかった。

表側は踊り場で見つかった。横にぎざぎざがなく、ジェファーソンの顔が浮き彫りになっている普通の表側だったが、内側がくり抜かれていた。空洞のなかに何かが詰め込まれている。正方形の黒いものだ。フィルムの小さな切れ端みたいに見える。

ジミーはそれをほじくり出して、窓の光にかざした。細かい数字が印字されたフィルムだ。五桁の数字がびっしりと並んでいる。暗号か何かだろうか？

これはいったい何なんだと考えながら、ジミーは大急ぎで家に向かった。第二次世界大戦中にソヴィエトのスパイがアメリカの原子爆弾の秘密を盗んだことは、誰もが知っていた。今や、アメリカ合衆国とソヴィエト連邦は冷戦の真っただ中で、新たな敵のスパイがいてもおかしくはない。このコインは何か関係があるのだろうか？

家に帰り着くと、父が小さなフィルムを虫眼鏡で観察した。それが何なのか、数字にどんな意味があるのか、さっぱりわからなかった。父は、この得体のしれない拾得物は警察に届けた方がいいと言う。

ジミーの頭に、八年生の自分のクラスにいるキャロリン・ルワインドが浮かんだ。彼女の父親は刑事だ。キャロリンのアパートまで走っていき、彼女と母親にコインとフィルムを見せる。刑事はまだ仕事から戻っておらず、ジミーはコインをポケットにしまってアパートを出た。

帰宅したキャロリンの父は、ジミー・ボーザートという赤毛の男の子が暗号化されたメッセージのようなものが詰まった空洞のコインを持ってきたと、妻から聞かされる。ルワインド刑事は、なぜその子を帰らせたのかと妻に文句を言った。スパイ活動の決定的証拠だったかもしれないのに。刑事はボーザートのアパートへ急いだ。

ボーザート氏は息子の居場所に心当たりがなく、妻なら近くの教会でビンゴゲームをしていると教えた。息子は彼女のところに立ち寄ったかもしれない。

刑事が教会に駆け込むと、まだゲームの最中だった。ジミーの姿はない。刑事はビンゴゲームの賞金を没収した。例のコインが混じっていないとも限らない。

刑事が表に出ると、アイスクリームの屋台を押す男が歩道を通りかかった。刑事は、アイスクリーム屋の売り上げも押収した。念のためだ。

振り返ると、大勢の男の子が路上でスティックボールをしている。ひとりずつ確認する彼の視線が、髪が赤くそばかすのある少年に貼りつく。自分の娘と同じ年頃だ。

刑事は、スティックボールに割って入って尋ねた。「きみがボーザートか?」

ジミーはうなずく。

「例の五セントはどうした?」。

ジミーはポケットに手を突っ込み、五セントを取り出した。

刑事はさっとコインを取り上げ、自分のポケットから別の五セントを出してジミーにわたした。

「これで損はしないだろ」。刑事はそう言った。

ジミーは五セントを受け取って、スティックボールに戻った。

彼が、自分は世界の二大強国を三度目の――そして最終の――世界大戦勃発の瀬戸際に追いやる一連のできごとに巻き込まれていたと理解するのは、大学生になってからだ。

PART 1

二枚の空洞コイン

冷戦の戦士

これはスパイとスパイキャッチャーの話だ。そしてスーパーボムと宇宙開発競争の話、アメリカ合衆国とソヴィエト連邦を中心とする世界規模の衝突の話でもある。また、冷戦の最も激しかった時期に、人類史上最悪の危機を迎えた瞬間の話でもある。ところが、争いの規模はそれほど壮大でありながら、事態をいずれかの方向へ押し進める大きな役割を果たしたのは、些細なことがらや一見平凡な人々だった。

新聞配達の少年がもらったチップは、世界の終焉にどうつながったのか？

それを知るにはもう少し時間が必要だ。

空洞の五セントは、ニューヨーク市警察から連邦捜査局（FBI）に回された。ふたりのFBI捜査官が、そのコインをジミー・ボーザートにわたした元教師たちから事情を聞いた──とはいえ、ある一枚のコインをどこで受け取ったかなど、覚えている人はそうそういない。きっと、私たちのどちらかが食料品店でもらったおつりだったのよ、とふたりの女性教師は話した。それとも、地下鉄のトークン［地下鉄に乗るためのコイン型代用貨幣］を買ったときのおつりかしら。ふたりは、信用できそうだった。これ以上の質問は意味がない。

ふたりの捜査官は見方を変えて、市内にある手品用品の店を訪ねた。店員に空洞コインを見せて、出所について手がかりを得られないかと期待する。

「手品のしかけには向かないね」。ひとりの販売員が、捜査官にそう言った。「くり抜かれてる部分が小さいし、これじゃあ小さな紙きれぐらいしか入らないよ」。つまり、ステージでやる手品にはふさわしくない。

販売員は、表と裏に分かれたコインを手に載せて、こういうのは見たことがないと語った。工場で大量生産するような、ちゃちな記念品ではない。それぞれ別々の本物の五セントで作られていて、巧妙にくり抜かれ、それに——ここ、見てくれよ——こいつを作ったやつは、TRUSTって文字のRのところに肉眼で見えないくらいの小さな穴を開けてる。穴があると知ってたら、針を刺してコインを開けられる。

こういうのを作るのは誰だ？

誰もいない。販売員が知る限りは。

捜査官は販売員に礼を言い、他の店もいくつか当たってみたが、同じように手詰まりの答えしか得られなかった。打つ手はもうあまりない。小さなフィルムの方は、ワシントンＤＣにある政府の暗号解読担当者のもとへ向かっていた。もしかしたら、何かがわかるかもしれない。

わからないかもしれないが。

そうこうするうちに、FBIは別の事件の捜査に移っていった。

ジミー・ボーザートは八年生を終え、『ブルックリン・イーグル』紙の配達を続けていた。

そして、五セントのコインをくり抜いて暗号を隠した男、アメリカに滞在するソヴィエトの最高ランクのスパイは、ブルックリンに住み続け、活動していた。ボーザートの家族が暮らすアパートからわずか数キロしか離れていない場所で。その名は、エミル・ゴールドファス。アンドルー・ケアイオティスとも名乗っていた。

マーティン・コリンズという名も持つ。

本名は、ウィリアム・フィッシャーだ。

話をわかりやすくするため、ここでは彼がアメリカで有罪判決を受けた名前を使って、ルドルフ・アベルと呼ぶことにしよう。まずは、さかのぼること五年、冷戦が始まって間もない一九四八年に、ソヴィエト連邦の首都モスクワで彼がどうしていたかを振り返る。

「付託された機密を漏らす事態となれば死を選びます……心臓が拍動するたび、一日が過ぎ去るたびに、党と故国のため、そしてソヴィエト国民のために働くと誓います」。

ルドルフ・アベルはこの神聖な誓いを、モスクワにあるルビャンカ、すなわちソヴィエト連邦国家保安委員会、別名KGBの本部で行った。その日の晩、彼は妻と娘に別れのキスをした。

次に会えるのがいつかは、わからない。何年も先に違いない。カナダのケベック行きの船に乗り込み、アベルは新たな任務に向けて旅立つ。アメリカでソヴィエト連邦のスパイネットワークを拡大し、アメリカの新型爆弾の技術を盗み、ソヴィエトが第三次世界大戦で輝かしい勝利を収める道を開く一翼を担うのだ。

それがすべてだった。

彼はこの使命のために、それまでの日々を生きてきた。彼の生まれはイギリスで、両親はドイツ帝国とロシア帝国の血を引いていた。一九二一年、彼が一八歳のとき、家族はロシアへ移住する。共産党が国の支配権を握ったばかりの頃で、国名はやがてソヴィエト社会主義共和国連邦に変わる。共産主義のもと、あらゆる権力を掌握する中央政府はすべての国土、工場を国有とし、国の経済を隅々まで統制した。そして理屈のうえでは、政府は権力を行使して、国家の収入をすべての労働者に公正に分配する。アベルの両親は共産主義の約束を信じ、アベルも賛同するようになった。彼は若くして、ソヴィエト連邦がその政治形態を全世界に広めるために力を貸すという目標を定めた。

すらりと背が高く、骨ばった顔で目つきが鋭いアベルは、ロシア語の他にドイツ語、英語を流暢《りゅうちょう》に話した。また、道具作りや機械修理の才能にも恵まれていた。スパイに役立つ資質だ。彼はソヴィエトの情報機関に採用されたのち、ノルウェーに潜入して数年間暮らし、電子機器のセールスマンを装いながら、仲間のスパイとつながる無線ネットワークを築いていった。第二次世界大戦中、ドイツ国がソヴィエト連邦を攻撃すると、アベルは敵方に潜り込むという恐ろしく危険な任務を引き受けた。彼はドイツ軍の司令官たちに自分を味方だと思い込ませたうえで、彼らにとって有害な偽情報を与え、間もなく始まるソヴィエト軍による攻撃から注意をそらせた。

　アベルが得た報酬は、新たな任務だった。今回の敵はアメリカ合衆国だ。

　第二次世界大戦が終了してわずか三年だったが、すでにさまざまな変化が起きていた。戦時中、ソヴィエトとアメリカは同盟国であり、共通の敵、アドルフ・ヒトラー率いるドイツと戦うために団結していた。両国は力を合わせてヒトラーを打ち負かし、両国ともヨーロッパ戦線における勝者となった。そして、一九四五年に戦争が終わると、ソヴィエト連邦とアメリカ合衆国は、他の追随を許さない二大強国となった。

　だがふたつの大国は、たちまち戦後の構想でぶつかり合う。たとえば、戦争中にドイツに征服された東欧の国々に関する構想だ。アメリカの首脳は、民主主義政権の樹立を期待した――合衆国と友好関係を築く政権になるだろう。ソヴィエトの独裁者、ヨシフ・スターリンの見方はまったく違っていた。スターリンの軍隊は、何百万というソヴィエト兵を犠牲にして東欧からヒトラーを追い払った。したがって、地球上のその地域を支配するのは彼であり、手放すつもりはなかった。スターリンは、ひとり、またひとりと、自分のいいなりになる指導者を擁立し、東欧の新しい共産主義政権を統制しようとした。反対勢力、自由や民主主義を求める声は、断固として鎮圧した。

「大陸を横切る、鉄のカーテンが降ろされたのであります」。第二次世界大戦中にイギリスの首相であったウィンストン・チャーチルは、一九四六年、アメリカ訪問中の演説でそう述べた。

そのイメージは、鮮明で恐ろしい——ヨーロッパに横たわるバリア、自由主義世界と共産主義世界を分断する線だ。自らの帝国の境界をさらに押し広げようとするスターリンを阻止するには、どうすればよいのか？　ソヴィエトの支配下に入る人をこれ以上増やさないようにできるのは誰なのか？

アメリカがその仕事を引き受けると宣言したのは、アメリカ合衆国大統領のハリー・トルーマンだった。「トルーマン・ドクトリン」として知られるようになる政策を通じて、大統領はソヴィエト支配圏の拡大防止を目標にすると約束した。

そして一九四八年の秋には、ルドルフ・アベルが大西洋を西に向かって渡り、アメリカ合衆国とソヴィエト連邦は全世界におよぶ覇権と影響力をかけた争い——冷戦——で、しのぎを削っていた。

どちらの側も、勝つか負けるかの戦いだと認識していた。

いくつもの偽名と偽のパスポートを駆使して、ルドルフ・アベルはケベック市から列車でモントリオールへ移動した。バスで国境を越え、さらに南へ向かう。ニューヨーク市に到着すると、ソヴィエトの外交官が現金一〇〇〇ドルをこっそりとわたしてくれた。アベルは小さなアパートを借り、新しい住処《すみか》をじっくりと調べた。

次のステップは、司書に会うことだ。

空洞コイン #1

彼女の名は、ロナ・コーエン。三五歳のニューヨーカーで、日中は司書として働く——ソヴィエト連邦の秘密諜報員としてのキャリアも長い。第二次世界大戦中、彼女はティッシュの箱に隠した原子爆弾の設計図をFBI捜査員の目を欺いて持ち去り、ソヴィエトのスパイとして伝説的な地位を得た。ルドルフ・アベルが、アメリカで新たなソヴィエトのスパイ網を築くために手を組みたいのは、まさしくそういうスパイだった。

ふたりは、ブロンクス動物園で会うことになっていた。アベルはコーエンの後をつけながら動物園へ向かい、彼女が尾行されていないかを確かめた。自分の相棒の候補が充分に鍛えられているのはすぐにわかった——スパイの手口や技術が身についている。コーエンは、専門技術で確実に追っ手をまいていた。込み合った店に正面入り口からふらりと入り、通用口から飛び出る。地下鉄に乗って、ドアが閉まる寸前に飛び降りる。アベルほどの腕がなければ、見失っていただろう。

アベルとコーエンは、動物園内のバードハウスの外で落ち合い、一緒にベンチに腰かけて計画を練り始めた。

それから数ヵ月間、ふたりのスパイはたびたび顔を合わせ、外出を楽しむ普通の友人のように公園や美術館のなかを歩いた。

その間にも、冷戦は急速に広がりをみせていた。

アメリカ軍が所有する原子爆弾は、一九四六年には九発だったが、一九四九年には一七〇発にまで増える。

対するソヴィエトは、一九四九年八月に初の核実験を行い、成功させる。

一九四九年一〇月には、世界一人口の多い国、中国で、中華人民共和国の建国が宣言され、中国共産党が政権を握る。

アメリカ合衆国大統領、ハリー・トルーマンは、大きくエスカレートした手段で対抗した。一九五〇年一月三一日、トルーマンは世界に向けて、合衆国は新型爆弾の製造に着手すると発表した。スーパーボムとも呼ばれる爆弾だが、正確にいえば水素爆弾だ。

物理学の教科書を娯楽として読むルドルフ・アベルは、基礎科学を理解し、水素爆弾の威力には事実上限界がない理由を理解していた。そのように恐ろしい兵器の開発は可能なのか？もしかすると可能では――世界の一流の物理学者が抱く疑問だった。

アメリカから、役立つ秘密を盗み出すのは可能なのか？　もしかすると可能では——アベルが効果的なスパイ網を築けたならば。だが、ますます拡大する冷戦によって、スパイ網の構築は彼の予想以上に難しくなっていった。

一九五〇年六月のある暑い日、スーツを着た若い男が、あちこち回り道をしながらマンハッタンのアッパー・イースト・サイドを歩いていた。店のウィンドウをちらりと見ては、自分の後ろに人がいるかどうかを確かめている。尾行がいないのを確認してから、男はあるアパートの建物に入り、3Bの部屋のドアをノックした。

ロナ・コーエンが、ショートパンツ姿でドアを開ける。目の前に立つユーリイ・ソコロフを見た彼女は、ただごとではないと感じた——ソヴィエトの国連職員であり、諜報員という裏の顔を持つ男だ。コーエンの家を訪問するというリスクを冒すのは、スパイのルールに大きく反する。彼女はソコロフをなかに入れ、すばやくドアを閉めた。

ロナの夫で、歴史の教師でありスパイ仲間でもあるモリスも、訪問者を出迎えた。ソコロフは軽く世間話をしながら、万が一盗聴されている場合に備え、ペンとメモ帳を取り出す。「状況が変わった」と彼は書いた。「ふたりともこの国を出た方がいい」。

ふたりはすぐに理解した。新聞でもトップニュースになっていた。イギリス当局が、アメリカで最初の原子爆弾開発に貢献した物理学者、クラウス・フックスを逮捕した。フックスは、自分はソヴィエトのスパイだと自白し、ロンドンで裁判にかけられる予定だ。フィラデルフィアでは、盗んだ原子爆弾の設計図をソヴィエトに届けたフックスの運び屋、ハリー・ゴールドを、FBIが連行していた。これで、ソヴィエトはアメリカの研究所から盗み出した設計図を使って原子爆弾を製造したと、全世界が知るところとなった。ロナ・コーエンも、その窃盗に一役買っていた——その秘密がいつまでも暴かれないはずはない。

「おそらくFBIは、間もなくあなた方の存在を知る」とソコロフは書いた。「ぐずぐずしていてはいけない」。

モリスがペンを執る。「それは命令か？　それとも忠告か？」。

「命令だ」。

ロナ・コーエンは、メモ用紙をかき集めて洗面台で燃やした。

というわけで、ルドルフ・アベルの相棒はいなくなった。

だが、慌てはしない。長いゲームを戦う訓練を受けている彼は、ごく普通に見えるようなニューヨークの生活を固めていった。銀行口座を開き、近所の店に立ち寄っては主人とおしゃべりをする。地下鉄やバスで移動し、ルートや駅を頭に入れる。映画を見にいき、公園を散歩し、隠し場所《デッドドロップ》にふさわしい地点をそれとなくメモする。そしてアパートの部屋では、精巧なスパイ道具を作成した。鉛筆についている消しゴムの下に秘密の空間を作ったり、カフスボタン

◉ロナ・コーエン（ロシアの切手より）

◉ルドルフ・アベル（ソヴィエトの切手より）

や電池の内側にこっそりと小部屋を作ったり。

アベルの最高傑作は空洞の五セントコインだ。二枚の本物のコインを手作業でくり抜き、表側に刻まれている「IN GOD WE TRUST（われらは神を信ずる）」という言葉のRの文字のなかにとても小さな穴を開けた。

ザ・スーパー

「僕に何か問題を出してくれないか？」。

若い物理学者、エドワード・テラーは、仲間の科学者、オットー・フリッシュと列車の座席に腰かけていた。一九三〇年代の初め、第二次世界大戦が始まる何年も前のことだ。ふたりは勤務先のドイツの大学から休みをもらっていた――だがテラーの脳は、休むと調子が悪くなる。問題でも、パズルでもいい、何かが要る。

でもフリッシュは、何ひとつ思いつかない。それでもテラーは、せがみ続ける。

ようやく、フリッシュの頭にある考えが浮かんだ。チェスボード上の八個のクイーンが、どれひとつ互いに取られないようにするにはどう置けばいい？　なかなかの難問だ。チェスで最強の駒、クイーンは、縦、横、斜めの好きなマスに移動できる。

しかも、ふたりの手元にチェスボードはない。

テラーは二〇分間押し黙った。それから大声を上げて、それぞれのクイーンをどのマスに置けば安全かを答えた。

そして彼は言った。「もっと問題を出してくれないか?」。

次の問題。もっと難しい問題。食料や水と同じように、科学者は問題の安定供給を必要とする。

ヨーロッパの多くのユダヤ人科学者と同じく、エドワード・テラーは、アドルフ・ヒトラーがユダヤ人の権利を剝奪《はくだつ》し始めるとドイツを離れた。最終的に住処を得たのは、アメリカ合衆国だ。第二次世界大戦中、テラーは他の優れた科学者とともに、ニューメキシコ州の山中にある機密施設、国立ロスアラモス研究所に採用された。彼らの仕事は、世界初の原子爆弾開発競争でヒトラーを打ち負かすことだった。

一九四三年にロスアラモス研究所で仕事が始まった時点で、科学者たちは、私たちの身の回りにあるすべての物質を構成するごく小さな粒子、すなわち原子の基本構造を理解していた。そして、原子自体も、さらに小さな粒子で構成されていることも知っていた。原子は中心部の原子核とその周りの軌道を回る電子で構成され、原子核には陽子と中性子が密集している。

原子核を分裂させるとエネルギーが放出されることはすでに知られており、そのプロセスは核分裂と名づけられていた。もしも、数多くの原子核をごく短時間に連続して分裂させることができれば、新しい種類の爆弾ができる。トリニトロトルエン(TNT)など、従来型の爆薬とは比べものにならないほど強力な爆発を起こす爆弾だ。物理学者のロバート・オッペンハイマーが率いるチームは、新型爆弾の開発に成功し、一九四五年七月にニューメキシコ州の砂漠で世界初の核実験を行った。TNT二〇キロトンに相当する、恐るべき爆発力だった。三週間後、アメリカ合衆国はその爆弾をふたつ日本に落とした（＊1）。

ふたつの爆弾――たったふたつの、それぞれが一機の飛行機に収まるくらい小さな爆弾――は、広島と長崎の街を破壊し、二〇万人以上を殺した。

そして、第二次世界大戦は終わった。だが、話はそこで終わりではない。

なぜなら、大勢の天才科学者が人里離れた山のなかで何年も協力し合っていれば、さまざまなアイディアをあれこれと検討する。ロスアラモス研究所で、原子核を分裂させて爆弾を造る方法を考え出した彼らは、今度は原子核を融合させればもっと大きな爆発力が生まれるのではないかと考え始めた。

次の問題を。もっと難しい問題を。

今度も、基本的な科学は充分にわかっていた。核融合の過程では、軽い原子核どうしが結合してより重い原子核になる。太陽やその他の恒星の中心部では、そういう現象が起きている。

まずは事実をたどるとしよう。太陽は大きい。太陽は太陽系最大の天体というだけでなく、太陽系の総質量の九九・八七パーセントを占めている。重い物体には、より大きな重力がかかる。とてつもなく大きな重力で圧縮された太陽の中心部は超高密度、超高温で、その極限の状況下で、最も軽い元素である水素の原子核が激しくぶつかり合い、融合して、別の元素、ヘリウムの原子核に変わる変化が起きている。この過程では、巨大なエネルギーが放出される――つまり、太陽は核融合のエネルギーによって光と熱を放っている。

エドワード・テラーは、そのすべてを理解していた。だからこそ、疑問には取り組まずにいられなかった。強力な爆弾を造るのが目的ならば、核融合の威力を利用すればいいのでは？ 最大の問題は、核融合を起こすのに必要となる圧倒的な圧力と温度は、地球上のどこにも存在しないことだった。

しかし、ほんの一瞬ならば、圧倒的な圧力と温度は存在し得る、、――爆発する原子爆弾の内部に。

実は、科学者たちがニューメキシコ州の砂漠で行った原子爆弾の実験で、問題の重要な部分は解決されていた。原子爆弾は水素の原子核融合に必要な熱と圧力を生み出せる。理論上は、原子爆弾によって核融合爆弾が起爆する。

爆弾は完成していなくても、名前の候補はいろいろと挙がった。水素爆弾、H爆弾、ザ・スーパーボム、ザ・スーパー。

ザ・スーパーをめぐる興味深い理論の検討は、活発に行われた。だが、第二次世界大戦が終わると、ロスアラモス研究所の科学者の多くは、もとの愛着がある分野に戻りたがった――それは研究であり、講義であり、爆弾の製作ではなかった。大勢の科学者が、崇敬する物理の法則を利用して大量破壊兵器を考案してしまったという後悔の念と闘っていた。ロバート・オッペンハイマーは、ザ・スーパーの開発推進に反対した。彼は、水爆開発が成功すると確信していたわけではないが、仮に成功すれば、その破壊力はあまりにも大きく、全人類にとって計り知れないほど大きな脅威となる。

エドワード・テラーは、そうは考えなかった。世界には真の悪人がいる、と彼は主張した。たとえば、ヒトラーはどうだ。第二次世界大戦中に、故国ハンガリー人民共和国の数十万人を含め、ヨーロッパのユダヤ人を六〇〇万人も殺したではないか。スターリンはどうだ。秘密警察を使って数百万のソヴィエト人を投獄し、殺害し、しかもその権勢を東欧にまで拡大したではないか。

彼らのような悪人には立ち向かわねばならない、とテラーは断言した。理想を言うならば、優れた火器を用いて。

テラーはロスアラモス研究所に残り、ひとときも休まずに働く脳を、ザ・スーパーの課題解決に集中させた。だが、どうしても解明できない謎がひとつあった。恒星の内部で起きているような熱核融合による燃焼を生じさせるには、とほうもない熱と圧力が必要となる。原子爆弾であれば、そのような高熱と高圧力をもたらせる――しかし、核融合の開始には役立たない。原子爆弾の強烈な破壊力によって、核融合が始まる前にすべてが吹き飛ばされ、粉々になってしまうからだ。テラーのチームは、異なる方向から設計を試みた。世界最初期のコンピューターをいくつか使って、水素爆弾の内部で起き得ることを一〇〇万分の一秒ごとに追う計算をあれこれと試行した。結果は思わしくなく、腹立たしくもあった。テラーは悔し涙をこらえながら、難局を打開しようと次々に挑んだ。

多くの科学者が、胸をなでおろしていた。

彼女は、その日の夫の表情が忘れられない。

一九五一年、一月下旬のある午後、トルーマン大統領が合衆国は水爆を開発すると発表してからおよそ一年後、フランソワーズ・ウラムは、夫のスタニスワフと暮らすロスアラモスの家のリビングルームに行った。夫は窓から庭を眺めていたが、その視線は草花にも空にも向いていなかった。スタニスワフは優秀な数学者だ。彼が考えにふけり、おそらく地球上で一〇人ほどしか理解できない抽象概念をあれこれと巡らせる姿はフランソワーズも見慣れていた。

だが、このときは違った。彼の顔に、何か奇妙な動揺が浮かんでいる。

「成功させる方法がわかった」。彼はそう言った。

「何を?」。

彼は窓の外を見たままだ。

「ザ・スーパー」。彼はそう答えた。「まったく違う仕組みだ。歴史の流れが変わるだろう」。

ウラムは、テラーに自分の考えを話した。ふたりは意見交換を重ね、議論し、改良して、のちに「テラー・ウラム配置」と呼ばれる水素爆弾の構造をほどなく考案した。

理論は複雑で、その一部は今も機密情報に区分されているが、重要なのは、核爆弾の核反応によって放出されるX線を利用して高温高圧を生じさせると、最終的には核融合爆弾の起爆に結びつくと、ふたりが解明した点だった。原子爆弾と核融合爆弾は同じ弾頭の外殻のなかに収納する。原子爆弾が熱核反応による燃焼を核融合爆弾の内部で起こし、その結果、ふたつの爆弾の爆発力が合わさった威力が得られる。

設計図はまだスケッチのみで、数字や記号が書いてあるだけだった。高度な技術系の作業が多く残っていたが、基礎的な問題は解決された。この頃から、ロスアラモス研究所の科学者は、ザ・スーパーはきっと成功すると確信するようになった。

冷戦は激烈になっていた。一九五〇年には、ヨシフ・スターリンと中華人民共和国の共産党政権の支援を受ける、社会主義の朝鮮民主主義人民共和国（北朝鮮）の軍隊が、国境を越えて大韓民国（韓国）に侵攻した。アメリカ合衆国は韓国の反撃を援助するために軍隊を送り、やがて両軍の戦線は恐ろしい膠着状態となった。約四万人のアメリカ兵が、共産主義者による韓国占領を防ぐために戦死した。一九五二年一一月、アメリカの大統領選挙で、朝鮮戦争を終わらせると約束したドワイト・アイゼンハワーが勝利した。

大統領選挙の二週間後、ザ・スーパーのニュースがアメリカの新聞で大きく報じられた。最初はただの噂だった。南太平洋の島嶼《とうしょ》地域で、何かが大爆発したらしい。アメリカ政府は正確な説明を避け、「熱核兵器の研究に寄与する実験を含む試験的プログラムだ」と述べるにとどめた。

だが、実験を目撃したアメリカ海軍の水兵の手紙が本国に届き始め、生々しい詳細が漏れ伝わるようになった。実験場所から五〇キロ近く離れた船上にいた兵士たちは、爆風に顔を背けはしたものの、太陽よりもずっと明るい閃光が輝くのを見た。直後には、背中のそばでオーブンの扉が開いたみたいに、爆発熱を感じた。

「全世界が燃えているに違いないと思った」。水兵のひとりは、そう書いている。『ニューヨーク・デイリーニューズ』紙は社説で、これは水素爆弾であり、日本の広島市を破壊した原子爆弾の五倍から一〇倍の威力があるのではないか、と推測した。

水爆に関しては正しい記事だったが、威力については間違っていた。世界初の水素爆弾は、広島に投下した爆弾の五〇〇倍の威力があった。爆発力は一〇・四メガトン――TNT爆薬一〇四〇万トンの爆発力に相当する。第二次世界大戦中に使用された、すべての爆発物を合わせたよりもさらに強い。

人類史の大きな転換点が訪れていた。人類は初めて、地球上のあらゆる命を消し去る力を手にした。もちろん、恒星が放出するのと同様のエネルギーを爆弾の内部に詰め込めるくらい利口な種は、そのような武器によって戦争を回避できるくらい利口でもある。
そのはずでは?

＊1――広島に投下された爆弾は、ウランを用いたガン・バレル(砲身)方式。長崎に投下された爆弾は、プルトニウムを用いたインプロージョン(爆縮)方式。

長いゲーム

モンスターは踊りたい気分だった。

アメリカの水爆実験から二ヵ月後、大みそかの盛大な酒宴が何時間も続いていた。ソヴィエト連邦の幹部全員が、モスクワ近郊の森にあるヨシフ・スターリンの広大なダーチャ［郊外の別荘］に集まっていた。

スターリンはよろめきながらレコードプレーヤーにたどり着き、ロシア民謡をかけた。書記長は皆を踊らせたい。だから、皆は踊る。だが、スターリンの娘、スヴェトラーナは違った。壁にもたれた彼女は、今にも眠りに落ちようとしていた。

スターリンは、すり足で彼女に近づいた。「さあ、行くんだ」、と彼はろれつの回らない口で言った。「踊れ！」。

「もう踊ったわ、パパ」。娘はそう答える。「疲れたのよ」。

スターリンは娘の髪をつかみ、ダンスフロアに引きずり出した。そして、この二〇年というもの、国民を恐怖に陥れてきた独裁者は、自らも両腕を広げ、よろめきながら音楽に合わせて動いた。

五八歳のソヴィエト連邦高官、ニキータ・フルシチョフは一部始終を見ていた。彼はスヴェトラーナの顔が紅潮し、目に涙が浮かんでいるのを見て、気の毒に思った。

けれども、今さらどうしようもない。

フルシチョフは、小さく丸い身体でダンスフロアに上がり、凍った池の上の雌牛のように、書記長のそばでぎこちなく身体を揺らした。


それが、ニキータ・フルシチョフの生活だった。彼も、他のスターリンの側近も、たびたびスターリンの家に呼び出される。彼らはいつ終わるとも知れない夕食の間、ずっと席に座り、スターリンのつまらない冗談に笑い、酔った彼の大言壮語に朝の五時まで耳を傾ける。踊れと言われれば、踊りもする。

それが、権力の中枢近くにいるための代償だった。

一九五三年の初め、いつものように苦痛を伴う夜を終えたフルシチョフは、自身のダーチャで家族と静かな日曜日をすごしていた。丸一日スターリンから連絡が入らないのは予想外で、快適だった。だが、パジャマを着てベッドに入ろうとしていると電話が鳴った。

「彼に何かあったようです」。知らせてきたのは、同じくソヴィエト連邦高官のゲオルギー・

マレンコフだった。「われわれも、向こうへ行った方がよさそうです」。

フルシチョフはスーツに着替え、スターリンのダーチャへと急いだ。寝室のドアの前に立っている護衛官が、書記長は一日中自室にこもっていると説明した。誰もが、なぜ出てこないのかと首をかしげた。だが、ドアを開けてなかのようすを確かめたくても、怒りに触れるのが恐ろしくてできない。ようやく彼らは、ひとりの小間使いを説き伏せ、室内へ入らせた。彼女が見つけたのは、床にたまって冷えた尿のなかに横たわるスターリンの姿だった。

スターリンは重い脳卒中を起こしていた。彼が死の瀬戸際にあり、口もきけないとなれば、当然のごとく権力闘争が始まる。誰ひとりとして、ニキータ・フルシチョフが一番手だとは思っていなかった。

ラヴレンチー・ベリヤ。秘密警察などの機関を統括する内務人民委員部（NKVD）の冷酷な長官であり、取り巻きのなかで誰よりも独裁者に取り入っていたこの男は、自分が次の権力者になるものと思っていた。彼はスターリンのベッドの傍に長い間つき添い、ほんの少しでもスターリンが命の兆しを示すたびに、ひざまずいて敬愛する書記長の手にキスをした。そして、スターリンがまた眠りに落ちると、力の抜けた手を放ち、床に唾を吐いた。

スターリンの臨終の瞬間、フルシチョフはその部屋にいた。彼はベリヤの顔を見た。紛れもなく、勝利の輝く笑みが浮かんでいた。

ソヴィエト政治の評論家は、スターリンの有力な側近のなかでフルシチョフは五番手あたりだと考えていた。身長は一五七センチほどで、だぶだぶのスーツに身を包み、笑うと隙間のある歯が覗く彼は、過少評価されていた。見くびられていたのだ。しかし、彼はそれでよかった。それが、彼が望む立ち位置だった。

一八九四年、ロシア帝国南部の小さな村で生まれたニキータ・フルシチョフは、木造の小屋で両親、妹とともに暮らした。六歳になると、木の皮で作った靴を履いて家族のために薪を拾い集め、水を汲みにいき、近隣の地主が飼う乳牛や羊の世話をした。一四歳の頃には、赤い髪の毛を短く刈り、炭鉱の設備修理人として日に一二時間働くようになった。

ニキータは、自分が育った環境と比べても炭鉱夫があまりにも貧しいこと、犯罪ともいえるような低賃金、どうしようもなく暑い採掘坑、常に脅かされる致死的な坑内火災や崩落の可能性、不潔で病気が蔓延するバラックなどに衝撃を受けた。周囲には木が一本もない荒涼とした泥の景色が広がり、反対に遠くには、緑豊かな街路沿いにまるであざけるように建つ、裕福な炭鉱所有者の邸宅がはっきりと見えた。

もっとよい体制があるはずだ、国の富をもっと公平に分配する方法が。フルシチョフは共産主義に興味を持つようになり、共産主義であれば労働者とその家族の生活はよくなると考えた。やがて彼は、ニーナ・ペトロブナ・クハルチュクと出会う。彼女は熱心な共産主義者であり、炭鉱の労働者たちに共産主義哲学の基本を講義していた。ふたりは正式な結婚はしないものの、夫婦同然に生活し、ニーナの助力と助言のおかげでニキータはソヴィエト連邦の全権力を握る共産党で徐々に出世していった。

だがフルシチョフは、ソヴィエト連邦は自分が講義で聴いたような労働者の楽園ではないと、すぐに気づいた。ソヴィエト政府は、すべてを完全に支配していた。選挙は行われたためしがなく、自由な報道は存在せず、言論の自由も信教の自由もない。ヨシフ・スターリンが権力を掌握した一九二〇年代半ば、彼は反対意見をことごとくつぶすべく、数百万に及ぶ国民を投獄し、餓死させ、公然と殺害して、支配力を強めた。

フルシチョフは、そのスターリンとともに一歩ずつ前進した。労働者の楽園はきっといつか実現する――彼は、自分にそう言い聞かせた。そして同時に、彼はスターリンの怒りを逃れて生き残ることに集中し、着実に昇進を果たした。自分の友人が「人民の敵」だと宣告され、夜間に秘密警察に連行されて強制労働収容所に送られたときでさえ、上司である最高指導者を称え続けた。

「怖気づいてはならない」。彼は、スターリンの残忍な犯行を擁護して言った。「われわれは敵の死体を越えて、人民の利益のために進まねばならない」。

スターリンの死から数ヵ月で、フルシチョフは千載一遇のチャンスをつかまえようと動き始めた。スターリンの後任に、同じ大量殺人者のラヴレンチー・ベリヤが就くのは耐えられない。

しかも、万が一ベリヤが後継者となれば、自分も含め、誰ひとりとして安全ではなくなるとわかっていた。ベリヤはひとり、またひとりと、力のあるライバルを排除していくだろう。フルシチョフはその恐怖を利用して、自分が優位に立とうとした。

「いいか、同志マレンコフ。どういうことになるか、わかるだろ?」。フルシチョフは、私的な会合で同僚にそう話した。「われわれが向かう先は、最悪の事態だ。ベリヤは剣を研ぎ澄ましている」。

「私ひとりで彼に刃向かえと言うのですか?」。マレンコフはそう尋ねた。

「きみと私だ」。フルシチョフは、そう持ちかけた。「もうすでに、ふたりではないか」。

フルシチョフは内々で、ひとりずつ話をつけて、最高会議幹部会――ソヴィエト連邦最高会議の機関――のなかでベリヤに反対する協力者を集めた。六月には準備が整った。罠がはじける前の晩、フルシチョフはベリヤと一緒に車で職場から帰った。別れの握手を交わしながら、ほくそ笑まずにはいられなかった。

「この悪党」、と彼は腹のなかで言いながらライバルに微笑みかけた。「これがわれわれの最後の握手だ」。

翌日、最高会議幹部会のメンバーが、モスクワにある政府の総合庁舎、クレムリンの会議室に集まった。フルシチョフは、「同志ベリヤ」の問題に関する議論を提議した。疑り深いベリヤは直感的に何かを感じ取り、フルシチョフの手をつかんだ。

◉ゲオルギー・マレンコフ

◉ラヴレンチー・ベリヤ

「どういうことだ、ニキータ?」。「静かに聞いてください。じきにわかりますから」。

フルシチョフと仲間が、共産主義の理想に背いていると代わる代わるベリヤを糾弾すると、ベリヤは、策略にはまったと気づいて身もだえした。そしてまさに予定どおりのタイミングで、フルシチョフに忠実な軍の将校たちが入ってきて叫んだ。「手を挙げろ!」。

軍人たちはベリヤを引きずって階段を降り、車に押し込んで、牢獄に放り込んだ。

その晩、フルシチョフは車で自身のダーチャへ向かった。疲れ果ててはいたが、満ち足りていた。彼は都会の喧騒とスモッグを逃れるのを喜び、郊外の別荘ですごすのが何よりの幸せだった。別荘は二階建てのコテージで、温室と広大なバラ園や果樹園があり、木々が茂る小道を行けばモスクワ川のほとりにも出られる。

やるべきことは、まだ山のようにある。ニキータ・フルシチョフは若い頃から駆り立てられてきた目標、ソヴィエトの人民の暮らしをよくするという夢をまだ諦めていなかった。ソヴィエト連邦は、アメリカ合衆国と肩を並べる大国として尊敬されるにふさわしいと、信じていた。そして、最終的には冷戦に勝利するつもりでいた。だがそうした思いが、のちの問題を招く。

ダーチャに着くと、ニーナとティーンエージャーの息子、セルゲイが出迎えてくれた。「今日、ベリヤが逮捕されたよ」。ソヴィエト連邦の新しい指導者は、家族にそう伝えた。「彼は人民の敵だったようだ」。

最悪のスパイ

ここで話を戻そう。新聞配達の少年が受け取ったチップが、ブルックリンの階段でぱっくりと割れたところまで。

ニキータ・フルシチョフがモスクワで権力を固めている頃、ソヴィエトのスパイ、ルドルフ・アベルは、アメリカにおけるミッションをさらに積極的に果たすべく準備をしていた。ニューヨークの地区から地区へと通りを歩きまわり、理想的な隠し場所《デッドドロップ》を選ぶ。フォート・トライオン・パークの街路灯の土台に空洞があるのを見つけ、シンフォニー・スペース［マンハッタンにある劇場］では、バルコニー席のカーペットに少したるみがあるのに気づいた。

どれも、暗号のメッセージを仕込んだコインを隠すのに、うってつけの場所だ。

アベルは、合図を送るシステムも考案した。デッドドロップにメッセージを置いてから、決められた地下鉄の駅の壁にチョークで印をつけ、取り決めどおりのデッドドロップにメッセージが隠してあると示す。みごとなシステムになるはずだ――極秘の手紙をやり取りする相手さえ見つかれば。

アベルはブルックリンに引っ越し、ダウンタウンに建つビルの五階にあるアトリエを借りた。壁に煤《すす》汚れがある小さな部屋だが、連邦裁判所が見渡せる大きな窓がある。他の住人には、すでに引退の身だと話しておいた。多少の金は貯まっているので、今後は絵を描きたいとも言い添えた。

作り話としては上できなうえに、アベルは本当に絵を描くことに興味があった。彼は絵の具と筆を買い、制作に取りかかった。同じビルにいる他の芸術家《アーティスト》と仲良くなるにつれ、彼は愉快な変わり者と見られるようになる。クロスワードパズルを一瞬で完成させ、クラシックギターの腕前はすばらしく、どんな電子機器も直してしまう——きっとこれが本業だったのだろう、と皆が思った。

アトリエで遅くまで起きていることもよくあったが、芸術家《アーティスト》ならそれも珍しくはない。だがアベルの場合、アートはアートでも種類が違った。彼は裁判所に面した窓から銅線をたらし、それをアンテナ代わりにして、モスクワと短波で暗号メッセージを交わした。よいニュースも届いた。アベルの上司が、ようやく新しい諜報員をひとりよこしてくれることになった。その人物が、アメリカでソヴィエトのスパイ網を立て直す手伝いをしてくれるはずだ。

新しい相棒が、冷戦を通じて最悪ともいえるパートナーになるとは、ルドルフ・アベルは知るよしもなかった。

三〇代前半のずんぐりとした男がセントラルパーク・ウェストを横断して、マンハッタンの有名な公園、セントラルパークに入った。目指すレストラン、タヴァーン・オン・ザ・グリーンは、地図で確認したとおりの場所にあった。レストランの裏側に土の乗馬道がある。そこに白い標識があった。まさしく、あるべき場所に。

注意、馬が通ります

男は左側をちらりと見た。右側も見た。誰もいない。

ポケットから白い画びょうを取り出して、標識の白塗りの部分に刺す。

ミッション完了。男は踵を返し、ぶらぶらと公園の奥へ入っていった。

この男の名前は、レイノ・ハイハネン。新しくニューヨークに派遣された、ソヴィエトのスパイだ。画びょうは彼の新たな上司、ルドルフ・アベルへの合図だった——無事到着した、いつでも仕事を始められる。

アトリエでは、アベルが新人課報員のために暗号メッセージを用意していた。自ら細工した五セントコインの空洞に暗号メッセージを詰め、それをデッドドロップに置いて、地下鉄の駅の壁にチョークで印をつけた。

レイノ・ハイハネンは合図を見て、コインを見つけた。

そして、ブルックリンのどこかで、それを使ってしまった。

コインはふたりの引退した教師の手にわたり、続いて新聞配達の少年、ジミー・ボーザートにわたった。さらにボーザートは、ニューヨーク市警察の刑事にわたし、警察署からFBIに届けられた。

コインの内部にあったフィルムを引き延ばしたものが、ワシントンDCにあるFBIの防諜活動員、ロバート・ランファーのデスクに届いた。ランファーはスパイキャッチャーだ。第二次世界大戦中にアメリカの原子爆弾に関する機密を盗み出したスパイの追跡に貢献した。新たなフィルムの切れ端を目にした彼は、当時の任務を思い出した。メッセージの一番上には、207という三桁の数字がある。その下に五桁ずつの数字が二一列並んでいた。一列目の数字はこうなっている。

14546 36056 64211 08919 18710 71187 71215 02906 66036 10922

ランファーは、ソヴィエトのスパイが使う、ワンタイムパッドという乱数列を用いる暗号メッセージの特徴を覚えていた。

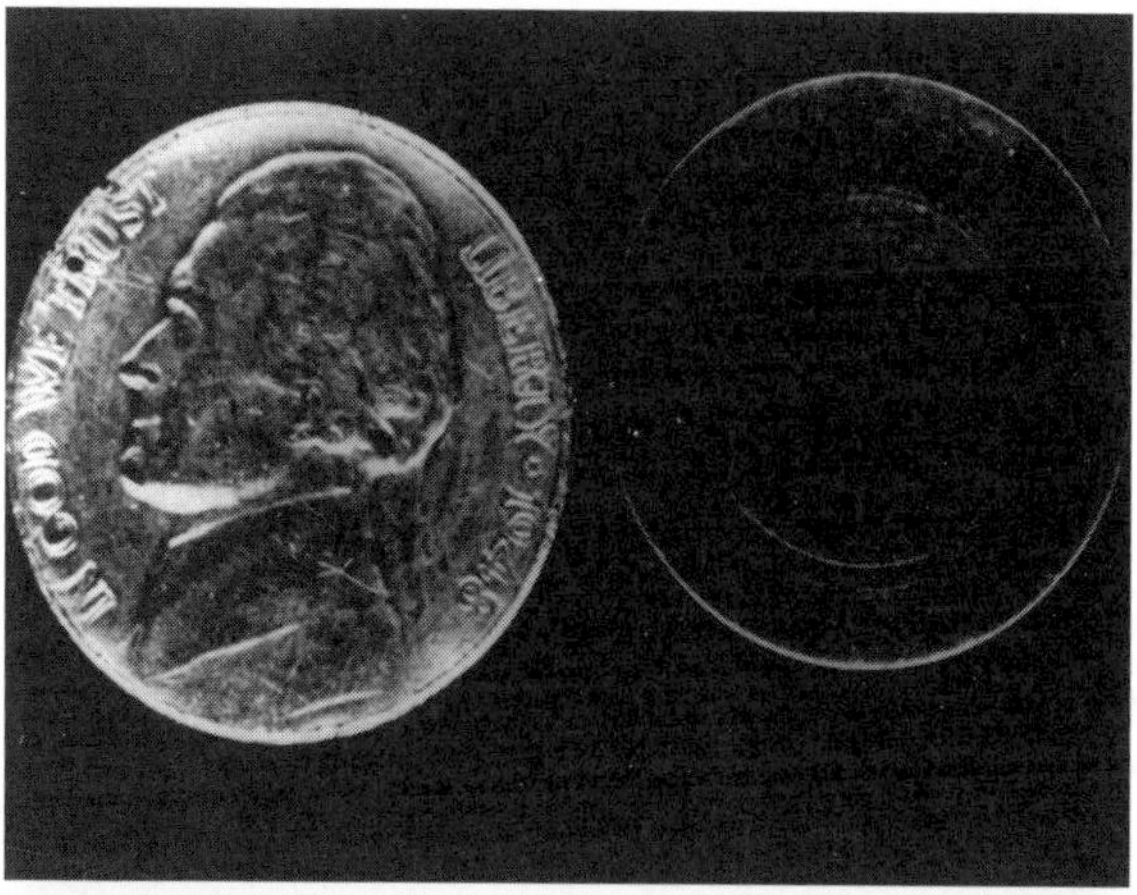

◉暗号メッセージが詰められた五セントコイン

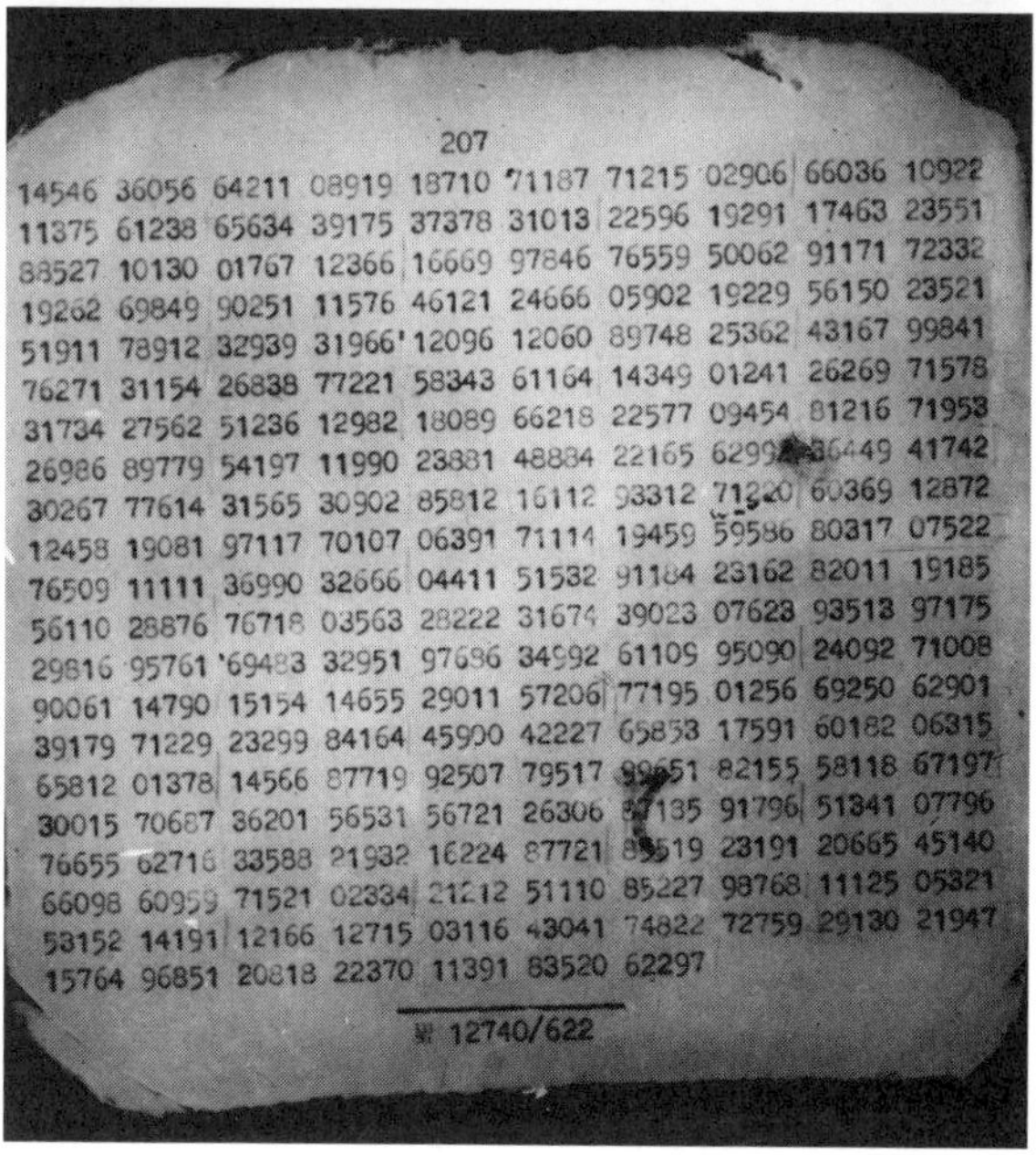

207

14546	36056	64211	08919	18710	71187	71215	02906	66036	10922
11375	61238	65634	39175	37378	31013	22596	19291	17463	23551
88527	10130	01767	12366	16669	97846	76559	50062	91171	72332
19262	69849	90251	11576	46121	24666	05902	19229	56150	23521
51911	78912	32939	31966	12096	12060	89748	25362	43167	99841
76271	31154	26838	77221	58343	61164	14349	01241	26269	71578
31734	27562	51236	12982	18089	66218	22577	09454	81216	71953
26986	89779	54197	11990	23881	48884	22165	6299[illegible]	[illegible]6449	41742
30267	77614	31565	30902	85812	16112	93312	71220	60369	12872
12458	19081	97117	70107	06391	71114	19459	59586	80317	07522
76509	11111	36990	32666	04411	51532	91184	23162	82011	19185
56110	28876	76718	03563	28222	31674	39023	07628	93513	97175
29816	95761	69483	32951	97696	34992	61109	95090	24092	71008
90061	14790	15154	14655	29011	57206	77195	01256	69250	62901
39179	71229	23299	84164	45900	42227	65853	17591	60182	06315
65812	01378	14566	87719	92507	79517	99651	82155	58118	67197
30015	70687	36201	56531	56721	26306	8[illegible]135	91796	51341	07796
76655	62716	33588	21932	16224	87721	8[illegible]519	23191	20665	45140
66098	60959	71521	02334	21212	51110	85227	98768	11125	05321
53152	14191	12166	12715	03116	43041	74822	72759	29130	21947
15764	96851	20818	22370	11391	83520	62297			

№ 12740/622

◉暗号メッセージ

この暗号はシンプルで、安全性がとても高い。ソヴィエトの諜報員は、何千という言葉が載っている秘密の辞書のような、厳重に管理された暗号表を使っていた。ひとつひとつの言葉に、五桁の数字があてはめられている。メッセージを暗号化するには、まず、言葉をひとつずつ暗号表の対応する五桁の数字に置き換える。次に、ワンタイムパッドのあるページを選ぶ。各ページには無作為の五桁の数字が何十行も記されている。選んだページの最初の五桁の数字を、メッセージの最初の五桁の数字に加え、二番目の五桁の数字をメッセージの二番目の五桁の数字に加え、同じことをくり返していく。注意すべきは、繰越のない変形の加算を用いる点だ。桁数は増やさないので、たとえば、四＋六は一〇ではなく、〇となる。同様に、八＋七は五になる。

ワンタイムパッドのどのページを使うかも、指示しなければならない――アベルのメッセージの一番上にあった２０７という数字は、使うべきページを示している。そうやって作られたメッセージは、無線、電信、メッセンジャーによって――あるいは、空洞の銅貨に隠されて伝えられる。

メッセージを復号《デコード》するには、受け手はまずワンタイムパッドの正しいページを探す。該当するページの五桁の数字を、暗号化されたメッセージの五桁の数字から減じる。結果として得られた五桁の数字を、暗号表に照らし合わせれば、メッセージは平文となる。

送り手も受け手も、ワンタイムパッドの使い終わったページは破棄する。そうすれば、同じものは二度と使えなくなる。

時間はかかるが、正しく運用すれば絶対に解読できない。現代のコンピューターでも、ワンタイムパッド方式のメッセージは解読できない。

ランファーのようなスパイキャッチャーにしてみれば、あまりにも腹立たしい。彼の手元にあるのは、ソヴィエト連邦がこのアメリカ合衆国で活発にスパイ活動をしているという証拠だ。

しかも、敵がミスを犯さない限り、見つけ出すのは不可能だ。


ルドルフ・アベルは、コインが行方不明になったとは思ってもみなかった。

彼は別のデッドドロップにメッセージを置いて、クイーンズ区にある映画館の男性トイレで直接会うと、相棒に指示した。ハイハネンは青地に赤いストライプのネクタイを締め、パイプをくわえて映画館へ向かった。

アベルは、青と赤の縞のネクタイとパイプが目印だとモスクワから知らされていた。先に映画館に着いた彼は、目立たない場所から周りを観察した。すると、サイズの合わないスーツを着て派手なネクタイをつけた新人らしき男が来た。映画の小道具のパイプをくわえる子どもみたいに、パイプをふかしている。

ハイハネンは、男性トイレにすばやく入った。アベルもティーンエージャーのグループが立ち去るのを待って、さっとなかへ入った。ふたりの諜報員は、互いに相手を見た。ハイハネン

◉レイノ・ハイハネン

は、あらかじめ取り決めた合言葉を聞くまで、誰とも話してはならないと教育されていた。アベルもそれはわかっていたが、急にスパイゲームを続ける気がしなくなった。

「合言葉はいい」、とアベルは言った。「君がそうだとわかったから」。

まずいやり方だ。無礼でもある。ハイハネンはすぐに、新しい上司は自分に敬意を払っていないと受け取った。

「外へ出よう」。アベルが言った。

ふたりは映画館を出て通りを進んだ。話し始めた瞬間、アベルはハイハネンの下手な英語に仰天した。この男はすべてが人目につく。ルドルフ・アベルは、新しい相棒に胸騒ぎを覚えた。

亀と竜

世界初のリアリティーショーだったといえるかもしれない。

そしておそらく、世界一不気味なショーだった。

想像してみてほしい。テレビをつけると、ごく普通の郊外の家ですごす家族が映っている。両親と子どもたちが食卓に着き、リビングルームには、子どもたちのゲームが広げてある。年配の夫婦が、ゆったりとした椅子でくつろぎ、雑誌を読んでいる。

けれども、何かがおかしい。照明が明るすぎる。何もかもが不自然だ。誰ひとり動かない。

やがて気がつく——皆マネキン人形なのだ。

屋外のショットに切り替わる。夜明け前の砂漠に、小さな家が静かに並んでいる。

次の瞬間、すべてが吹き飛ぶ。

カメラが、遠いかなたで爆発する「小型」——一五キロトン——の原子爆弾を映し出す。目がくらみそうな閃光が生じ、爆弾の方角に向いていた建物の壁は一瞬にして焦げ、煙が出る。

それから爆風が襲う――爆発で生じた圧縮空気の塊が、音よりも速い速度で押し寄せ、家々は砕け散った。

太陽が昇り、カメラに映るのは大殺戮《さつりく》だ。爆発地点から一キロ離れていた家が消え去った。マネキンたちのかけらが、がれきのなかに散らばっている。爆発地点から二・三キロ離れた場所の家は、焼けこげ、傾いていた。マネキンはにっこりとした表情のままカウチや椅子に倒れかかり、見開いた目で破壊された家のなかを見つめている。

この映像を見ても学習しない人のために、低い声のナレーションが、アメリカ政府が国民に伝えたいメッセージを語る。冷戦という新時代に入り、巨大な爆弾が造られている今、アメリカ国民は地下や庭にシェルターを造るべきだというメッセージだ。「今すぐ、核戦争の脅威に備えましょう」。政府のスポークスマンが映像を見ている人々に語りかける。「それとも、マネキンのように、ただ座って待つつもりですか?」。

子どものために用意された冷戦プログラムも、いくつかあった。政府制作の教育映画、『ダック・アンド・カバー』もそのひとつだ。

アニメーションが始まると、蝶ネクタイをしたカメが後ろ足で立って、田舎ののどかな小道をぶらぶらと歩いてくる。耳に残る短い歌も流れる。

バートという名のカメがいました。
バートはとても用心深いカメでした。

バートが一本の木の前を通り過ぎる瞬間、木の上にいたサルが、紐で縛った一本のダイナマイトを下ろしてくる。導火線に火がついている。

危険が迫ってもバートはけがをしない。
バートはどうすればいいか知っているから。

バートは地面に伏せ、ダイナマイトが爆発する寸前に手足を甲羅のなかに引っ込める。木は折れて煙を上げている。サルは影も形もない。

カメは身をかがめて隠れた、身をかがめて隠れた。
カメの行動を、私たちみんなも学びましょう、
あなたも、あなたも、あなたも、あなたも。
身をかがめて隠れよう《ダック・アンド・カバー》！

この映画を通じて、アメリカの子どもたちは、もしもソヴィエトが攻撃してきたらどうすべきかを学んだ。学校で「ダック・アンド・カバー」訓練をするとき、子どもたちは教室の机の下にそれぞれ身をかがめ、頭を両手で覆う。爆弾が投下されたときに教室にいなかったら？　それについて、映画ではいくつかの短いシーンで説明している。どのシーンもモノクロで、恐ろしい。

あるシーンでは、少年が自転車で公園のなかを走っている。

「トニーは、カブスカウトの集まりに行くところです」。親しげな声のナレーターがそう語る。

「トニーは、爆弾は昼であろうと夜であろうと、いつ何どき爆発するかわからない、と知っています。彼は、準備ができています」。

そこで閃光が走る。

「ダック・アンド・カバー！」。

少年は自転車から飛び降り、道路の縁石に身を投げ出して伏せる。

「よくやった、トニー！　閃光を見たらすばやく行動するんだ！」。

家族がピクニックをしているシーンもある。ティーンエージャーの子どもがふたりいて、母親がピクニックブランケットの上に皿を並べている。父親は、新聞紙で火を熾《おこ》している。

「日曜日であろうと、休日や休暇であろうと」、とナレーターが語る。「私たちは、どんな日もどんなときも備えなければなりません。たとえ原子爆弾が爆発しても、正しい行動を取れるように」。

閃光が走る。

「ダック・アンド・カバー!」。

子どもたちと母親は、地面に伏せてブランケットを被る。

父親は新聞紙で頭を覆う。


実際には、隠れる場所などない。

一九五四年三月一日の夜明け前、「第五福竜丸」という日本の漁船が、南太平洋の穏やかな海上にいた。二三名の乗組員のうち数名はデッキにいたが、ほとんどがまだ寝台で眠っていた。そのとき、はるか西の真っ暗な空が一瞬にして黄色を帯びた白に変わった。真っ暗な部屋で、誰かが照明のスイッチを入れたみたいだった。デッキにいた男たちは、口をあんぐりと開けて見た。

他の乗組員も、慌ててデッキに上がってきた。水平線の上に、炎のようなオレンジ色の光が広がっている。

誰かが叫んだ。「太陽が西から昇っているぞ!」。

光は、現れたときと同じように、静かに消えていき、空は再び真っ暗になった。漁船は、穏やかな波でゆったりと揺れていた。

七分後、地鳴りのような轟音がして、船が揺れ動いた。雲が西から流れてくる。白っぽいねずみ色の粉が空から降り始める。ねばつく粉は船につもり、乗組員にまとわりつく。目に入るとちくちく痛み、口に入るとじゃりじゃりした。

無線長の久保山愛吉は、概算してみた。何が起きたかはわからないが、光はほぼ瞬時にここまで届き、音はかなり後になってから聞こえた。光ってからとどろくまでは七分だ。つまり、四二〇秒。音は一秒間に約三四〇メートル進むので、何かが起きた場所は一四〇キロ以上離れていることになる。

久保山は、近海の島々が記されている海図を取り出した。約一四〇キロ西にあるのはビキニ環礁という、輪状につながるサンゴ礁の小さな島々だった。アメリカは従来から、そこで核実験をしていた。

その日の夕刻には、乗組員の多くに急性放射線症の典型的な症状が現れ始めた。めまい、頭痛、発熱、嘔吐などだ。日本に帰港する途中で、皮膚に水疱ができて痛み、髪は束になって抜け落ちた。第五福竜丸は、二週間後に日本にたどり着いた。

「何が起きたのか、はっきりとはわからん」。久保山愛吉は妻にそう話した。「だが、おれたちは何かに遭遇してしまった――原子爆弾だと思う」。

正確にいうならば、それは水素爆弾だった。ザ・スーパー。一五メガトンの猛獣。広島市を破壊した爆弾の七五〇倍の爆発力がある。

水爆の爆発によって、ビキニ環礁では島嶼が全滅し、数百万トンのサンゴの粉塵が空に吸い上げられた。爆発は放射性原子も生み出した。爆風にはその放射性原子——不安定な核を持つ原子——が多数含まれ、それが崩壊するときに放射性粒子と放射線を排出する。放射性原子はサンゴの粉塵に張りつき、風に乗って移動し、死の灰《フォールアウト》となって第五福竜丸に降り注いだ。そして放射線原子は乗組員たちの体内に侵入し、放射線が身体の組織を貫通して細胞を傷つけ、免疫の働きを低下させた。

久保山愛吉は病院のベッドで、世界に向けて嘆願した。「原水爆の犠牲者は私で最後にしてほしい」。

四〇歳の久保山は、帰国の半年後に肝不全で亡くなった。他の乗組員は一命をとりとめたが、生涯、健康上の問題で苦しんだ。


もはや人類はザ・スーパーとともに生きなければならないという恐るべき現実に着想を得た日本の映画監督、本多猪四郎は、新企画の脚本執筆に携わり、怪獣映画を制作した。水爆実験により火を噴く巨大な突然変異体《ミュータント》が目を覚まし、海から姿を現して東京へ向かうという展開だ。

この映画、『ゴジラ』は、それまでにないストーリーであり、それまでとは違う世界に向けたストーリーだった。

早期警戒レーダー

「全員に告ぐ！　航空機は目標上空に到達。投下五分前！」。

一九五五年一一月二二日——モスクワから三二〇〇キロ南東にある枯草の草原は、寒く晴れていた。三四歳の物理学者、アンドレイ・サハロフは、他の科学者やソヴィエト政府の当局者と一緒に爆心地から六四キロの地点にある野外の足場に立っていた。

「爆弾投下！」。ラウドスピーカーから、がなり声がする。「パラシュート開傘！　爆発一分前！」。

ソヴィエトは、アメリカから原子爆弾の機密情報を盗んだ。そしてこのたび、サハロフと彼のチームは、自力でザ・スーパーを開発した。この実験は成功の証となる。

その場にいた関係者は、落下する爆弾に背を向けた。

「五、四、三、二、一、ゼロ！」。

閃光が音もなく空を染めた。

閃光が消えたら、振り向いて見ても安全だ。サハロフは、顔に熱を感じた。彼は、巨大な黄色の火球が発生して膨張し、オレンジ色となり、続いて赤くなり、上昇気流とともに粉塵を巻き込んで高く上昇し、上空に達すると今度は冷やされて気流が降下し、全体として巨大なキノコ状になるのを観察した。

爆風が通り抜けたところは背の高い草がなぎ倒され、その道筋が足場に向かって伸びてくる。「ジャンプ!」。サハロフは叫んだ。

全員が足場から飛び上がった――ひとりのボディガードを除いて。ボディガードは、勢いよく吹き抜ける爆風に倒されてしまった。

「成功だ!」。サハロフの同僚、ヤーコフ・ゼルドヴィチが大声を上げた。「やった! すべてうまくいった!」。

サハロフ自身の反応は、その一〇年前にニューメキシコ州の砂漠で行われた世界初の原子爆弾の実験を見守ったときの、ロバート・オッペンハイマーの反応とよく似ていた。誇りと愛国心、安堵、そして恐怖が入り混じっていた。

ソヴィエト連邦初の水素爆弾は、予想以上に威力があった。塹壕から実験を確認した兵士は死亡した。崩壊した防空壕では二歳の女の子が死亡した。防空壕があったのは、危険区域から充分離れているはずの場所だった。

その日の晩に開かれた政府関係者の祝賀会で、サハロフは尊大なアメリカと対等に張り合える若き天才として、脚光を浴びた。軍の高官から、最初に乾杯の音頭を取る栄誉を与えられたサハロフは、立ち上がってブランデーグラスを掲げた。「われわれの装置の爆発が、毎回今日のように成功しますように」、と彼は述べた。「ただし、都市の上空ではなく、実験場の上空で」。

会場は静まり返った。将軍はみな、しかめ面をしていた。サハロフは理解した。自分は、まずいことを言ってしまった。

「われわれ考案者、科学者、エンジニア、職人は、恐るべき武器を生み出した。人類史上、最も恐ろしい武器を」。彼はこのとき気づいたことを、のちにたびたび思い出す。「しかもその武器は、われわれの制御がまったく及ばないところで使用される」。

アメリカ政府は、引き続き資金を投じて原子爆弾と水素爆弾を造り、一九五五年に二四〇〇発であった核兵器の数は、一九五六年に三七〇〇発になった。そして、ソヴィエトが水爆実験を成功させてからは、アメリカはソヴィエトの爆弾を監視するようになる。昼夜を問わず四六時中。

仮にソヴィエトの爆撃機がアメリカに向かうとすると、大西洋を渡る西のルートや太平洋を渡る東のルートは取らないだろう。最短でアメリカの都市に到達する北のルートを取り、北極圏を横断するはずだ。アメリカ軍はその点を考慮して、早期警戒レーダー基地をアラスカ州とカナダに建設した。コロラド州のコロラドスプリングスにある司令部では、敵の侵略のいかなる兆候も見逃すまいと、レーダー技師が絶えずスクリーンで監視した。

一九五五年の終わり頃、ソヴィエトの水爆実験の直後に、司令部の電話が鳴った。ハリー・シャウプ大佐が受話器を取る。「シャウプ大佐だ」。

幼い少年が、ためらいがちに尋ねた。「あなたは……サンタクロース？」。

「悪ふざけかね？」。シャウプはきつい口調で言った。「いったい何のまねだ？」。

しばらく沈黙があり、やがて静かにすすり泣く声がした。

その少年は、シアーズ百貨店の新聞広告で、サンタクロースが「やあ、子どもたち！　私の電話に直接かけておいで！」、と言っている写真を見たのだった。でも彼は、番号を間違えた。かわいそうに、その子はただサンタクロースと話したかっただけだ。ところが、世界情勢に関する気がかりな教えを授けられた。

「北極には、サンタクロースと呼ばれる男がいるのかもしれん」。シャウプは少年にそう言った。「だが私が、そっちの方向から来そうだと気をもむのは、その男ではないんだ」。

戦争が始まった場合、フランシス・ゲイリー・パワーズは、北極圏を逆方向に横断することになる。二六歳のパイロット、パワーズは、ジョージア州にあるターナー空軍基地に勤務し、鉄のカーテンの向こう側に核爆弾を落とす訓練を受けていた。決して実施を求められたくない任務だ。

一九五六年一月のある午後、F-84Fサンダーストリークに乗って無事に飛行訓練を終えた後、パワーズは、飛行隊の掲示板に貼ってあるリストに自分の名前があるのを見て驚いた。何かまずいことをしでかしたのか？　何か追加業務を与えられるのか？

リストには何も書かれていない。翌朝八時に空軍司令部に出頭せよ、という指示だけだった。パワーズは、命令どおりに出頭した。とはいえ、彼ひとりではなかった——他に数名の若いパイロットが来ていて、みな同じくとまどっていた。少佐に呼ばれ、全員がオフィスのなかへ入った。

少佐からは、こう告げられた。君たちはパイロットとしての評価、単座ジェット戦闘機の経験、極秘情報取り扱い許可《セキュリティ・クリアランス》の保有において、極めて優れていたために選ばれた。君たちに会いたいという人物がいる。新たなチャンスについて話したいそうだ。興味はあるか？　レイディアム・スプリングス・インへ、ひとりずつ行ってきたまえ。コテージ1のドアをノックして、ウィリアム・コリンズ氏を訪ねろ。

パワーズは、得た答えよりも多くの疑問を抱いたまま辞した。

だが、好奇心をそそられた彼は、その日の夜に車でレイディアム・スプリングス・インまで行った。誰もが読むスパイ小説、ジェームズ・ボンド・シリーズの新作の登場人物になった気分で、立ち並ぶ小さな建物の前を通って一番奥まで行く。だが彼は、スパイではないばかりか、この話がこれからどう展開するのかも知らなかった。

ノックをするとドアが開いた。ビジネススーツを着た男がひとり立っていて、訪問者が先に口を開くのを待った。

「ウィリアム・コリンズ氏を訪ねるように言われました」。パワーズはそう言った。

「私がウィリアム・コリンズだ。君は確か……？」。

「パワーズ中尉です」。

男は、なかへ入るようにとしぐさで示した。メインルームには、スーツ姿の人物がさらにふたり立っていた。皆で握手を交わし、腰を下ろす。

コリンズが話しかけた。「一体どういうことだ、と思っているんじゃないかね？」。

秘密の世界

フランシス・ゲイリー・パワーズ——友人はフランクと呼ぶ——は、帰宅して妻と話した。ふたりの出会いは、三年前の空軍基地だ。ある晩遅く、彼はカフェテリアでコーヒーをすすりながら、テーブル席に腰かけて本を読んでいる女性をちらちらと見ていた。彼女が一二歳から農業用トラックを運転していたこと、二年飛び級して一五歳で高校を卒業したことなどはまったく知らなかったが、そのような雰囲気は感じていた。彼女には、そういうエネルギーがあった。

「ねえ、あそこにいる彼女とぜひデートしたいな」。パワーズは、レジ係にそう打ち明けた。レジ係はにっこりして答えた。「難しくはないわ。あれ、私の上の娘だから」。

パワーズは、自分の顔が焼けるように真っ赤になるのを感じた。

レジ係は、娘のバーバラ・ムーアを紹介してくれた。フランクとバーバラは、互いに冒険やアクションが好きなこともあり、まもなくデートするようになった。

レイディアム・スプリングス・インから戻ったその晩、パワーズはコテージ1で行われた不可解なミーティングについて妻に話した。コリンズはパワーズに、あなたは「特別任務」のために選ばれたと告げ、任務にはある程度のリスクが伴うが「国にとっては重要な任務になる」、と言った。コリンズが唯一明らかにしたのは、長期の海外配属となるという点だった。家族の帯同は許されない。

フランクとバーバラは、九ヵ月前に結婚したばかりだ。当初フランクは、家族が一緒に行けないとなると話は簡単にいかないと思った。ところがバーバラは、チャンスをつかむようにと背中を押してくれた。自分は母親と一緒に暮らせばいいし、近くの海軍基地の秘書の仕事を続けるから。そうすれば、ふたりでかなりのお金を貯められる。彼女には、夫がその任務をとてもやりたがっているのがわかった。

パワーズは、コリンズが教えてくれた番号に電話をかけた。そして、翌日の夜にもう一度訪ねると言った。

再びパワーズと会ったコリンズは、自分は中央情報局（CIA）の者だと説明した。CIAは、世界中から機密情報を収集し、分析して、アメリカ合衆国の敵に対して秘密工作を行うことを職務とする政府機関だ。今回の任務を引き受けるのならば、パワーズは空軍を辞職してCIA直属の局員として働かねばならない。これまでとは異なるタイプの、極秘任務のための飛行機の操縦訓練も受ける。報酬は高く、民間機のパイロットと同等の水準になる。

危険な任務だと思えるかもしれない。実際に危険は伴うので、そう思うのは当然だ。パワーズに与えられる任務は、ソヴィエト連邦上空の飛行だったから。

「今、どう思っているかね?」。コリンズが尋ねた。

パワーズにとって空を飛ぶのは、いつも夢のように楽しい――それでも、彼の心は飽き足らず、満たされていなかった。第二次世界大戦では若すぎて志願できず、朝鮮戦争では出征直前に虫垂炎にかかった。冷戦の今、ようやく自分の役割を果たすチャンスが巡ってきた。

「やります」。彼はそう答えた。

「もうひと晩、よく考えたまえ」。

「必要ありません」、とパワーズは言った。「もう決めました」。

フランク・パワーズは、秘密の世界にそっと滑り込んだ。日常という表層の下にある秘密の層に入った。

スパイ活動のノウハウに初めて触れる者は誰でもそうだが、彼も試行錯誤を繰り返して学んでいった。たとえば、偽の身分でホテルにチェックインする場合、前もって偽の住所を覚えておかないと、フロントデスクで手にペンを持ったまま自分がどこに住んでいるかを思い出すのに四苦八苦するという、笑いごとではすまない状況に陥る。

また、諜報員と会う場合は、話の最中に諜報員がラジオの音量を上げてもそのままにしておく。パワーズを含むパイロットたちは、採用書類に署名した直後に、ワシントンDCのホテルの一室でコリンズに会った。コリンズが、彼らが操縦する予定の飛行機の写真を見せる際、ラジオから大音量で音楽が流れた。

「何という名の飛行機ですか？」。パイロットのひとりが尋ねた。

「公式の名前はまだない」。コリンズはそう答えた。「だが、参考までに言えば、『ユーティリティー2』と呼ばれている」。

これ以上退屈な名前は他になさそうだが、余計な注目を引くこともなさそうだ。

パワーズは音楽にかき消されてよく聞こえなかったため、ラジオを消した。

すると、急に話をやめたコリンズに睨まれた。

そこでパワーズは理解した。音楽は、会話を聞き取りにくくする手段だったのだ。ソヴィエトのスパイがその部屋を盗聴している場合に備えて。彼がもう一度ラジオをつけると、説明がまた続いた。

パイロットたちは、ネバダ州の砂漠にある人里離れた空軍基地へ、空路で運ばれた。殺風景なところで、管制塔、一八〇〇メートルの滑走路、トレーラーハウス、食堂があるだけだった。機密性が非常に高いため、この基地には公式の名前がない。政府の極秘地図には、「エリア51」とだけ記されている。

パワーズは、そこでついに「ユーティリティー2」――彼らは「U-2」と呼ぶようになっていた——を間近に見た。

ジェットエンジンがついたグライダーのような形状で、主翼の長さは胴体の長さの二倍あり、あまりにも長いせいで駐機時には両翼が垂れ下がる。機体の最軽量化を徹底するため、つややかな機体の骨組みには、厚さわずか〇・五ミリメートルのアルミ材が使われ、尾翼は三本の小さなボルトで固定されている。武器は積まず、防御装置はない。U-2の際立つ長所は、高い高度で飛行できることだ。超高高度で飛ぶため、撃墜されない。

あくまで理論上の話だが。


この飛行機の操縦は一筋縄ではいかない。離陸前には、必ず二時間かけて「予備呼吸」——純酸素を吸い込んで血中の窒素を排出する——を行う。高高度の上空でコックピット内の気圧が急激に下がると、パイロットの血液中の窒素が気泡となって身体に過酷な異変をもたらし、悪くすれば、スキューバダイバーの減圧症のような致死的な病態を招くからだ。安全性を高めるため、パイロットは頭に密着するヘルメットをかぶり、あざができるほどごわつく、全身を覆う与圧スーツも着用する。

飛行中は何も食べられない。何かを飲むことも用を足すこともできない。しかも、飛行中のU-2の最高速度と最低速度は差が小さいので、リラックスできる瞬間はまったくない。少しでも飛行速度が上がれば、きゃしゃな機体に負担がかかり、ばらばらになって壊れてしまう。

◉フランシス・ゲイリー・パワーズ。後ろにはU-2機

少しでも速度が下がれば、翼に発生する揚力が大きく低下し、機体を空中で維持できなくなる。その結果、機体は急降下し、飛行速度が急激に上がってばらばらに砕ける。

とはいうものの、パワーズはU－2のスリルと難しさがとても気に入った。高度二万メートルの雲も嵐もない上空にひとりでいると、速度感覚がなくなる。下に見える地球は、地球儀の表面のように湾曲していて、上に見える空の色は宇宙の濃い藍色へとグラデーションでつながっていた。

エリア51でパイロットたちの訓練が始まると、アメリカの西部で暮らす人々は、変わった形の飛行機がそれまで見たことがないほど高く上昇していくのを目撃するようになる。UFO目撃の報告も急激に増えた。

一方、バーバラ・パワーズは落ち着かない日々を送っていた。フランクは、自分はトルコ共和国にあるアメリカ空軍基地に配属されると知っていたが、妻には行き先も任務の内容も教えられなかった。彼が妻にわたしたのは、カリフォルニアの住所が記された、CIAが用意した紙きれだ。手紙はその住所に出す。そうすれば、夫のもとへ転送してくれる。紙きれには、ヴァージニア州の市外局番で始まる電話番号も書いてあって、そこにかけても構わないが、差し迫った緊急事態の場合に限られる。

国を離れる前、フランク・パワーズはヴァージニア州南西部の小さな町、パウンドに住む両親を訪ねた。両親には、政府の仕事で気象観測をするために海外へ行くと伝えた。

姉のジャンは、信じなかった。「気象を観測するのに、なんだってはるばる海を渡らなきゃならないのよ。ここにも気象はあるじゃない」。

一九五六年の夏、アメリカ人パイロットたちはU-2でソヴィエト連邦の上空を飛び始めた。機体の腹部に最先端のカメラを備えつけ、工場や軍事基地、ロケット発射場などを撮影した。フィルムは大急ぎでアメリカ合衆国へ送られ、政府の画像解析専門家によって解析され、拡大写真がホワイトハウスのドワイト・アイゼンハワー大統領に届けられる。

アイゼンハワーは感心した。職業軍人として、第二次世界大戦中にヨーロッパ戦線で連合軍の指揮を執った彼は、航空偵察写真を山ほど見てきた。だが、U－2が撮影した写真はずば抜けている。画像は鮮明で、地上のソヴィエト軍の飛行機がはっきりとわかり、戦車やミサイルの数も数えられる。

しかし、手放しで喜ぶわけにはいかなかった。仮に、ソヴィエトが同じような偵察機をアメリカの空域に飛ばしたらどうなのか。アイゼンハワーにしてみれば、それは戦争行為に他ならない。

その点に関しては、アイゼンハワーとニキータ・フルシチョフは全く同じ考えだった。ソヴィエトのレーダーは、アメリカの偵察機が領空の境界に近づいた瞬間から、その位置をとらえていた。最初のU－2がソヴィエトの領空に入った後、フルシチョフはアメリカ政府に正式に抗議した。

ホワイトハウスは、空軍機をソヴィエト連邦の上空に飛ばしたことを否定した。厳密にいうならば、それは正しい。飛行機はCIAの所属だからだ。

領空侵犯はその後も続いたが、モスクワはそれ以上抗議しなかった。

フルシチョフの息子、セルゲイは、ロケット科学者になるべく研鑽《けんさん》を積んでいたが、なぜアメリカの航空機の攻撃性と違法性を世界に向けて大声で告発しないのか、と父に尋ねた。

ニキータは息子に話した。「弱者は強者に文句を言う」。

ソヴィエト連邦第一書記のフルシチョフは、機会あるごとに格言やことわざを引用する。

「彼らは目ではなく尻で見る——彼ら見えるのは背後だけ」。

「どんなバカでも戦争を始められる」。

「恐怖には大きな目がある」。

お気に入りの格言はまだある。アメリカのU‐2を撃墜したら言ってやりたい格言だ——

「うぬぼれ屋に学ばせるには鉄拳」。

あんたらを葬ってやる

「ほとんどはまだ途中だが、これは完成してる」。

ルドルフ・アベルは、自分が描いた一番新しい絵を指してそう言った。廊下の先にアトリエを構える若い画家、バート・シルバーマンが、ニューヨークの路上で暮らすホームレスを描いたカンバスをしげしげと眺める。

「力強さがあるね」。シルバーマンはそう言った。

だけど、デッサンはすごくお粗末だ、と彼は指摘した。構図はまずいし、色使いはさえない。

「まあね」、とアベルは答えた。「何しろ、まだほんの手始めだから」。

アベルは、批判を肝に銘じた。新人諜報員の補充やモスクワからの暗号メッセージの受信などで忙しい時間以外は、絵の上達に努めていた。他の画家は彼の部屋に集まり、コーヒーを飲んだり、芸術や愛、時事の話題について話したりした。アベルの新しい友人たちは、たびたびアメリカ政府を批判し、経済格差や恥ずべき人種差別をやり玉に挙げた。

アベルは、政治にはあまり興味がないというふうに、聞き手に徹した。賢明な態度だ。

一九五〇年代は、「レッドスケア」の時代だった。アメリカ政府の首脳は、共産主義に対する恐怖をあおり、いたるところに——学校にも、官庁にも、映画スタジオにも——ソヴィエトの諜報員が潜んでいて、密かに世界支配の道を開こうとしていると警告した。共産主義はもちろんのこと、その目的である富の公平な分配に少しでも興味を示せば、誰であろうと不実、すなわちアメリカの敵という烙印を押された。

それは理屈に合わないという見方もある。国民がどんな政治信条を持とうと、それを制限する条文はアメリカ合衆国憲法にはないからだ。アメリカ国民は、自分たちの自由に大きな誇りを持っていた——だが、このときばかりは、考え方が違うという理由で互いに敵意を持つようになっていた。一方で、見方を変えれば、レッドスケアは充分に理解できる。共産主義自体は崇高な目標から生まれたのかもしれないが、アメリカ人は共産主義国の実態を理解している。そのような類の政権がアメリカの支配権を得たらどうなるのか?

ルドルフ・アベルは、そのような事態はほぼあり得ないと知っていた。確かに、アメリカ合衆国内で活動するソヴィエトの諜報員は何人かいる。しかし、アベルにとっては残念だが、アメリカ人が怖がるほどは多くない。恐怖を感じると、いたるところに敵がいると思えてくるものだ。

格言のとおり、恐怖には大きな目がある。

ニキータ・フルシチョフが、ハンガリーの解放運動［一九五六年、ハンガリー動乱］に対して取った行動を見て、アメリカ人の恐怖はさらに募った。東欧の国、ハンガリーは、当時ソヴィエト連邦の強い影響下にあった。

一九五六年の秋、ハンガリー人は自由選挙の実施を求めてデモ行進を行った。するとフルシチョフは、首都ブダペストにソヴィエト軍と戦車を送り込み、少なくとも二五〇〇人の市民が犠牲となった。フルシチョフはスターリンとは違う――自国民を何百万人も殺害したりはしていない――だが、彼はこの行動によって、ソヴィエト連邦の権威が脅かされるならば冷酷な対応もいとわないと見せつけた。

世界中から抗議を受けたフルシチョフは、反発した。

「あなた方が受け入れようが、受け入れまいが、歴史はわれわれの側にある」。彼は、モスクワに集まった西側諸国の外交官に向かって演説した。「あんたらを葬ってやる」。

この言葉は、ニキータ・フルシチョフの最も有名なひと言となる。彼のスローガンといってもよい。

「あんたらを葬ってやる」。

実際に土に埋めるつもりはない、と彼はくり返し主張した。ときがたてば、共産主義体制はアメリカ型の資本主義、民主主義よりも優れているとおのずと証明される、という意味だった。

いずれにせよ、ルドルフ・アベルは葬るために喜んで手を貸しただろう。

だが、助手がレイノ・ハイハネンのような男では、何ができるというのか？

ハイハネンは、第二次世界大戦中には勇敢で有能な諜報員だったが、その後は腕が衰えていた。アベルから、作戦計画のカムフラージュのためにニュージャージー州で写真館を開くように命じられても、ハイハネンはいっこうに任務に取りかかろうとしなかった。また、アベルから受け取った生活費は、すべて呑み代に使ってしまう。アルカトラズ連邦刑務所で服役中のソヴィエトのスパイの妻のために、ふたりでニューヨーク市の北にあるベア・マウンテン州立公園へ行き、五〇〇〇ドルを埋めて隠したときも、ハイハネンは後から公園に引き返して金を掘り出し、使ってしまった。

アベルは我慢の限界に達し、モスクワの上司に報告した。一九五七年の初め、ソヴィエトの情報機関は、休暇をやるので帰ってくるようにとハイハネンに命じた。

しかし、長年KGBで働いてきただけに、「休暇」とはシベリアの収容所に長期収監されるという意味でもあると、ハイハネンは知っていた。彼はフランスへ渡ったものの、もうこれ以上東へは行かないと決意した。そして、酒を一、二杯ひっかけてから、ふらつく足でパリのアメリカ大使館へ行った。

「私はソヴィエト連邦国家保安委員会の将校だ」。彼はあっさりと話した。「この五年間、私はアメリカ合衆国内で活動してきた。今、あなた方の助けが要るんだ！」。

この男の言い分をまともに受け止めるべきかどうか、アメリカ大使館の職員にとって判断は難しかった。とりとめもなく話し、アルコールのにおいがプンプンと漂う。しかし彼は、フィンランドの五マルッカコインを取り出し、ピンを使ってぱっくりと開き、なかに入っていたとびきり小さなマイクロフィルムを出した。

大使館はハイハネンを合衆国に送り返し、FBIが彼をホテルの一室に拘禁して、七日間連続で取り調べた。

ハイハネンが姿を消し、問題が起きていると感づいたアベルは、マンハッタンのうらぶれたホテルに別の偽名でチェックインした。FBIは彼の居場所を突き止め、一九五七年六月二一日の早朝に部屋のドアをノックした。

二・五センチだけ開いたドアから、FBIの捜査官は押し入った。アメリカで活動中のソヴィエトのトップスパイはベッドに戻り、たわむマットレスの端に裸のままで腰かけた。「大佐」、と捜査官のひとりが口を開いた。「われわれは、あなたがスパイ行為に関与していたという情報を得ています」。

アベルは、顔にかすかな不安を浮かべた。「大佐」という言い方はまずい。ハイハネンを確保しているという意味だ。アメリカ国内で、アベルのKGBの階級を伝えられる者は、ハイハネンしかいない。

落ち着きを取り戻したアベルは、スパイについては何も知らない、と訪問者たちに断言した。

捜査官は、下着を着るようにとアベルに言った。

そして、室内の捜索を始めるやいなや、短波ラジオの受信機を発見し、ワイヤーがくねくねと浴室まで延びて窓から垂れ下がっているのも見つけた。

「大佐、非常にまずいですな」。

「そのようですね」。

FBIがブルックリンのアベルのアトリエを強制捜査すると、大量の米国通貨の現金、何年もかけて作り上げたスパイ道具、KGBの暗号書《コードブック》、ワンタイムパッドなど、多くの証拠が見つかった。ついにFBIは、四年間ずっと手を焼いてきた、空洞の五セントコインの暗号文を解読した。


無事に到着、おめでとう……

パッケージは君の妻に直接届けた。

家族はすべて問題ない。成功を祈る。

同志より。

世間で大きく騒がれ、憶測を呼んだが、何のことはない、お決まりの歓迎メッセージにすぎなかった。

ブルックリンの画家、ソヴィエトのスパイ容疑で逮捕
ロシアのトップスパイ、捕まる
アメリカ合衆国、一流スパイの正体暴く

見出しこそ各紙で違ってはいたが、報道された事実は同じだった――ソヴィエトのトップスパイがこの国で、アメリカ国民の目と鼻の先で、九年間も活動していた。この不穏な知らせに続いて、さらに恐るべきできごとが報じられる。

「皆さん、これから、今世紀において最も重要なニュースをお届けします」。

一九五七年一〇月四日の夕刻、そんな言葉で始まったNBCのラジオ放送は、「宇宙時代」の到来を告げた。ソヴィエトのロケット科学者が世界初の人工衛星、スプートニク一号の打ち上げに成功したからだ。重さ八三・五キロのアルミニウム製の球体が、時速二万八九六七キロで九六分ごとに地球を周回した。

アメリカ人は、路上に、芝生に、農地に飛び出して、空を見上げた。タイミングよくちょうどぴったりの位置に目をやった人には、太陽の光を反射させて地球に届ける小さな点が夜空を駆け抜けていくのが見えた。好奇心、驚嘆、動揺、恐怖。またしても、人類史の転換点が訪れていた――しかも、ソヴィエト連邦の紛れもない勝利だ。「アメリカは、ソヴィエトの月の下で眠る」。ニキータ・フルシチョフは誇らしげにそう言った。

ただの自慢だが、脅威でもあった。宇宙に衛星を打ち上げられるロケットならば、アメリカの都市に向けて水素爆弾を発射するのにも使えるからだ。

アメリカで活動したソヴィエトのスパイにとって裁判に適した時期があるとしたら、今はその時期ではなかった。

傍聴人が詰めかけたブルックリンの法廷で、検事はアベルの数々のスパイ道具を陪審員の前に並べた。大学生になっていたジミー・ボーザートは、空洞の五セントコインを見つけた経緯を話した。アメリカ政府の証人保護プログラムにより姿を消していたレイノ・ハイハネンは、黒いサングラスをかけ、髪と眉と新たにはやした口ひげを真っ黒に染めて物々しく登場し、暗号や隠し場所《デッドドロップ》について決定的な証言をした。

「これは、われわれの存在そのものに対する攻撃です」。検事はアベルのアメリカにおける任務をそう表現した。「そして、われわれはもとより、自由世界、また文明そのものへの攻撃でもあります」。

アベルは終始席に着いたまま、退屈な会議を我慢するかのように、ノートにいたずら書きをしていた。

陪審員は彼に有罪を宣告し、量刑について判事にふたつの選択肢を与えた――長期刑か、電気椅子か。アベルの弁護士、ジェームズ・ドノヴァンは、将来合衆国政府はソヴィエト連邦との取引の一環でアベルを本国へ送り返したくなるかもしれないと論陣を張り、死刑の回避に成功した。

ドノヴァンも認めたが、その時点では確かに、ソヴィエトはアメリカの重要なスパイを拘束していなかった。だが、状況は常に変わるものだ。


バーバラ・パワーズは孤独で、退屈で、返事を待ち続けるのにうんざりしていた。

フランクがいなくなってから一年以上がたち、彼がどこにいるのか、いつ戻るのか、彼女はいまだに知らなかった。もちろん彼女も、軍人ならば家を離れなければならないときもあると理解してはいた。しかし、夫は空軍を退役している。なぜ？　空軍の仕事は彼のすべてだった。今、どこで働いているのか？　なぜ、こんなにも高額の報酬がもらえるのか？

フランクは以前、ギリシャ王国のアテネについて手紙に書いていた。そこから手をつけるのがよさそうだ。

バーバラは緊急時の連絡先が書いてある紙きれを探し出し、そこにあるヴァージニア州の電話番号をダイヤルした。

男性の声が応答した。「はい」。

「こちらはバーバラ・ゲイリー・パワーズ、フランシス・ゲイリー・パワーズの妻です。お知らせしておこうと思って電話しました。明日の朝、ギリシャのアテネに飛んで、夫と会います」。

ほんのしばらく沈黙があった。

「ミセス・パワーズ、あなたは、えー、それが賢明だとお考えですか?」。

彼女の心は決まっていた。「当然でしょう。私は行くわよ!」。

人間か、怪物か？

電話から一週間もたたないうちに、バーバラとフランクはアテネのナイトクラブで再会し、シャンパンで彼女の到着を祝った。夫の目を見れば、自分に会えて感激しているのが彼女にはわかる。だが、それだけではない。何か気がかりなこともありそうだ。

フランクはグラスを置き、落ち着かないようすで細長いグラスの脚を指でいじった。

「先に話しておいた方がいいと思うんだけど」、と彼は切り出した。「君がここまで来た大胆な旅行で、僕たちの問題が解決するわけじゃないよ」。

「どういう意味？　私たち、今ここで一緒にいるじゃない！」。

「でも、ずっとじゃない」。彼は、次の言葉を無理やり絞り出した。「バーバラ、僕はギリシャに配属されてるんじゃないんだ」。

「そう。じゃあ、どこに配属されてるの？」。

「それはまだ教えられない」。

君がアテネに向かっていると知らされたので会いにきた、と彼は説明した。君がアテネにずっといるのなら、自分は月に一、二回、空路で会いにくる。

バーバラは、その条件で、できる限りのことをした。アテネの空軍で職を見つけ、その後、リビア連合王国のトリポリに移動した。一九五八年の初め、CIAはようやくU‐2のパイロットが基地に妻を帯同しても構わないと承諾した――基地とは、トルコのアダナにあるインジルリク空軍基地だった。

「これだよ」、とフランク・パワーズは紹介した。「U‐2だ！」。

バーバラ・パワーズを始めとする数名のパイロットの伴侶たちは、夫とともに基地内を見て回った。バーバラは偵察機の前に立ち、まるで黒いカラスみたい、とても大きくて飢えている、と思った。

「そうなの」。女性のひとりが言った。「これが、ジョンのもうひとりの妻ってわけね」。

冗談だが、ただの冗談でもない。バーバラの言葉を借りれば、トルコでの結婚生活は三角関係だ――夫、妻、そして奇妙な飛行機。フランクは、その飛行機で「気象観測飛行」を行う。彼女はいまだに、夫の本当の雇い主が誰なのかを知らなかった。

領空通過の承認はすべてホワイトハウスから直接出され、それからパイロットに対して、詳しいルートや写真撮影の対象などの指示が出る。パイロットたちは、日々の所定の飛行を

「たやすい偵察飛行《ミルクラン》」と呼んでいた。ソヴィエト連邦領空の飛行には「ミルクラン」はない。U-2の機体を空中で保つのは楽ではない。しかもパイロットは、ソヴィエトのレーダーに追跡されていると知っている。ソヴィエトはアメリカの偵察機を狙ってミサイルを発射し、自国空軍のミグ戦闘機に追跡させる。だがU-2は、設計者が請け合ったとおり、撃ち落とせない高度を飛んだ。

それでもフランク・パワーズは、疑問を持たずにはいられなかった——もしも本当に撃ち落とされたら？　捕虜にされたら？　いったいどうすればいいのか？

CIAの上司は、それについて一度も話をしなかった。せいぜい、致死薬《lethal》の「Lピル」を携帯するという選択肢を与えてくれただけだ。薬瓶のラベルには、カプセルを歯で嚙み砕き毒性のシアン化物を口から吸いこむようにと指示がある。「苦しくはならないが、胸部が絞めつけられる感覚があるかもしれない」とも書いてあり、「その後死が訪れる」そうだ。

考えないようにするのが一番だ。

任務がなければ、考えずにいるのはたやすかった。フランクとバーバラは寝室が三つあるトレーラーハウスを基地内に設置し、メイドふたりと庭師ひとりを軍から手配してもらった。バーバラはパーティーを開き、フランクはしゃれたコンバーティブルタイプのベンツを一台買った。ふたりはエック・フォン・ハイナーベルクと名づけた大型のジャーマン・シェパード・ドッグを引き取り、スポーツカーの前部座席に一緒に乗せてトルコの雄大な高原をドライブした。

一九五九年九月一五日のどんよりとした午後、ワシントンDCの路上に二〇万人のアメリカ国民が列をなした。喝采を送るわけでもなく、非難の声を上げるわけでもなく、ただ黙って現実離れした光景を見守っていた。

やがて、一台の車がゆっくりと近づいてくる。なかから笑顔で手を振るのは、ニキータ・フルシチョフだった。

「あんたらを葬ってやる」と言ったあの男が、観光客のように見物を楽しんでいる。

アイゼンハワー大統領は、ソヴィエトの指導者をアメリカに招待した。敵対する両大国は、勝者の生まれない戦争に向かって猛烈な勢いで進んでいた。フルシチョフは、話し合いをする時期だと同意した。だがアメリカには、彼の本心がどこにあるかを知るすべはなかった。

ある新聞が、その雰囲気をとらえて見出しにした。「フルシチョフ——人間か、怪物か?」。

ニキータと妻のニーナ、四人の成人した子どもたちは、ワシントンDCを皮切りにアメリカを横断した。テレビのニュース番組では、毎晩珍しいシーンが映し出された——農場経営者と冗談を言い合うフルシチョフ、企業のカフェテリアで食事をとるフルシチョフ、ハリウッドのスタジオで映画撮影を見学するフルシチョフ。彼にとって残念だったのは、家族でディズニーランドを訪れる予定が直前にキャンセルされたことだった。

「たった今、行くのは無理だと言われたのです」。フルシチョフは、映画スターが大勢集まった晩餐会でそうぶちまけた。「私は尋ねました。『なぜ？　何があったのですか？　あそこには、ロケットの発射台でもあるのですか？』」。

英語に訳された彼の言葉を聞いた参加者は、大笑いした。

それとも、ロサンゼルス市警察は警備に不安があるのか、と彼は続けた。あるいは、他に理由が？「ギャングの一味があそこを牛耳っているとでも？　この国の警官はたいへん屈強で、牡牛の角をつかんで持ち上げるそうじゃないですか。たとえギャングがうろついても、彼らは間違いなく治安を維持できるはずでしょう」。

会場の聴衆がくすくすと笑った。ちょっとふざけているだけ——だよな？

ならば、彼の顔があんなに赤くなっているのはなぜだ？

「それが、私の今の状況です」、とフルシチョフはまくし立て、拳を突き出した。「私にとって、このような状況はあり得ません！」。

沈黙、そして当惑が広がった。この男は冗談を言っているのか、脅しているのか？　アメリカ合衆国に狙いを定めたロケットと爆弾の発射ボタンに指を置きながら、ミッキーマウスに会えないからとこんなにも怒っているのか？　それとも、ばかにされたと感じているのか？　あるいは、敵をじらしたいだけか？

人間か、怪物か？

「少し短気を起こしていたかもしれません、お許しいただきたい」。フルシチョフはそう言って、笑顔で演説を終えた。「しかし、ここの気温のせいもあるでしょうな」。皆、拍手した。ソヴィエトの指導者はテーブルに案内され、そこでマリリン・モンローと顔を合わせた。

フルシチョフのアメリカ訪問の重要局面は、最後に訪れる。メリーランド州にある大統領の保養施設、キャンプ・デービッドで行うアイゼンハワー大統領との会談だ。

六九歳で二期目の任期も終わりに近づきつつあるアイゼンハワー——通称アイク——は、疲弊しきっているようすだった。ただひとつ、大きな目標が残っている。とてつもなく大きな目標だ。公職から退く前に、アメリカ合衆国とソヴィエト連邦が第三次世界大戦に進むのを回避する。彼はそう決意していた。

アイクは、第二次世界大戦の恐ろしさを間近で見て知っていた。万が一次の大戦が起これば、もっと恐ろしい戦争となるだろう。アメリカ合衆国の核兵器保有数は一万二〇〇〇発に達し、さらに増え続けている。ソヴィエト連邦の保有数はそれよりもはるかに少ないが、数百万のアメリカ人を数分で殺害するには充分だ。両国は競い合って、爆弾、高速戦闘機、強力なロケットを開発している。アイゼンハワーの目標は、将来の対立が全面戦争につながる可能性を低くすることにあった。達成できれば、彼の金字塔となる——冷戦の緊張を緩和したという輝かしい業績だ。危険の少ない、新しい時代が到来する。彼が生涯をかけた仕事の幕引きとしては、悪くない。

キャンプ・デービッドで林のなかの小道を連れ立って歩きながら、アイゼンハワーとフルシチョフは合意点を見出すために小さな一歩を踏み出した。アメリカ合衆国とソヴィエト連邦は今後もずっとライバルである、それは紛れもない事実だ。そのうえで自分たちがすべきは、何かのはずみで起きたことが制御不能にならないようにする手立てを見つけることだと、ふたりは同意した。互いの国の都市を破壊するような事態は、あってはならない。ふたりは、一九六〇年五月にパリで開催する首脳会議で、この件に関する公式会談を行うと合意した。首脳会議後、アイゼンハワーはアメリカ合衆国大統領として初めてソヴィエト連邦を訪問する。

どちらのリーダーも、フルシチョフの訪米は成功したとみなした。どちらも、勝者の生まれない戦争へ向かう動きを緩めるのは自国の利益にかなうと見ていた。そしてどちらも、水素爆弾には頼らずに、世界で優位に立つために戦い続けたいと望んでいた。

どちらも、自らの陣営が冷戦に勝つと本気で信じていた。

フルシチョフは本国へ戻り、アメリカの大統領を迎える準備を始めた。労働者がチームになって街路やビルを洗い流し、国内初の唯一のゴルフ場建設に着工した。アイゼンハワー大統領は大のゴルフ好きとして知られていた。

アイゼンハワーは、ワシントンDCで大きな問題に向き合った――一九六〇年を迎えても、U-2のソヴィエト領空飛行を承認し続けるべきか？

この飛行は危険だ。アイクがソヴィエトの指導者と築いてきた、脆弱な親善関係を壊してしまいかねない。だが一方で、偵察機はソヴィエトの軍事力に関して千金の価値がある機密情報を持ち帰ってくれる。しかも、フルシチョフは何年も前から、領空侵犯に関して文句を言わなくなった。もしかすると、容認しているのかもしれない。

難しい判断だった。パリの首脳会議は、一九六〇年五月一六日に開始すると決まっている。アイゼンハワーは、五月一日まではU-2の飛行を続けると決めた。

パリの首脳会議前の最後の飛行を任ぜられたのは、フランシス・ゲイリー・パワーズだった。

空洞コイン #2

フランク・パワーズは、CIAの担当官から受け取ったばかりの備品をひととおり確認した。よく光るシルバーダラー〔白色金属で製造された一ドル硬貨〕だが、普通とは違っていた。キーホルダーにつける幸運のお守りみたいに、端に小さな金属の環《わ》がついている。環を回転させるとコインが開く。なかは空洞だ。ピンが一本入っていて、先端にべっとりとした茶色いものがついている。致死性の猛毒、クラーレだと担当官は説明した。Lピルよりも効くのが早いらしい。おそらく、ひと刺しで命取りになる。だとすれば、ロシア人の拷問を受ける恐れはない。

持つか持たないかは、自分で決められる。携帯せよと命じられるわけではない。必ず使えと命じられるわけでもない。

パワーズは携帯することにした。念のために。そして、これまでずっと避けてきた話題を口にした。

「もしも、何かが起きてわれわれの誰かがソヴィエト上空で墜落したらどうなるのですか？」。このコインを使わなかったら？　何が起こる？「われわれが連絡できる人物はいますか？　名前や住所を教えてもらえますか？」。

「いや、それはできない」。

「わかりました。では、最悪の事態になったとします。飛行機が墜落してパイロットが捕まったら、どんなストーリーを話せばいいですか？　具体的に、どこまで話すべきですか？」。

「すべてを話して構わない」。ＣＩＡの担当官はそう言った。「やつらは、いずれにせよすべてを聞き出すだろうから」。

バーバラ・パワーズは夫の荷造りをして、コーヒーやスープを入れたポット、サンドイッチ六切れ、ピクルス、クッキーなどを詰めた。もちろんフランクは行き先を教えてくれなかったが、バーバラは、夫が例の極秘任務でたびたび別の基地へ行くのを知っていた。数日は会えないとわかっている。

フランク・パワーズは、パキスタン・イスラム共和国のペシャーワルにある空軍基地へ飛んだ。そこが、彼の二八回目のソヴィエト領空飛行の出発点となる。彼にとってこれまでで最長、すべてのパイロットのなかでも最長の飛行だ——パキスタンからソヴィエトの領空に入り、遠くノルウェー王国北部の基地へ向かう。飛行時間は九時間で、その大部分がソヴィエトの空域だ。

◉フランシス・ゲイリー・パワーズと妻のバーバラ

格納庫の簡易ベッドで寝つけないまま時間をすごし、パワーズは午前二時にベッドから起き出した。一九六〇年五月一日のことだ。朝食をたっぷりと食べ、予備呼吸をしてから与圧スーツを身に着け、飛行機に乗り込み、離陸してヒンドゥークシュ山脈の高峰の上空まで上昇した。U－2のコックピットに身体を押し込めたパワーズは、敵国の国境が近づくにつれて、いつものように緊張するのを感じた。無線機に手を伸ばし、あらかじめ決められているコードをパキスタンの基地に送信した――すばやい二度のクリック。クリックが三度返ってくれば、基地へ引き返せという合図。クリックが一度ならば、進め。
信号が返ってきた――クリック、そして無音。

その日の朝、彼はただならぬ電話で起こされた。ニキータ・フルシチョフは暗い寝室で目を開け、ベッドサイドテーブルにある赤い電話機に手を伸ばした。かけてきたのは、国防大臣のロディオン・マリノフスキーだ。フルシチョフは話を聞き、電話を切った。これで日曜日が台無しだ。スーツに着替えてネクタイを結び、重い足取りで階段を降り、朝食の席に着いた。

二四歳になった息子のセルゲイは、いったい何ごとかといぶかった。五月一日、つまりメーデーはソヴィエトの労働者の祭日で、祝賀やパレードが行われ、フルシチョフはいつもそれを楽しむ。だが、スプーンをガラスのティーカップの縁にカチカチと当てる父のしぐさは、「邪魔をするな」という合図だ。

沈黙の食事だった。フルシチョフは立ち上がり、部屋を出ていった。

セルゲイは知りたい気持ちを抑えられず、走り出た。父は黒い専用車に乗り込むところだったが、セルゲイの姿を見てとどまった。ニキータ・フルシチョフは息子とふたりきりになると、よく秘密を打ち明けた。このときも、彼はそうした。

「やつらが、またわれわれの上空を飛んだ」。

「何機?」。セルゲイが尋ねる。

「前と同じ——一機だ。相当な高度を飛んでいる」。

「撃ち落とすの?」。

「愚かな質問だね」。フルシチョフは声の調子を和らげて続けた。「すべてはことと次第による」。

ソヴィエトは防空兵器を拡充してきたが、アメリカの偵察機がミサイル基地に相当近づかない限り、狙撃できる可能性は低い。運も多少は味方してくれねばなるまい。

飛び始めてから二時間が経過し、フランク・パワーズは機体に装着したカメラのスイッチを入れ、バイコヌール宇宙基地の写真を撮影した。ソヴィエトの科学者が、スプートニク一号を打ち上げて世界に衝撃を与えた施設だ。

パワーズはさらに二時間、北西に向かって飛行した。ウラル山脈の丸みを帯びた山頂が視界に入ってくる。方向は正しい。前方の空は晴れ。春らしい快晴の日だ。飛行日誌にメモを取っていると、突然強い衝撃を感じた。

座席が激しく前に引っ張られ、空がオレンジ色に光る。

「しまった」。彼は叫んだ。「やられた！」。

機首が下に傾いている。操縦輪を引いて機首を上げようとしたが、反応がない。尾翼をコントロールするケーブルも切れている。あるいは、尾翼そのものが吹き飛ばされたか。機体が急降下し始める。長い両翼がへし折られ、急激に機首が上向き、機体は使命を終えたロケットのように落ちていく。パワーズの目に入るのは、回転する青い空だけだった。

彼は、自爆スイッチに手をかけた。スイッチを入れると七〇秒後に装薬がコックピットをばらばらに吹き飛ばし、この偵察機の機密技術を破壊する。手順としては、まず自爆装置を作動させてから、カウントダウンが終わるまでに射出座席で脱出する。ところがこのとき、パワーズの両膝は計器盤の下に挟まって動かなくなっていた。この状態で射出装置を使うと、両脚を機内に残していく羽目になる。

加速しながら自然落下すると、とてつもない重力がかかるため、パワーズは身体がつぶれそうな重量を感じていた。たとえわずかな動作でも、戦いに等しい。

高度計の針は異常な勢いで――だが正確に――回る。一万六〇〇〇メートルを過ぎ、間もなく一万四〇〇〇メートル……。

パワーズは平静を保ちながら、自分はパニックになりかけていると理解していた。

「落ち着け」。そう自分に言い聞かせる。「落ち着いて、考えるんだ」。

腕を伸ばして、コックピット上部にある透明なキャノピーのラッチを外すと、あらゆるものが割れて回転しながら空に飛び出した。一瞬でヘルメットのフェースプレートが霜でおおわれ、何も見えなくなる。両手を使って、どうにか両脚が動くように引き出し、シートベルトを外すと身体が機体から引きはがされるのを感じたが、いきなり大きな力で引き戻される。飛行服につながっている酸素のホースが邪魔をしていた。彼は蹴って身体をひねり、ホースをちぎって身体を自由にし、地面に向かって急落下していった。

パラシュートが開いたのは、地上四五〇〇メートル付近だった。すべてがゆっくりになった。音は一切なく、空気は凍てついていたが、呼吸はできた。

パワーズがフェースプレートを上げると、ちょうど機体のかけらが降り注ぐように落ちてい

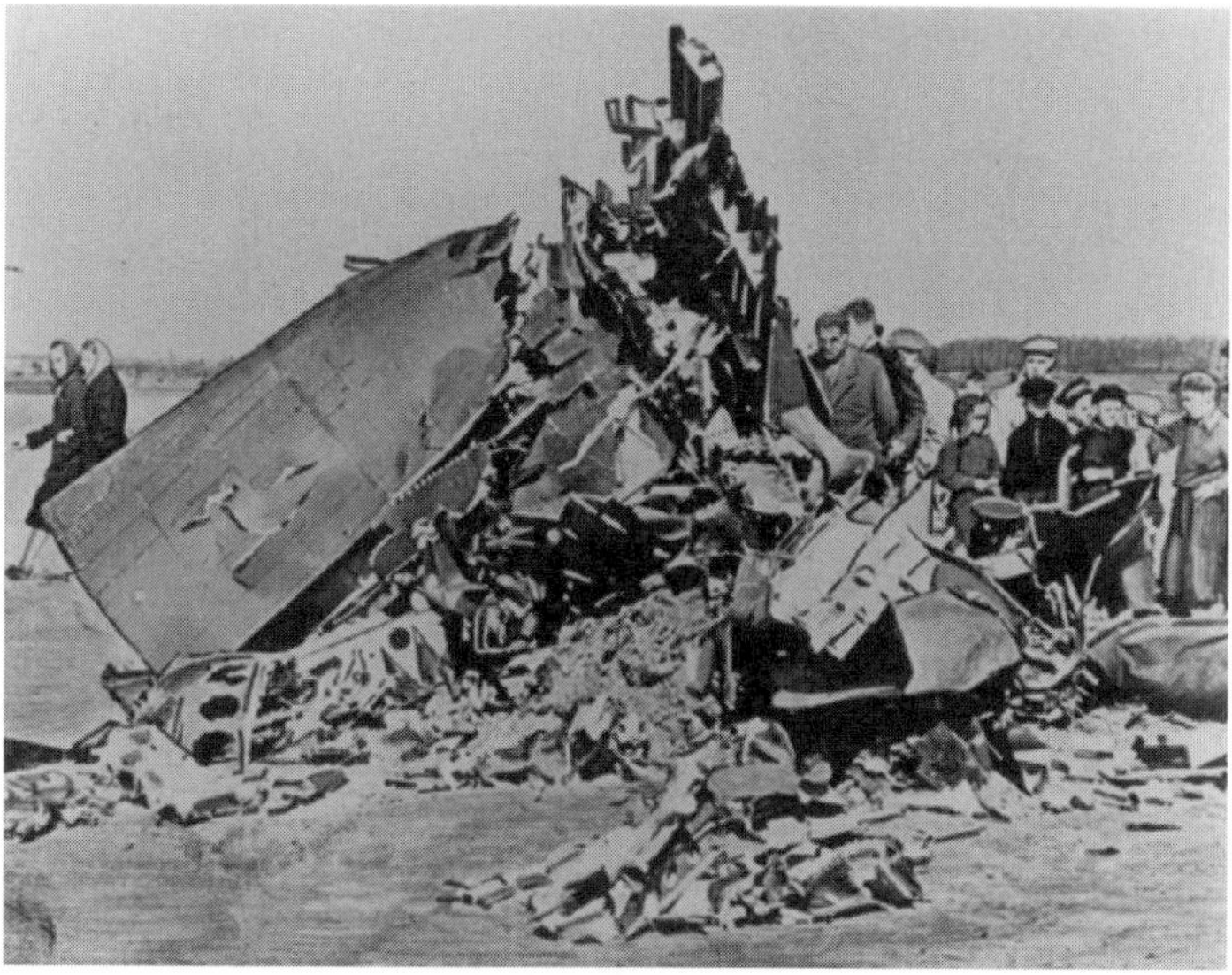

◉パワーズが操縦したU-2の残骸

くのが見えた。丘や森、農地、小さな町がはるか下に見えている。心地よく平和な眺めだった。故郷のヴァージニア州に似ていた。

もちろん、ここはヴァージニア州ではない。

現状把握と最悪の事態の準備を、数分以内に行わねばならない。飛行服のポケットから飛行計画の地図を取り出して細かく破り、風に任せてばらまいた。他に偵察任務の証拠はあるか？

コインだ。空洞のコイン。

パワーズは、ポケットからシルバーダラーを出した。環を回すと、空洞の硬貨がぱっくりと開いた。

針が入っている。ひと刺しで充分だ。

ソヴィエト軍のパレードが、モスクワの赤の広場に詰めかけた大群衆の前を通る。最新の兵器やミサイルがお披露目される。後ろからはやや平和な行進が続く——踊るバレリーナ、歌手にミュージシャン、「農業にもっと化学肥料を!」と奮起を図るスローガンを書いた党承認の横断幕を掲げる農場主たち。

ニキータ・フルシチョフと政府高官は、かつての指導者、ウラジーミル・レーニンとヨシフ・スターリンの遺体が安置されている赤い花崗岩造りの廟の雛段から観閲した。太陽が輝いている。カラフルな玉ねぎ型のドームがある聖ワシリイ大聖堂を始め、広場の周囲の豪壮な建物はどれもみごとだ。だが、そのときフルシチョフが視線を向けていたのは、雛段のVIPをかき分けながらやって来るソヴィエト軍の防空司令官、セルゲイ・ビリュゾフ元帥だった。

雛段にいる全員が気づいていた。ビリュゾフがやっとのことでフルシチョフの席まで進み、腰をかがめて耳打ちするのを、皆が見ていた。

ツークツヴァンク

その男がしたいのはゴルフ、そして核による全滅から人類を救うことだけだった。だが今や、どちらも難しいようだ。

五月一日の朝、ドワイト・アイゼンハワー大統領はキャンプ・デービッドのポーチに立ち、降りやまぬ冷たい霧雨を眺めていた。今日はワンラウンドもできまい。四歳の孫娘、メアリー・ジーンを連れて、キャンプ・デービッドのなかにある二レーンだけのボウリング場へ行く。それから妻のマミーとともに昼食を取り、豪雨の合間を縫って射撃場で少しだけスキート射撃を行った。

電話がかかってくる。ワシントンDCにいる大統領の最高軍事顧問のひとり、アンドリュー・グッドパスター大将からだ。

「わが国の偵察機が一機、所定の時間を過ぎても戻りません」と、グッドパスターは伝えた。「おそらく、行方不明になったと思われます」。

ヘリコプターに乗り込み、ワシントンDCへ戻る短時間の飛行中、アイゼンハワーはこれから数日間の困難を思って気を引き締めた。ソヴィエトがU-2を撃墜してしまっていたら？それはまずい。だが、大統領には大きな強みがある――否定すればよいのだ。フルシチョフは、アメリカ合衆国がソヴィエト領空に偵察機を送り込んだと証明はできない。CIAはアイゼンハワーに、この点を繰り返し保証してきた。U-2はとにかく脆弱だ。空中で銃撃されれば、木端微塵に吹き飛ぶ。パイロットについても、疑問の余地はまったくない。「よくない事態になったとしても、ソヴィエトが機体の装備を無傷で手に入れるのは不可能だと思われます」。CIA長官のアレン・ダレスは、アイゼンハワーにそう請け合っていた。「残念ながら、生きているパイロットもしかりです」。

その晩、自宅に戻ったニキータ・フルシチョフは、リビングルームにあるお気に入りの木製の揺り椅子に身を沈めた。居心地のよいこの部屋の壁には、レーニンやスターリンに関する本、共産主義の哲学に関する本などがたくさん並んでいる。大クレムリン宮殿の大きな写真も飾ってある。仕事の後ですごすには、うってつけの場所だった。考えごとをするのにも。

ニーナが、室内履きのままそっと入ってきた。ロールパンと、ガラスのカップに入ったレモンティーを手にしている。彼女も夫の傍に腰かけた。今日はよい一日だった。ソヴィエトは雪辱を果たした。

冷戦は、世界をチェス盤に見立てたチェスの試合のようなものだ。チェスはロシアの国技といってもよく、フルシチョフも、戦略や反撃手段に関する巧妙な計算など、自らの仕事のチェスに似た部分を楽しんでいた。アメリカ合衆国は、ソヴィエトよりも財源が豊富だ。爆弾の数も多い。だからこちらとしては、向こうよりも利口に立ち回らねばならない。

ニキータはレモンティーをすすりながら、じっくりと次の手を考えた。

翌朝、ホワイトハウスのオーバルオフィス［大統領執務室］にグッドパスター大将が入ってきた。よくないニュースだ。彼の顔を見ればわかる、とアイゼンハワー大統領は思った。

「大統領、昨日お話しした偵察機はいまだ行方不明だとCIAから報告を受けました」。グッドパスターはそう言った。「パイロットが搭載した燃料の量からすると、飛行中である可能性はありません」。

グッドパスターは、CIAがアメリカ航空宇宙局（NASA）と共同で準備した、つじつま合わせのストーリーをアイゼンハワーに見せた。アイゼンハワーはそれに目を通し、うなずいて承諾した。もちろん作り話だが、一定の役目は果たしてくれるはずだ。重要なパリの国際会議が近づくなか、大切なのは、ソヴィエト連邦との関係に危機が生じないようにすることだった。

ソヴィエトのチェスのチャンピオン、ダヴィト・ブロンシュテインは、かつてこう言った。

「チェスで最強の武器は、次の指し手を持っていることだ」。

確かにそうだ――だが、そうはいかないこともある。

ゲームは、とても複雑だ。可能な手の組み合わせはこの宇宙に存在する原子の数より多く、あらゆるルールに例外がある。ごくまれではあるが、持っている次の指し手が不利な手の場合もある。ドイツ語には、その状況を表す「ツークツヴァンク」という言葉があり、追いつめられているが動かざるを得ない状況を指している。ツークツヴァンクの状態になったプレーヤーには、よい指し手がない。自分の指し手を指さねばならないが、どう指しても自分の状況を悪化させてしまう。

アイゼンハワーはツークツヴァンクに陥りかけていたが、自分では気づいていなかった。フルシチョフにはわかっていた。彼がすべきは、チェス用語でいうならば、ウェイティングムーブだけだ。大局的には影響のない、あまり意味のない手を打ち、相手の手を待つ。

五月三日、モスクワは雨だった。フルシチョフは市内の公園で開催された見本市に立ち寄り、記者たちと雑談をして、展示されている共産圏諸国で製造された品々を称賛した。冷戦による緊張や、間もなくパリで開催される首脳会議についてはまったく触れなかった。偵察機のことも、行方不明のパイロットのことも、おくびにも出さなかった。ウェイティングムーブだ。

見本市には射的場があり、フルシチョフはここぞとばかりに自分の射撃技術を披露した。大勢の人が集まってきて見物するなかで、彼はライフルを抱えて標的を撃ち抜き、カランカランとベルを大きく鳴らした。

同じ日の午後二時一五分、ニューヨーク市の街路ではサイレンが悲痛に鳴り響いた。ソヴィエトの攻撃が始まるという合図だ。

タクシーもバスも道路脇に寄り、人々は急いで建物のなかに入ったり、近くの地下鉄の駅の階段を下りたりした。学校にいた子どもたちは机の下にもぐり、頭を覆った。ブロンクス動物園の飼育員は、ゾウを押して獣舎のなかに入れようとした。ニューヨーク・ヤンキースがデトロイト・タイガースを迎えて試合をしていたヤンキー・スタジアムでは、選手たちがフィールドから走り去った。

これは、政府が一九五四年から行ってきた年に一度の避難訓練、「オペレーション・アラート」だった。アメリカ国民が、第三次世界大戦の勃発に備えるのが目的だ。訓練には毎回現実的なシナリオがあった――この年は、二〇メガトンの爆弾がラガーディア空港上空で爆発するというシナリオだ。ブルックリン海軍工廠も爆弾で攻撃され、クイーンズボロ橋もやられてしまう。

想定されたのは、広島に投下された爆弾三〇〇〇個に相当する破壊力を持つ爆弾で、ニューヨーク全体を焼け野原にする可能性があった。ニューヨーク市に居住する八〇〇万人のうち、四〇〇万人は即死すると政府は見積もった。生き残った市民も、大多数がけがや放射線障害でいずれ死亡する。

このときは、ただの訓練だった。午後二時三〇分、街は予定どおりに息を吹き返した。

翌五月四日の朝、アイゼンハワー大統領の作り話が各紙で大きく報じられた。「空軍、行方不明機を捜索」、というような見出しが躍っていた。「本日、複数のアメリカ空軍機が、トルコ南東部の山岳地帯の荒野上空を旋回し、三日前にパイロットとともに消えた実験ジェット機を捜索した」。記事の冒頭にはそう書かれている。「行方不明機はアメリカ航空宇宙局所属。パイロットの名前は非公表」。

アイゼンハワーは自分の手を指した。今度はフルシチョフの番だ。

すこぶる元気だ

翌朝、モスクワ駐在のアメリカ大使、ルウェリン・トンプソンは、クレムリン宮殿の大ホールに入っていった。ホールには、一三〇〇人のソヴィエトの代議員が指導者の演説を聞こうと集まっていた。トンプソンは、いつものように他の外交官と並んで座るつもりでいたが、最前列に案内された。

なぜ？　そう思いつつも、成り行きに任せるしかなかった。

ソヴィエト連邦の第一書記が、大股でステージに登場した。彼は経済計画、労働政策について語り、続いて国際情勢に話を移した。

「同志の代議員諸君」と、彼は声を上げて語りかけた。「みなさんにご報告しなければなりません。ここ数週間、アメリカ合衆国はソヴィエト連邦に対して侵略的行為を何度も行いました。アメリカは、わが国の国境のこちら側に飛行機を送り込んだのです」。

彼は、直近の領空侵犯について、そして侵入者を破壊せよという自身の命令について説明した。

「その任務は遂行され、航空機は撃墜されました」。

「いいぞ！　いいぞ！」。誰かが叫んだ。

「侵略者は恥を知れ！」。

「あからさまな盗人行為だ！」。

「ちょっと想像してみてください」。フルシチョフはその瞬間をかみしめるように続けた。「ソ、ソ、ソヴィエトの航空機がニューヨークやシカゴ、デトロイトの空に現れたら、どうなるか！　ア、ア、アメリカがどう反応するか？」。

彼は、最前列にいるアメリカ大使をまっすぐに睨みつけた。「あれは何だったのでしょう？　メーデーの挨拶ですか？」。

ソヴィエトの代議員たちはどっと笑い、足を踏み鳴らした。


誰かがトレーラーハウスのドアを激しくたたいた。大型のジャーマン・シェパード・ドッグ、エック・フォン・ハイナーベルクが攻撃態勢で唸り声をあげ、吠える。

バーバラ・パワーズは、トレーラーのドアを開けた。いかめしい顔のふたりの男がＣＩＡの職員だと名乗り、身の回りのものだけをまとめるようにと彼女に告げた。他の荷物は、後から船便で送る。トルコを出なければならない。今すぐに。

「夫はどこですか？」。彼女はパニックになりそうなのを堪《こら》えながら、説明を求めた。

「すべてうまくいきます、ミセス・パワーズ」。男のひとりがそう言った。「今は、われわれの言うとおりにしてください」。

「犬はどうなるの？　ここに置いていくなんて、できないわ」。

「一緒に飛行機に乗せて、連れていっても構いません。ミセス・パワーズ」。

三〇分後、彼女はアメリカへ向かう飛行機のなかにいた。フランクの情報を得ようと、次々に質問した。何が起きているにせよ、CIAとどんな関係があるのか？

男たちは何も教えようとはしない。彼らは、ただ彼女に酒を注ぎ続けた。

アイゼンハワーはホワイトハウスの芝生に立ち、カメラに向かって笑みを浮かべていたが、家族写真でポーズをとらされる子どもと同じで、楽しくはなかった。ヘリコプターに乗り込んだ彼は、ワシントンDCを離れて西へ、ブルーリッジ山脈へと向かった。

それは、政府向けの「オペレーション・アラート」で、この日は高官たちがワシントンDCから避難する予行演習が行われた。大統領に就任して八年がたち、アイクはかなり前からこの手の訓練に意欲をなくしていた。

彼は、非公式な会話でこう言っている。「本当に生きたいと思うのか、わからないね。もしも、このわれわれの国が核を浴びせられたとしたら」。

ザ・スーパーの開発に着手してからというもの、アメリカ政府は何十億ドルも費やして、どうすれば第三次世界大戦の廃墟からこの国が立ち上がれるかを考えてきた。政府首脳が決定した最良の解決法は、地下への潜伏だ。政府はヴァージニア州にあるマウント・ウェザーで、廃坑となった鉱山の坑道を拡張し、山の内部に小都市を建設した。貯水池、発電所、下水処理場、カフェテリア、病院、火葬場なども備わる施設だ。三〇〇〇人が一ヵ月間生活できる程度の食料と空間があり、大統領、閣僚、最高裁判所判事だけが、私室を持てる。

家族は誰も連れていけない。

この掩蔽壕《えんぺいごう》の作戦指令室には、赤い電球が点在する巨大なアメリカ合衆国の地図がある――核爆弾が爆発した場所の電球が光る仕組みだ。国会議事堂の大きな写真が背景代わりに貼ってあるテレビスタジオでは、大統領が生き残ったアメリカ国民に向けてメッセージを放送できる。

公式には、マウント・ウェザーは存在していない。しかし地元の人たちは、吹雪がやむとすぐに山道が除雪されるのに気づいていた。

ヘリコプターは、きっかり二〇分で掩蔽壕に到着した。アイゼンハワーは、厚さ一・五メートルもある鋼鉄の防爆扉を通過し、汚染浄化室を通り、作戦指令室で訓練に参加した閣僚たちと会った。彼らも、行方不明のU‐2についてモスクワから何も情報を得ていなかった。つじつま合わせのストーリーは、功を奏しているように思えた。

だがそのとき、CIA長官のアレン・ダレスが、モスクワから届いたばかりの情報のメモを受け取る。フルシチョフが演説を行った。アメリカ機の撃墜について何か述べた。パイロットについては言及せず。詳細は追って。

アイゼンハワーは、このまま「気象観測が失敗した」というストーリーでいくことにした。パイロットが見つかっていなければ、ソヴィエト側もストーリーは嘘だと証明できまい。

その日の午後の記者会見で、アメリカ合衆国国務省報道官のリンカン・ホワイトは、作り話を繰り返した。「充分にあり得ます」。彼は、報道陣に向かってそう話した。「酸素発生装置が故障し、パイロットが意識を失う結果となっても、飛行機は自動操縦で相当な距離を飛び続け、過ってソヴィエト領空に侵入する可能性があります」。

ホワイトは、それが嘘の作り話だと誰からも聞かされていなかった。

「同志諸君、あなた方に秘密を打ち明けます」。

ニキータ・フルシチョフは、再びクレムリンのステージに立った。今度も満席の聴衆の前で話を盛り上げ、次第に緊張が高まるのを楽しんでいた。

「二日前の報告で、私はわざと、われわれは飛行機の残骸を回収しているとお話ししませんでした」。

芝居がかった間が空く……。

「そして」、と彼はいかにも嬉しそうに続けた。「われわれはパイロットも確保しています。彼はすこぶる元気です！」。

ホールに、嵐のような拍手が起こった。

「さて、彼らはパイロットが生きていると知ったら、何か別の手を考え出さねばならんでしょう」。フルシチョフはそう言った。「きっと、そうなります」。

フルシチョフは、自分はなおも平和を求めていると言い張った――だが、このようなばかげた嘘をつく政府と、どう交渉するというのか？　飛行機は気象観測中だった！　酸素発生装置が故障した！　気の毒なパイロットは意識不明！

「そのような簡単にめまいを起こす無法者ならば、確かに水素爆弾を他国の領土に落としかねません。つまり、その無法者が生まれた国の国民は、そのお返しとして、さらに破壊的な水素爆弾を直ちに投下されてもやむを得ないのです！」。

一三〇〇人のソヴィエトの代議員はいっせいに立ち上がり、ベンチの背もたれを握りこぶしで激しく叩いた。

ステージの上

「信じられない」。フルシチョフの直近の演説ぶりを聞いて、アイゼンハワーはうめいた。

ソヴィエトの第一書記にいいように操られ、残されたのはふたつの恐ろしい選択肢だ。U－2の飛行など知らなかったと突っぱねるのはひとつの方法だ――だがそれでは、自分の政権内で行われていたことを知らなかったと受け取られかねない。逆に、U－2について責任を取るのもひとつの方法だ――だが、他国におけるスパイ活動を認めたアメリカの大統領は、これまでひとりもいない。

前例は踏襲されるとは限らない。アイクは、フランシス・ゲイリー・パワーズというアメリカのパイロットが、ロシア領空を偵察飛行して撃墜され、アイゼンハワー大統領が直接飛行許可を出していたと認める声明を出すように、とホワイトハウスに指示した。

フルシチョフの術中にすっぽりとはまってしまったのは、屈辱だった。しかしアイゼンハワーは、非難されても甘んじる覚悟だった。ソヴィエトの指導者との会談が、成功に終わるチャンスがまだある限りは。

「なぜ、あなた方の質問に答える必要があるんですか?」。フランク・パワーズは取調官たちに尋ねた。「知りたいことをすべて聞きだしたら、私を引きずり出して撃ち殺すつもりでしょう」。

数名の軍の将校とビジネススーツを着た男たちが、KGBのルビャンカ刑務所の一室で細長いテーブルを囲み、アメリカ人捕虜のフランクとともに座っていた。通訳者が通訳し、速記者が記録を取る。

「ひとつ、方法はあると思うがね」。ソヴィエトの将校が持ちかけた。

パワーズは、何のことかわからないと答える。

「ひとつ、方法はある」。

「では、それを教えてくれ」。

「考えろ」、と将校は告げた。「居房へ戻って考えるんだ」。

考えるまでもない。彼らは寝返らせたいのだ。ソヴィエト側について、ソヴィエトのスパイとしてアメリカに帰国し、二重スパイとなる。そうはいかない。とはいえ、それ以外の選択肢はあまり魅力的ではない。

パワーズは、ソヴィエトの国土にゆっくりと降下しながら、空洞のシルバーダラーを投げ捨てた――この試練を乗り越えたい、できることならば。彼はすぐさま拘束され、飛行機でモスクワへ連れていかれて、刑務所に入れられた。尋問の合間に、狭い居房で横になったが、扉の上の方にある明るい電球は一度として消灯しなかった。居房の扉にある覗き穴に目を近づけると、看守の目が自分を見つめ返していた。

取調官は、パワーズに同じ話を何度もさせた。パワーズは自分の任務について、相手がすでに知っていると思われる事実は、いくらか話した。取調官たちは、U－2の技術情報を求めた。だが、彼は何も知らないと答え、運転だけは上手いバスドライバーと同じだと思わせようとした。だが、彼らはその手には乗らず、同じ質問を繰り返した。

一日の初めには、前日の調書に名前の頭文字をサインするように命じられた。

「だって、ロシア語で書いてあるじゃないか」、と彼は言った。「ロシア語は読めない」。

「そんなことはどうでもいい。そう決められている」。

五月一六日の朝、ニキータ・フルシチョフはパリの街を散策して、出勤途中の人を相手に冗談を飛ばし、通りがかりの学生に直近の試験はうまくいったかと尋ねた。

「はい」、と彼女は答えた。

フルシチョフは学生の頭を軽く叩きながら言った。「よくやった！」。

その日の午後、アメリカ合衆国、イギリス、フランス共和国、ソヴィエト連邦のリーダーたちが、エリゼ宮殿の大広間に集まった。庭園に面した窓から陽光が差し込んでいたが、室内の空気は張りつめ、冷たかった。

「われわれは、首脳会議のためにここに集まりました」。フランス大統領のシャルル・ド・ゴールが口を開いた。「どなたか、発言を希望される方はいらっしゃいますか?」。

フルシチョフが立ち上がる。この男は真剣な話し合いをするためにパリまでやってきたのか、それともアメリカに対してさらにポイントを稼ぐために来たのか? 定かではない——彼が口を開くまでは。

「ド・ゴール大統領」、と彼は話し出した。「マクミラン首相、アイゼンハワー大統領。ただいまより私の発言をお許しください。ご承知のように、このほどソヴィエト連邦に対して、アメリカ空軍は挑発的行動をとりました」。

これは侵略に他ならない、とフルシチョフは非難した。戦争行為だ。アメリカの大統領はすでに犯罪行為を認めているが、謝罪は一切せず、U-2計画にかかわった者たちを罰するという約束もしていない。このような状況では、有益な話し合いができるはずはない。パリの首脳会議は、世界が平和を期待しているにもかかわらず、失敗が避けられない。

「その不名誉と責任は、ソヴィエト連邦に対して公然と盗人のような政策を取った者たちに引き受けてもらうとしましょう」。フルシチョフはそう述べた。

そしてアイゼンハワーは、もうソヴィエトには招かれなかった。

「うんざりだ！」。その夜、アメリカ大使公邸に戻ったアイゼンハワーは、そうぶちまけた。「もう、たくさんだ！」。

ソヴィエト人は天使のつもりか！　スパイをするなんて信じられない、とでも言うのか！　少なくともフルシチョフと話すチャンスぐらいはあると期待していたが、あの男はあくまでも被害者として、大げさにふるまってみせた。アイクは、機嫌を損ねたまま国へ戻った。平和に向けて踏み出し、大統領の任期を終える、という彼の夢は砕け散った。

フルシチョフの方はパリにとどまり、もうひと芝居打った。

ソヴィエトの指導者は、記者や見物人が詰めかけた記者会見で、もったいぶったようすでステージに上がり、やじと非難が飛ぶなかで自ら拍手をしてみせた。

「これ以上やじを飛ばしてわれわれを攻撃するのなら、気をつけたまえ！」。彼はそう脅した。「悲鳴も上げられないほど、ひどい目に遭わせることになる！」。

フルシチョフは、自分が世界を戦争に押しやっているという自覚を、充分に持っていた。すべてはゲームの一環だ。ソヴィエト連邦に対する人々の恐れが大きいほど、彼はより大きな力を手にできる。

報道陣は、騒々しさに負けじと叫んで質問した。フルシチョフはいつものように、小話を用意していて、アイゼンハワーとU－2のパイロットのおかげで、不法侵入してくる猫を思い出した、と話し始めた。「私が育った炭鉱では、鳩小屋に忍び込んでくる猫は捕らえられ、尾っぽをつかまれて地面に放り投げられます。痛い目に遭ったその猫は、もう二度と同じことをしません」。

一週間後、アイゼンハワー大統領は重苦しい気分のままオーバルオフィスのデスクの前に座り、テレビの生放送で国民に演説した。

「今夜私は、先週パリで起きた異例のできごとと、そのことが私たちの将来にもたらす意味について、皆さんにお話ししたいと思います」。

アイクは、U‐2の飛行は、秘密主義で予測不能な敵国に対応するうえで必要だったと主張し、首脳会議を台無しにしたのはフルシチョフだと非難した。アメリカ合衆国は今後も強くあり続ける、彼はそう誓った――だが、アメリカ国民は、これまでと同じように冷戦を取引だととらえてはならない。人類の歴史を見れば、対抗する大国どうしが兵器を開発すると、否応なく次の大戦に進んでいく。そのようなことは、二度とあってはならない。

「故意に始めようと、偶然始まろうと、世界戦争になれば文明は壊滅状態となります」。アイゼンハワーは、国民にそう警告した。「核戦争に勝者はあり得ません――敗者しかないのです」。

その三ヵ月後、フランシス・ゲイリー・パワーズは、三一歳の誕生日に看守に連れられて大劇場のステージに上がった――場違いというわけではない。

ソヴィエト連邦では、注目の裁判は筋書きのある芝居にすぎない。パワーズの弁護人役を演じるのはミハイル・グリネフ。重要訴訟で政府に負けるのを職務とする、うっすらと顎髭を生やした法律家だ。かつては、フルシチョフの権力闘争のライバル、ラヴレンチー・ベリヤの代理人を務めたこともある。ベリヤが頭部を撃ち抜かれる直前の裁判だった。

バーバラ・パワーズは家族席に座り、静かに祈った。彼女とフランクの両親は許可を得てモスクワを訪れ、裁判を傍聴した。彼女が見守るなか、看守に連れられたフランクが、証人席に立つ。健康そうではあるが痩せていて、お仕着せのボックス型スーツはだぶだぶだった。テレビ撮影の明るいライトに照らされたフランクは、目を細め、大勢の傍聴人のなかにいる家族を探そうとした。

法服をまとった三人の裁判官が、ステージの中央にあるテーブルについた。三人のうちのひとりが、スパイ容疑の内容についてロシア語で読み上げる。フランクと家族は、英語翻訳のヘッドセットをつけて耳を澄ました。

「あなたは、起訴内容を理解していますか?」。

「はい」。パワーズは答えた。

「あなたは、罪状を認めますか?」。

「はい、認めます」。

パワーズは、申し訳なかったと語った――本当にそう思っていたからだ。そして、それが銃殺を免れる唯一の可能性につながるからだ。「世界の緊張は大きく高まっていると、自分は思います」。彼は裁判官に向かって、そう説明した。「そのような事態に自分が関与してしまったとしたら、心から申し訳なく思います」。

裁判が量刑手続きに移ると、検事がパワーズは凶悪犯であり、次の世界戦争を始めることしか頭にない無謀な政府の愚かな手先だと非難した。

「私は、あらゆる根拠をもって」、と検事が述べる。「被告に特別な刑を宣告するよう、裁判所に求めます」。

「やっぱりそうだ」、とパワーズは思った。「やつらは、俺を見せしめにするつもりだ」。

「しかし、パワーズ被告が、自身が犯した犯罪を裁く法廷において示した偽りなき後悔を考慮し、私は被告に対する死刑を主張するものではなく、禁錮一五年を裁判所に求めるものであります」。

パワーズの目の前で、いっせいにフラッシュがたかれた。彼は、衝撃のあまり反応できなかった。

バーバラの頭にまず浮かんだのは「ありがたい、彼は死刑にはならない」、という思いだった。フランクの父、オリバーは、突然立ち上がり、大声で叫んだ。「私にここで一五年の刑を！いや、むしろ死刑を！」。

青二才

「くたばれ、このクズ！」。

ニキータ・フルシチョフが乗った船がマンハッタンの埠頭に着岸すると、ニューヨーカーはそう叫んで出迎えた。モスクワでフランク・パワーズの裁判が行われてから、一ヵ月がたっていた。通常ならば、港湾労働者が入港する船の係留を手伝うが、彼らはそうはせずに大声で罵った。近くに浮かぶ一隻のボートにかけられた垂れ幕には、ソヴィエトの指導者を歓迎する詩が記されている。

バラは赤い
スミレは青い
スターリンはくたばった
あんたはどうだ？

フルシチョフは、このような無礼には慣れていた。アメリカの新聞が、フルシチョフのぽっちゃりとした体格や禿げあがった頭をおもしろおかしく描き、漫画に登場する太っちょの超悪玉よろしく表現するのにも慣れっこだ。

結構。笑わせておけばいい。ソヴィエト連邦の力に敬意を払うのであれば。

国際連合の会議に出席するためニューヨークに来たフルシチョフは、この地で、何かと論争を招くキューバ共和国の新しい指導者、フィデル・カストロと手を組む。

まだ三四歳のカストロは二年足らず前に、堕落した暴君の政権を転覆させてキューバの統治者となった。以後彼は、徐々に共産主義に傾き、ソヴィエト連邦に近づいていった。ハーレムのホテルの外で大勢の記者や群衆を前にして、カストロとフルシチョフは初めて相まみえた。一九〇センチ近い身長の顎髭を生やしたキューバ人と、一六〇センチ足らずのロシア人は抱擁し合った。のちにフルシチョフは、熊の両腕に身体をうずめたみたいに心地よかったと感想を述べた。

その抱擁はひとつのきっかけでもあった。

アメリカは何十年にもわたり、キューバを事実上支配し、利用してきた。カストロはアメリカの影響力を拒否し、アメリカのビジネスを追放し、他国が真似をしたくなるような決然たる模範を示した。キューバは、フロリダ州の海岸からわずか一四五キロほどの位置にある島国だ。冷戦のチェスボードでいうならば、アメリカ側のマスになる。フルシチョフは、カストロの闘争的なスタイルを、とりわけ称賛した。カストロは、激しく自信にあふれた、大きくてけたたましい攻撃者だった。

ダークスーツに身を包んだ各国首脳が顔をそろえる国連の会議場で、緑色の軍服に身を包んだフィデル・カストロは大股で前方に歩み出た。国連の歴史で最長となる演説を始めた彼は、アメリカは世界の独裁者を支援しており、その理由は、そういう国が冷戦でアメリカの味方をしてくれるからに他ならないと非難した。そして上院議員であり、次期大統領候補でもあるジョン・F・ケネディを、「大金持ちで、無知で、教養がない」と嘲笑った。

フルシチョフは、二六九分にわたる演説をずっと楽しみ、声をあげて笑い、喝采を送り、テーブルを叩いた。

アイゼンハワー大統領は、フィデル・カストロは大きな脅威になると見ていた。アメリカの海岸の目と鼻の先にある共産主義国など、とんでもない。だが、アメリカ政府から見て本当に危険なのは、カストロが自身の革命をラテンアメリカはもとより、さらに多くの国に拡大しかねないことだった。

CIAの計画本部、並びに道具製作担当者は、大統領の指示の下、あらゆる情報を駆使して、キューバの指導者を笑い者にする策略を考え始めた。カストロの葉巻に毒物を仕込み、幻覚を起こさせたり異常な行動を取らせたりする、というアイディアもあった。また、カストロの靴のなかに特殊な化学物質を振りかけておき、その物質が血中に吸収されるようにして、自慢のあごひげが抜け落ちるようにする、というアイディアもあった。

やがて彼らは、より直接的なアプローチを考え出した。

国連のビルからタクシーでわずかに行ったところにあるホテル、ザ・プラザ・ニューヨークで、ダイヤモンドのカフスボタンをつけた白髪頭の男がチェックインした。男の名はジョン・ロッセーリ、仲間の間ではハンサム・ジョニーで通っている。政府にとっては組織犯罪にかかわる大物で、複数の殺人事件の容疑者だ。しかし政府には、ロッセーリを逮捕する気はなかった。むしろ、彼を雇うつもりでいた。

アメリカの犯罪組織は、キューバで営業していたカジノを閉鎖されたため、カストロを憎んでいた。しかるべき金額を払えば、ギャングは政府の汚い仕事を引き受けるとCIAはふんでいた。CIAは、犯罪組織と直接交渉するのではなく、スパイの世界で「カットアウト」と呼ばれる、いわゆる仲介者を送り込んだ。いざとなったら責任を押しつけるためだ。仲介者となった私立探偵、ロバート・マホイは、ロッセーリが宿泊するザ・プラザのスイートルームへ行って、単刀直入に話をした。最高レベルの権限を与えられていたマホイはジョン・ロッセーリに、一五万ドルでフィデル・カストロを殺してほしいと持ちかけた。

この話は、CIAの記録に詳しく記録されている。

ロッセーリは、引き受けると答えた。金のためではないから、一五万はどうでもいい。アメリカへの愛国心からやるのだ、と彼は言った。

「ソヴィエトは、U-2の飛行やパイロットの裁判でわが国をもの笑いの種にしてきました」。アメリカ合衆国上院議員のジョン・F・ケネディは、有権者にそう訴えかけた。「そうやって、われわれの国を敵意と侮蔑であしらってきたのです」。

大統領選挙を数週間後に控え、民主党の大統領候補、ケネディ上院議員は、アメリカは冷戦に敗北しつつあると警告した。キューバでも、宇宙でも、あらゆる場所で負けつつある。彼は、状況を改善し、先を行くソヴィエトからアメリカを守ると公約した。

当時の副大統領で、共和党の次期大統領候補のリチャード・ニクソンは、ケネディには経験とたくましさが欠けていると反撃した。そして、ケネディ「のような男は、フルシチョフ氏にこてんぱんにやられてしまうだろう」と批判した。

ニキータ・フルシチョフは、大きな関心をもってアメリカの大統領選挙のゆくえを見守っていた。アメリカの大統領候補が史上初めてテレビの生放送で討論を行うのを見て、フルシチョフは互いが意見を交わし合う戦いに興味をかき立てられた。ケネディの方が、プレッシャーにうまく対処しているように見えた。機転が利き、見識も広い。汗もさほどかいておらず、それも何となく印象がよい。

フルシチョフは、ソヴィエトにとってどちらの候補者が望ましいかと記者に尋ねられて、肩をすくめて答えた。「われわれロシア人に言わせれば、彼らはどちらも一対のブーツの片割れだよ」。

それはあくまでも、公の発言だ。彼は個人的には、ケネディがよかった。ニクソンとは会ったことがあり、無愛想で融通の利かない人間だと思っていた。若いケネディの方が扱いやすそうだ。怖気づかせるのもたやすいだろう。

フルシチョフが、アメリカの大統領選挙に影響を与える方策は何かあるのか？　おそらくある。ソヴィエトの刑務所には、フランシス・ゲイリー・パワーズがいる。アメリカはパワーズを取り戻したがっている。ソヴィエトのためになるのなら、あの男を解放するのにやぶさかでない。とはいえ、今パイロットを帰してしまえば、アイゼンハワーと副大統領のリチャード・ニクソンの勝ちになってしまう。

であれば、少しだけ待とうではないか？

ジョン・F・ケネディは接戦を制した。ニキータ・フルシチョフは、「決定票」を投じたのは自分だと生涯言い張る。

一九六一年一月一九日、ワシントンＤＣの朝は冷たく、曇っていた。国会議事堂の外では、係員たちが翌日の就任式典のために演台を据えつけ、椅子を並べていた。

黒塗りの車が一台、ホワイトハウスの前で止まり、ジョン・F・ケネディが飛び降りた。あと二四時間で、そこが彼の住まいとなる。それに先立って来たのは、退任する大統領と会うためだった。

四三歳のケネディは、史上最年少の大統領となる。アイゼンハワーは、就任中に七〇歳を迎えた初めての大統領だ。ケネディは、心のなかでは、アイクは年寄りで世間離れしているとばかにしていた。アイゼンハワーの方は、「あの若造」とケネディをはねつけていた。「青二才」と呼んだこともある。しかし、ひとりの大統領から次の大統領への移行は、政治においても個人の感情においても、非常に重要だ。大統領が変わっても、アメリカが西側であることに変わりはない。したがって、話し合うべき課題がある。

オーバルオフィスで大統領のデスクをはさんで座り、アイゼンハワーはケネディに今後解決すべき冷戦のさまざまな課題について忠告した。

「高額をかけたポーカーゲームみたいなものだ」、とアイクが言う。「簡単な解決策などないんだ」。

いうまでもなく、喫緊の課題は核戦争だ。いかに回避するか。必要とあらば、いかに戦うか。アイゼンハワーは、攻撃開始に際して大統領が取るべき手順を説明した。大きな赤いボタンがあるわけではない。あるのは「フットボール」と呼ばれる黒いブリーフケースで、軍の将校が交代で持ち運び、大統領の傍から片時も離れないようにしている。フットボールのなかには、核攻撃の開始に必要な極秘指令のフォルダーが入っている。

大統領からアメリカ国防総省（ペンタゴン）への命令は、電話で行われる。命令はペンタゴンから爆撃機、潜水艦、ミサイル基地に伝えられる。担当官は訓練を受け、演習を積んで、即座に対応できるように備えている。最大限の臨戦態勢を整えるため、空軍は常時、爆撃機を何機か飛ばせている。水素爆弾を満載した爆撃機は空中での給油が可能で、それによってソヴィエトの爆撃目標を射程にとらえる区域まで飛行できる。たとえフルシチョフが奇襲をかけてきて、アメリカの都市や軍の基地が破壊され煙を上げる事態になっても、大統領は飛行中の爆撃機に反撃するように命令し、敵地を壊滅させられる。

「見ていたまえ」。アイゼンハワーはそう言ってデスクの上の受話器を取り上げた。「オパール・ドリル・スリー！」。

アイゼンハワーは受話器を置き、腕時計を確認するようにとケネディに言った。それから立ち上がり、表の芝生に出られるフレンチドアの方を向いた。

きっかり三分で海兵隊のヘリコプターが芝生に着陸した。

ケネディは、圧倒された。

三分。フットボールに、電話、ほんのわずかな命令。

三分あれば、山のなかに建設した掩蔽壕まで行ける。

三分あれば、自国を第三次世界大戦に導くこともできる。

フランシス・ゲイリー・パワーズは、モスクワから二四〇キロ余り東にあるウラジーミル刑務所の狭い居房で震えながら、長い冬をすごした。九平方メートルにも満たない部屋だが、ラトヴィア・ソヴィエト社会主義共和国出身の政治犯、ジグルド・クルミンシュと同室だった。クルミンシュは、ラトヴィアをソヴィエトの支配から解放しようとした反逆罪で有罪判決を受けていた。居房には、ベッドが二台、テーブルがひとつ、決められた時間以外に用を足すためのバケツがひとつある。壁のずっと上の方にある窓から、小さくて四角い空が見えた。

バーバラ・パワーズは、母親とともにジョージア州のミリッジビルに引越していた。当初は記者たちが彼女を追い回しては、有名なスパイパイロットの妻の写真を撮っていたが、次第に興味をなくしていった。だがそれでも、バーバラはなかなか周囲に溶け込めなかった。フランクと一緒にトルコで買ったコンバーティブルタイプのベンツで、助手席にエック・フォン・ハイナーベルクを乗せて、街を走った。

一六〇キロ北西にあるアトランタの連邦刑務所では、FBIがとうとうルドルフ・アベルを寝返らせるのをあきらめた。アベルは決して折れなかった。禁錮三〇年の判決のうち三年が過ぎ、ソヴィエトのスパイは退屈や孤独と日々闘っていた。妻と娘に手紙を書き、クロスワードパズルを解き、構内でチェスをして気を紛らわせた。絵を描く道具を一式そろえ、ジョン・

F・ケネディの肖像画にも取り組んだ。

ニューイングランド（＊2）の某所では、レイノ・ハイハネンが新たな名前で暮らし、酒浸りになって、ソヴィエトの諜報員に見つかるのではないかと怯えていた。

ヒーローとなった新聞配達の少年、ジミー・ボーザートは、ニューヨーク州北部の大学に復帰して、裕福な市民からご褒美として贈られたオールズモビルを乗り回していた。

マイアミでは、ハンサム・ジョニー・ロッセーリが、キューバで実行する特別任務のためにギャングを集め始めた。

モスクワに近い森のなかの秘密訓練基地では、二〇人の若いパイロットがロケットの先端に設置される宇宙船に搭乗する栄誉を目指して、しのぎを削っていた。アメリカのパイロットたちもやはり秘密の場所で、同じく訓練を重ねていた。東側も西側も、先に人類を宇宙に送ろうと躍起になっていた。

ワシントンDCでは、アメリカ合衆国大統領就任を翌日に控えたジョン・F・ケネディが、ホワイトハウスから冷たい朝の外気のなかへ出た。「大統領になれば、たいへんなことばかりだ」。アイゼンハワーがそう話す。「簡単な問題であれば、その決断は下の者たちがする」。

国会議事堂の前では、係員たちが引き続き就任式のためにスタンドを組み立てていた。雪がちらつき始めた。

＊2――メーン、バーモント、ニューハンプシャー、マサチューセッツ、コネティカット、ロードアイランドの6州により形成される、アメリカ合衆国北東部の地域。

PART
2

ハリネズミ作戦

原点

「殺されるってこういう感覚なのか」。

一九四三年八月二日、月明かりのない夜に自分の乗っていたボートが日本の駆逐艦に真っ二つにされた瞬間、アメリカ合衆国海軍中尉、ジョン・F・ケネディの頭をそんな思いがよぎった。ケネディは背中から鋼鉄の船体に激突した。燃料タンクが爆発し、炎の明かりで敵の船が暗闇のなかに消えていくのがわかった。

「みんな、飛び込め！」。彼はそう叫んだ。

一三人の乗組員のほとんどはすでに海に投げ出され、海面で燃える燃料の油玉の隙間に浮かんで水をかいていた。火が下火になると、明るい炎に目が慣れていた乗組員たちには何も見えなくなった。彼らはお互いの声を頼りに、浮かんでいる小型の哨戒魚雷艇、PT－109の船首の残骸に集まった。

ケネディと部下たちは、南太平洋のソロモン諸島沖で哨戒にあたっていた。そこは、第二次世界大戦中にいくつもあった日米の戦場のひとつだった。状況は悲惨だ。ＰＴ－１０９の船首は沈み、乗組員ふたりが死亡し、けが人も数名いた。なかでもパトリック・マクマホンは最も重症で、顔、両腕、両脚に激しいやけどを負っていた。

日が昇ると、状況はさらに絶望的だとわかった。近辺にあるのは、日本軍の基地ばかりだ。誰かが見つけてくれるとしても、それは敵兵だ。ケネディは部下を水から引き揚げねばならない――サメがうじゃうじゃいる海から――だが、どうやって？

「あの小さな島まで泳ごう」。ケネディは、六キロあまり先に暗い影のように見えるカソロ島を指さして、乗組員たちに言った。無人島ならよいが、と思った。「私がマクマホンを連れていく。他の者は、この厚板につかまって一緒に泳いでいくんだ」。

誰かが聞いた。「俺たち、助かるんですか？」。

「助かるとも」。ケネディはそう答えた。「助かるんだ」。

ケネディはマクマホンのライフジャケットの生地を一部分ナイフで裂き、片方の端を彼のライフジャケットに結び、もう片方の端を自分の歯でしっかりと噛んだ。そして、負傷した男をひとりで引き、泳いでいった。みんなで、一五分ごとに休憩を取った。

島に着いたのは五時間後だった。

苦し気にあえぎながら塩水を吐き出し、尖ったサンゴで脚を切られ、ケネディはマクマホンを浜まで引きずっていった。ふたりは水中に脚をつけたまま倒れ込んだ。他の乗組員たちも、砂の上に這い上がる。その数分後、エンジンの唸る音が聞こえた。全員で茂みの陰に潜り込み、日本海軍の船が島のそばを通り過ぎて近くの基地へ戻っていくのを見つめた。

ケネディの背中の傷がうずき始める。彼と部下たちは、フットボール場と同じくらいの大きさの熱帯の島でなすすべがなかった。木は多少生えているものの、食べられる植物はない。真水もない。しかも、日本軍の基地に取り囲まれている。一番近い連合軍側の島はレンドバだ——南東の方角にレンドバ・ピークが見えていた。距離は六四キロほどある。

二六歳のジョン・F・ケネディを含めた一一人のアメリカの若者たちの命は、この地でいつ果ててもおかしくなかった。第二次世界大戦のさなか、ソロモン諸島の小さな島で。

三日後、カソロ島の南東約三キロの位置にあるナル島の近くでカヌーを漕いでいたふたりの若者が、珍しいものに気づく。

その若者、ブウク・ガサとエロニ・クマナは年の頃一〇代の後半で、ふたりとも近くの島で生まれ、魚を捕り、カヌーを作って生活していた。そしてふたりは、自ら買って出て連合軍のために偵察を行い、日本軍の動きを観察して報告するという危険な仕事を引き受けていた。

ふたりは、カヌーを慎重にナル島に近づけていった。海岸近くのリーフに、難破した日本軍の小さな船が引っかかっている。ガサとクマナは、その難破船を調べてみることにした。引き揚げるべきものがあるかもしれない。掘り出し物があった——地図、鍋、刀、銃。ふたりは戦利品を集め始めた――だがそのとき、誰かに見られているのに気づき、凍りついた。

男がふたり、ナル島の浜辺に立って自分たちを見ていた。

ガサとクマナがいるところからは、はっきりと見えなかったが、難破船に乗っていた日本海軍の兵士に違いないと思った。ふたりはカヌーに飛び乗り、大急ぎで漕ぎ出た。

その瞬間、浜辺にいた男たちも慌てて茂みに隠れた。彼らも、敵に見られたと思ったからだ。このふたりは、ジョン・F・ケネディと部下の乗組員、バーニー・ロスだった。

この三日間、ケネディは部下たちを生き延びさせることだけを考えていた。夜を徹して島から島へと泳いで渡り、潮の流れと戦い、サメを恐れ、くたくたになり、アメリカの船が通りかかってくれないものかと思った。運は味方ではなかった。彼と部下たちは、さらに泳いでオラサナ島へ食料と水を探しにいった。何もない。部下たちは今にも死にそうなほど渇きに耐えかねていて、ケネディはその日の朝、ロスとナル島へ来た。リーフに難破船のようなものがあるのに気づいたが、カヌーに乗った男たちに見つかったと思い、茂みに飛び込んで隠れた。

ガサとクマナはナル島から急いで離れ、安全だと思えるところまで漕いでいった。おかげで、のどが渇き、ガサがオラサナ島に寄ってココナッツを手に入れようと提案した。島のそばまで行くと、ぼろぼろの服を着たひとりの白人が茂みからよろよろと出てきて、両腕を振りながら叫んだ。

「海軍！　海軍！　アメリカ人！　アメリカ人！」。

偵察者のふたりが、わずかに知っている英単語のなかのふたつだ。浜辺まで漕いでいくと、さらに多くのアメリカ人が現れ、なかにはけがをしている者もいて、全員が飢えていた。ガサとクマナは火を熾し、カヌーにあった食料を分け与えた。その晩、オラサナ島に戻ったケネディは、よろけるようにガサとクマナに近づき、ふたりの腕に抱きとめられた。

翌朝、みんなで六四キロ先にあるレンドバ・ピークを眺めた。アメリカ人たちはそこまで行けない。偵察者のふたりなら行ける。おそらく。

ガサがココナッツの外皮を剝いて手振りで自分の考えを伝えると、ケネディはそれを理解した。彼はナイフを取り出し、内側の皮に英語でSOSのメッセージを刻んだ。

ガサとクマナは、メッセージを届けるために出発した。日本軍が巡回する波の荒い海を、一五時間かけてカヌーを漕いでいく。もしもアメリカ人を助けていると知られたら、殺されるとわかっていた。オラサナ島に到着したふたりは、あっけにとられているアメリカ軍の将校にココナッツを見せた。PT－109の乗組員は、死んだものと思われていた。

八月八日の〇時過ぎ、一隻の哨戒魚雷艇が乗組員たちを迎えにきた。PT－109が破壊されてから六日が経過していた。甲板の下の部屋に案内されたケネディは、感情を抑えきれずに泣き崩れた。彼の身体は消耗して痛みを伴い、身長一八〇センチ以上の軀体が痩せ細り、体重は五〇キロ足らずまで減っていた。

「だからこそ、アメリカ国民のみなさん……」。

一八年後、なおも細身ではあるが、もう痩せ衰えてはいないジョン・F・ケネディは、ワシントンDCの家の浴槽のなかに座り、古傷のある腰を湯に浸して、数時間後に迫る大統領就任演説の練習をしていた。原稿は何度も書き直し、ふさわしい内容に仕上げた――簡潔で、決然としていて、これからの危険な道のりに焦点を当てている。

彼は、ベーコンと卵の朝食を食べながら、もう一度、一行一行声に出して暗唱した。

「だからこそ、アメリカ国民のみなさん……」。

◉ 1943年、PT-109に乗るジョン・F・ケネディ

ケネディの出世は瞬く間だった。第二次世界大戦が終わった翌年、彼は連邦議会議員に立候補した。選挙活動をしていたボストンでは、ある高校生が若い候補者の彼に、どうやって戦争で英雄になったのか、と尋ねた。

ケネディは笑みを浮かべて答えた。「なんてことはない――やつらが私の船を沈めてくれたからね」。

そうやって、自虐的な冗談を言うのがケネディのスタイルだった。だが、彼にはPT－109のストーリーが必要であり、彼自身、それをわかっていた。このストーリーこそが彼の原点であり、裕福な父親にすべてを与えてもらった甘やかされた子どもではないという証明でもあった。彼は一九四六年に下院議員、一九五二年に上院議員に当選し、そのわずか八年後にホワイトハウスの主となった。

濃い黒髪、絶やさぬ笑顔、誂えのスーツ。ジョン・F・ケネディはそれまでにはないタイプだった――洗練された若い大統領だった。颯爽とした大統領だ。だが、その上品なイメージの裏で、いくつもの慢性疾患と闘い、何種類もの注射や薬を必要とし、そのうえ、腰の痛みを和らげるために日に三度温かい湯につからねば日々を乗り切れないとは、有権者は知らなかった。

大統領就任式の朝、ワシントンDCは晴天だったが、気温マイナス六・七度と冷え込んでいた。積もりたての雪が市内を覆っている。国会議事堂の外にしつらえた演台に立つケネディは、帽子もコートも身に着けておらず、細心の注意を払って選び出した言葉を口にするたびに、白い息が漏れた。

「敵であれ味方であれ、すべての国に知らせようではありませんか。自由が存続し結実するためならば、われわれはいかなる代償も払い、いかなる重荷も背負い、いかなる困難にも立ち向かい、すべての友を支え、すべての敵と対峙すると」。

人類は転換点を迎えている、試練のときを迎えている、と彼は訴えた。冷戦はいずれにしても決着するだろう——それも近い将来に。「世界の長い歴史において、自由が最大の危機にあるときに、自由を守る役割を与えられた世代はわずかしかありません。私はこの責任に尻込みはしません、その責任を歓迎します」。

二〇世紀に最も多く引用された言葉で、ケネディは、これからやってくる試練にともに向き合おうとすべてのアメリカ国民に求めた。「だからこそ、アメリカ国民のみなさん、あなたの国があなたのために何ができるかを問うのではなく、あなたがあなたの国のために何ができるかを問うてほしいのです」。

始球式

翌朝早く、エヴリン・リンカンという中年の女性が、夫エイブが運転する自家用車の助手席に乗り、ワシントンDCの街路を走っていた。エイブは、ホワイトハウスの門の前で車を止める。警備員はミセス・リンカンを知らなかったが、新しい大統領の下で働くという彼女の言葉を信じた。

「あとで電話するよ」。エイブがそう言った。

ミセス・リンカンはブリーフケースを持って、ウェストウィングへ向かった。ウェストウィングは一九〇二年、セオドア・ローズヴェルトの時代に、スタッフ用の部屋が足りなくなったために増築された。彼女が、ケネディ大統領の個人秘書だと自己紹介すると、警備員が廊下伝いに小さな部屋まで案内してくれた。

「ここがあなたの部屋になると思います」。警備員はそう言った。

彼女はその部屋が気に入った。ローズガーデンを見渡せる窓がある。扉のひとつは閣議室に通じていて、そこには長いテーブルとエイブラハム・リンカンのブロンズの胸像があり、壁にはジョージ・ワシントンの肖像画が飾られている。もうひとつの扉は、オーバルオフィスに通じていた。

リンカンは大統領のオフィスに足を踏み入れた。本当に楕円形《オーバル》の部屋だ。何も飾っていない壁はくすんだ緑色に塗られたばかりで、ボスの好みの色ではないと彼女にはわかった。窓ガラスの厚みは五センチ。防弾になっている。カーペットには小さな穴がいくつもあり、デスクから外の芝生に出るドアまでつながっていた。ゴルフシューズね、と彼女は気づいた。アイゼンハワーは、デスクで仕事をするときもスパイクのあるゴルフシューズを履くことが多く、そのまま外へ出てはボールをいくつか打っていた。

「おはよう、ミセス・リンカン。手紙は来ていませんか?」。

聞きなれた声だ。彼女は八年前、ケネディが初めて上院議員に当選したときから仕えてきた。オフィスに入ってきた大統領はデスクの前に座り、権力の中心に就いた感触を味わった。

「このデスクは大きすぎるな」と、大統領は言った。

彼は、腰の痛みを和らげてくれるお気に入りのロッキングチェアを持ち込みたいと希望し、暖炉の傍に置いていた。もっとよいソファーも要るだろう。壁の色も何とかしなければ。

ファーストレディーのジャクリーン・ケネディが改装を指示し、家具を動かし、壁の色を温かみのあるオフホワイトに変え、家族の写真を飾り、夫が好きなもの——海洋画、船の模型、お気に入りの工芸品ともいうべき、第二次世界大戦時のSOSメッセージを刻んだココナッツの殻——を持ち込んだ。

すべての準備が整ったのもつかの間、そこから災いが容赦なく続くことになる。


ジョン・F・ケネディが大統領に就任した四日後、アメリカ空軍がノースカロライナ州に水素爆弾を落とした。

故意に落としたわけではない。

一九六一年一月二四日、アメリカの東海岸沿いで所定の飛行をしていたB－52爆撃機が、離陸から一〇時間後の午前〇時過ぎに燃料漏れを起こし、機体は回転しながら急降下して空中分解した。乗員八名のうち五名が無事脱出して、パラシュートを開いた。

このとき、四メガトンの爆弾二発も、機体とともに落下した。一発は湿地帯に激突したものの爆発せず、ぬかるんだ地面にめり込んだ。もう一発は、戦時に使うべく設計されたとおりに起動し、落下中に爆弾内にいくつかある自動起爆装置が連動して働いたが、ひとつの安全装置によって爆発を免れた。

爆弾は二発とも、広島市を破壊した爆弾の二〇〇倍の威力があった。放射性降下物《フォールアウト》が、ワシントンDCまで、あるいはさらに遠くまで飛散し、一帯を汚染してもおかしくはなかった。

国防長官のロバート・マクナマラは、就任してまだ三日目だった。彼は、ほんの一ヵ月前までフォード・モーター・カンパニー社長の職にあった。水素爆弾については、ほぼ何も知らない。怖いと思う程度の知識しかない。

マクナマラは、のちに語っている。「ごくわずかな幸運によって、まさに二本のワイヤーが接触しなかったおかげで、核爆発は回避されたのです」。

その数週間後、ハンサム・ジョニー・ロッセーリが滞在するマイアミのホテルの部屋に、ロバート・マホイがブリーフケースを手にして入っていった。CIAのカットアウトは、ベッドの端に腰かけ、札束の山を投げるように出した。

一万ドルぐらいか。ロッセーリは玄人の目で、そう判断した。いい線だ。

気持ちは変わっていない——カストロの件で金をもらうつもりはない。だが、費用は負担してもらう。

ロッセーリは何人かのギャング仲間に相談し、ギャング抗争スタイルの銃の連射はあまりにも厄介だという結論に至っていた。そんな仕事を引き受けるばかがどこにいる？　そこでロッセーリはCIAに、何らかの毒物を調達してもらえないかと頼んだ。すると、アメリカ政府の化学者は、「高致死率成分」を用いて六個一組の錠剤を作った。中身は、ボツリヌス毒素だ。死に至るまで数日かかり、毒の出どころをたどるのが難しくなる。

ロッセーリが現金を受け取ると、マホイは六個の錠剤をわたした。熱い飲み物やスープにはあまり溶けない、とマホイが説明する。冷たい飲み物なら大丈夫だ。

次のステップは、この錠剤をキューバの首都、ハバナへ持ち込むことだ。ハバナには、カストロがよく行くレストランのウェイターを知る人物がいる。


ジョン・F・ケネディは、この暗殺計画についてどの程度知っていたのか？　それは今なお定かではない。ほとんどの歴史学者は、彼は知らされていたはずだと考えている。

いずれにしても、これは数ある計画のうちのひとつにすぎなかった。軍とCIAがフィデル・カストロを排除する野心的な作戦を立て始めたのは、アイゼンハワー大統領の時代だ――本格的にキューバに侵攻する作戦だった。三月一一日、閣議室でキューバの地図を背にして演台に立ったCIAのリチャード・ビッセルは、作戦に関する最新情報をケネディに伝えた。

反カストロのキューバ人一四〇〇人が、グアテマラ共和国の山岳地帯にある秘密基地で訓練を受けていた。士気は高く、準備は整っている。しかし、ソヴィエトが軍需品をキューバに送り始め、カストロは力をつけている。一方、侵攻部隊に関する噂が流れ始め、時間の猶予はなくなっている。

計画では、侵攻部隊をキューバの街、トリニダー付近に上陸させるため、アメリカ空軍の戦闘機が上空を飛んでカストロ軍を空爆し、アメリカ軍の戦艦が物資を運び込む、とビッセルは説明した。

ケネディは気に入らなかった。

「まるでDデイ（＊3）じゃないか」と、彼は反対した。「こういうことは、目立たぬようにやってもらわねば」。

アメリカの作戦だと思われないようにしろ、とケネディは命令した。キューバ人が自国を解放すると見えるようにするのだ。彼は、侵攻が失敗すればアメリカにとって大きな屈辱となると懸念した。彼個人にとってもそうなる。ケネディは別の選択肢も求めた。作戦がうまくいかない場合は、アメリカ主導の攻撃ではないと否定するという選択肢だ。

この計画が開始されたのは一年前だったが、ここへきてアメリカ軍とCIAは、数日かけて見直しを行った。修正案で求められたのは、より目立たない上陸、空軍の援護を不要とする夜間の実施、すなわち南側の海岸の人里離れた場所、ピッグス湾（バイア・デ・コチーノス）への上陸だった。

キューバに関する状況説明の合間に、ケネディは外の芝生へ抜け出し、野球のボールを投げた。ワシントン・セネタース（＊4）の開幕試合が迫っており、始球式では大統領が投げるのが習わしだった。ケネディはそれを承知したものの、投げると腰に痛みが走る。それでも彼は、合間を縫って、記念すべき日に備えて練習をしておきたかった。

その週、ハバナから知らせが入った。

「新聞を見たか？」。浮き足立ったロバート・マホイが仲間のひとりに聞いた。「カストロは病気だ。二、三日は続くだろう。やったぞ、あいつをしとめた」。

だが、カストロは回復した。

CIAにしてみれば、失敗の原因は見当もつかなかった。件のウェイターが怖気づいて毒の錠剤を使わなかったのかもしれない。あるいは、チャンスが来るより先に首になったのかもしれない。カストロが、その店にもう行かなくなった可能性もある。

いずれにせよ、上陸作戦の方は生きている。あと数週間で開始する予定だ。そうなれば、カストロは完全に終わりだ。

四月一〇日の肌寒い午後、満員のグリフィス・スタジアムで、シカゴ・ホワイトソックスと対戦するワシントン・セネタースの開幕戦が始まった。

一塁側ダッグアウトのそばの席で、大統領のケネディは立ち上がってコートを脱ぎ、肩を回してほぐした。両チームのプレーヤーが近くに寄ってくる。誰もが手順を理解している――政府のお偉方は、始球式で投げるといっても本気で投げたりはしない。

だがケネディにとっては、どんなことも競争だ。彼は振りかぶり、手前にいるプレーヤーたちの頭を通り越すボールを投げた。ボールはふたりの無防備なプレーヤーのグローブをはじき、最終的にホワイトソックスの外野手、ジム・リベラの素手に収まった。

観客はどよめいた。ケネディはにこやかに手を振り、腰を下ろしてゲームを楽しんだ。

その日、グアテマラの山中では、ホセ・ペレス・サン・ロマン――仲間内ではペペで通っていた――が、これからともに戦う一四〇〇人の仲間に言葉をかけた。訓練は終わった。いよいよ祖国を解放するときが来た、と彼は話した。

男たちは歓声を上げ、愛国的な歌を歌いながらトラックに乗り込み、泥の山道を下って空軍基地へ向かった。そこで輸送機に乗り、夜の間にニカラグア共和国の東海岸に位置するプエルト・カベサスへ飛び、そこからピッグス湾上陸に向かう。

＊3――連合軍のノルマンディー上陸作戦開始の日。一九四四年六月六日。
＊4――ワシントンDCを本拠地としたプロ野球チーム。現テキサス・レンジャーズの前身。

カウントダウン

翌日の早朝、バイコヌール宇宙基地の巨大な格納庫の外に立つセルゲイ・コロリョフの目の前で、スライド式の扉が開いた。ソヴィエト連邦のロケット科学の第一人者、コロリョフは、ゴロゴロと引かれて現れた自身の作品を眺めた。全長三四メートルのロケットが車輪のついた平たい台に横たわり、結わえつけられている。

ピッグス湾上陸の部隊がニカラグアの浜辺に集結しているとき、ソヴィエトはソヴィエトで、抜き打ち作戦を開始した。冷戦中最大といえるふたつのできごとが、まったく同時に展開し始めた。

コロリョフは、格納庫から発射台へと、ゆっくり静かに動く車両の横につき添って歩いた。このロケット、R－7は彼の最高傑作で、構造は画期的だった。この技術によって、彼は初の人工衛星、スプートニクを地球周回軌道に乗せた。犬を宇宙に送ることにも成功した。無人の宇宙船を月の表面に激突させもした。そしてわずか数週間前にはさらに躍進を遂げ、特別な乗員を乗せたカプセルを宇宙空間に打ち上げた。飛行は問題なく進み、ヘルメットと鮮やかなオレンジ色の宇宙服を着た乗員はパラシュートでウラル山脈の村の近くに着陸したが、彼は雪に身体を打ちつけて倒れ、両腕、両脚が異常な角度で伸びていた。

驚いた村人が、倒れている人に駆け寄った。これも、フランシス・パワーズの仲間か？　これもアメリカが送り込んだ空からの侵略者なのか？　もしやと思ったひとりの村人が、かがみ込んでよそ者の頭を叩いた。

ぴくりともしない。無反応だ。

駆けつけた兵隊が車から飛び降り、村人を押しのけるようにして倒れている男から離した。そして、その場にただ立ちはだかり、誰も近寄れないようにした。彼らは、その男が息をしているかを確かめようともしなかった。

男は生きていなかった。初めから。宇宙を旅してきたこのイヴァン・イヴァノヴィチは、この最終リハーサルのために特別に作られた、驚くほど人間にそっくりなマネキンだった。科学者たちは、このマネキンの空洞の腕に、マウス、モルモット、爬虫類などの実験動物を入れていた。動物たちはすべて、良好な健康状態で実験を終了した。このリハーサルは、宇宙船の通信システムのテストも兼ねていた。宇宙にいる人の声は聞こえるのか？　イヴァン自体が会話に挑むわけではないため、設計者たちは録音した人の歌声を流してはどうか、と提案した。

ソヴィエトの安全保障担当者は反対した。アメリカが監視して、聞き耳を立てているとわかっているからだ。「西側が、宇宙飛行士は取り乱して、ミッションを実行せずに歌を歌っていると思うではないか！」。

彼らは妥協し、聖歌隊のテープを使うことにした。空の上に聖歌隊がいるとは、誰も思うまい。さらに彼らは、ボルシチのレシピを読み上げる女性の声の録音も追加した。そして、すべてのシステムは完璧に動作した。

コロリョフは、アメリカの宇宙計画に関するニュースを注視していた。アメリカはソ連に比べて秘密主義ではなく、初の有人宇宙飛行に手が届きかけているのがよくわかった──成功すれば、宇宙開発競走で最大の成果となる。だが、ソヴィエトは、最初のチャンスをものにしようとしていた。コロリョフと彼のチームは、R‐7の先端の小さな宇宙カプセルにパイロットを乗せて、宇宙に打ち上げる準備を整えた。

うまくいけばよいが。過去一六回のR‐7の打ち上げで成功したのは八回で、あとの八回は失敗している。

その夜、発射台そばのコテージで、二七歳の戦闘機パイロット、ユーリイ・ガガーリンは木製の寝台に静かに横になり、眠ったふりをしていた。それまでの人生で、これほど熟睡を必要とした経験はない。だが、それは無理だった。この夜に限っては。

二年前、ガガーリンは二〇〇〇人の候補のなかからただひとり選ばれ、誰も経験したことがない任務を命じられた——宇宙飛行士としての任務だ。候補者は全員、追い込まれ、試され、身辺も健康状態も徹底的に調べられたうえ、装着したヘッドホンから優しくささやかれる不正解の答えを聴きながら数学の問題を解くというような、意地が悪く困難な課題を与えられた。

二〇〇〇人の候補者は二〇人に絞られ、試練はさらに厳しくなった。

宇宙飛行士は、加速するロケットの先端で受ける極めて大きな重力にどう対処すべきか? それを理解するため、候補者たちは遠心分離機の先端に取りつけた小さなカプセルのなかに縛りつけられた。遊園地にある回転絶叫アトラクションのように、カプセルはなかの人間とともに激しい回転を続け、彼らはやがて身体が押しつぶされたような感覚になる。小さな穴から景色を見ているみたいに視野が縮小し、重圧でほんの小さな筋肉さえ動かせなくなり、呼吸もできなければ、瞬きもできなくなる。

宇宙飛行士は、宇宙船が地球周回軌道上で経験する無重力にどう対応すべきか? それを理解するため、候補者たちはモスクワで一番高いビルに特別に作られたエレベーターに、順番に乗った。エレベーターのかごが三〇階から自然落下すると、候補者の身体は一瞬、床から浮き上がる。無重力空間にいる時間が長くなると人体にどんな影響が出るかに関しては、まだ誰も知らなかった。

宇宙飛行士が宇宙で感じるかもしれない、孤独についてはどうか? 人は正気を保ったまま、完全な孤独に対処できるのか? それを確かめるため、科学者たちは候補者を一〇日間連続で隔離室に閉じ込めた。しばらくすると候補者たちは、時間の感覚をなくし、昼か夜かもわからなくなり、まるで話し相手がいるみたいに話をするようになった。

ユーリィ・ガガーリンは、すべてにおいてよい結果を出した。彼は負けず嫌いで、冷静で、集中力があり、生真面目で、それでいてすぐに冗談を言っては緊張を和らげた。身長一六〇センチの強健な身体を折り曲げて、狭い空間に入れる点も評価された。

最後に残った候補者はふたり、ガガーリンとゲルマン・チトフだった。ガガーリンが初飛行の試みに選出され、チトフは控えとなった。ふたりは、まったく同じ訓練を受け、両者とも宇宙へ行く準備ができていた。

訓練の最終日、ふたりの宇宙飛行士は発射台の傍のコテージへ引き上げ、休もうとした。だが、医師団が別の部屋に控えていた。宇宙飛行士のマットレスから延びたワイヤーが、それまではなかった壁の穴を通って外へ出ていた。明らかに、医師団は隣の部屋からひと晩中監視するつもりだ。眠れずに何度も寝返りを打つのはどちらか。ぐっすり眠っているのはどちらか。

ガガーリンが控えとなる可能性がないとはいえない。そこで彼は、寝台で静かに横になっていた。眠りに落ちてしまったら寝返りを打つだろう。そうなれば医師団は、ガガーリンは熟睡していないと思う。だから彼は、うとうとするまいとしていた。

ゲルマン・チトフも、一メートルほど離れたところで、まったく同じことをしていた。

午前三時頃、コテージに入ってきたセルゲイ・コロリョフが音をたてないようにと医師団に合図し、つま先立ちでそっと廊下を歩いて宇宙飛行士たちの寝室に向かった。彼はほんの少しだけドアを開けて、なかを覗いた。

すばらしい眺めだった。彼が自らの手で選んだ若者たちは、赤ん坊みたいに眠っているようだ。

三時間後、ガガーリン、チトフ、コロリョフの三人はともに腰を下ろし、朝食にソヴィエトの宇宙食を食べた——チューブ入りの茶色いペーストだった。

ガガーリンが口を開いた。「何を食べても美味しいと思ったのは、遠い昔です!」。

ふたりの宇宙飛行士は下着姿になり、医師団が彼らの身体のいたるところにセンサーをつけた。技師のチームが、鮮やかなオレンジ色の与圧服とヘルメットを身に着けるのを手伝う。技師のひとりが一枚の紙をガガーリンに差し出し、サインを頼んだ。彼は、オフィシャルサインをもらうのではなく、その場で直に書いてほしかった。

ガガーリンとチトフは、車で発射台へ向かった。チトフは、最後の最後にガガーリンの装備に何か問題が起きて、自分が歴史的飛行をすることにならないかと希望を抱いていた。だが今となっては、ガガーリンの幸運を祈るしかない。ふたりの友人はロシアの伝統に従い、互いの頬にキスをしようとした。ふたつのヘルメットがぶつかった。

ガガーリンは、エレベーターで高さ四五メートルの発射台の頂上へ上がった。R-7ロケットの先端に、小さな宇宙カプセル、ボストーク一号が載っている。ハッチから乗り込むガガーリンをクルーが手伝い、シートベルトで固定し、酸素と圧力のホースを船内の機械につなぐ。窮屈な船内には、三つの小さな窓、無線装置、計器盤がある。ガガーリンが以前乗っていたミグ戦闘機よりもずっとシンプルだが、それには意図があった――彼が直接制御する事態は想定されていなかったからだ。

科学者たちは、いわゆる「スペースマッドネス」を心から心配していた。あらゆるテストを終えてはいても、人が宇宙飛行のストレスにどう対処するか、本当のところはわからない。そこで彼らは、すべてが自動で作動するように設計した。ガガーリンが手動で操作するのは、特別な三桁のコードの入力だけだ――そのコードさえもガガーリンは知らされていない。緊急事態が起きたら、地上の管制室から無線で知らされる。

技師のひとり、オレグ・イワノフスキーは、土壇場で規則を破った。「ユーラ」、と彼はガガーリンをニックネームで呼び、「ナンバーは三、二、五だ」とささやいた。

ガガーリンは彼特有の、誰からも好かれる、人をほっとさせる笑みを浮かべた。実はすでに、コロリョフからもその数字を聞いていた。

「管制室は静粛に!」アナトリー・セミョーノフがマイクでアナウンスした。「会話はすべてやめてください！」。

とは言ったものの、彼は自分がまぬけに思えた。彼以外は、誰も話などしていなかった。

アナトリー・セミョーノフは、コロリョフのチームで主席を務める科学者のひとりだ。彼はカウントダウンを始めた。防弾掩蔽壕の管制室――ロケットが爆発して頭上に墜落してくるという、非常に現実的な可能性に備えている――で、セルゲイ・コロリョフと彼のチームは制御盤の前に座り、スクリーンと計測機器を見守った。医師団は、ガガーリンの血圧が正常であると確認した。体温も正常だ。脈拍は信じられないほど安定しており、六四だった。無線を通じて、ガガーリンがポップソングを口笛で吹いているのが聞こえてくる。口笛とは！

「発射一分前！」。

セルゲイ・コロリョフは緊張が声に現れないように努めたが、うまくいかなかった。

「発射一分前」。彼は、無線を通してガガーリンに伝えた。「聞こえるか？」。

「聞こえています」。

ガガーリンの脈拍が一〇九に上がった。彼もやはり人間だということか。

「打ち上げの間は、私の言葉に答える必要はない」。コロリョフが言った。「だが、こちらからは詳細を送り続けるので、可能なときは返事をしてほしい」。

「了解」、とガガーリンは応答した。「気分は良好、準備は万端」。

「圧力を上げていく。ケーブルが外れるはずだ」。

「感触がある。バルブが動いている音がする」。

「エンジン点火開始。プレステージ……インターミディエートステージ……メインステージ……発射！」。

R-7の底部から白い炎が上がる。轟音と爆音がまるで音楽のように入り交じってカプセルに響き渡り、ガガーリンは身体の下でロケットが振動し、重力に抗い、離陸するのを感じた。

脈拍は一五七に達していた。

「パイェーハリ！」、と彼は叫んだ――レッツゴーという意味だった。

アメリカの上空

「T-プラス　七〇」。管制室のセルゲイ・コロリョフが、マイクに向かって言った。

打ち上げから七〇秒ということは、さまざまなことが不具合なく順調にいっているはずだった。だが、まだ誰ひとり喜んではいない。

「了解」。ガガーリンが応答する。「最高の気分だ。飛行継続中。重力負荷上昇」。

「T-プラス　一〇〇。気分はどうだ?」。

「気分は良好。あなたは?」。

いかにもガガーリンらしい。燃焼する二五〇トンのケロシンと液体酸素の上部に収まり、普通の人間なら気絶するほどの重力負荷で顔面が押しつぶされる——それなのに、相手のようすを尋ねるとは。

R-7の四つのブースターロケットは、飛行開始から二分後に燃料を使い切って落下した。さらに三分後、中央部のロケットも燃焼して落下した。打ち上げから一〇分後、ボストーク一号は大気圏を突破して宇宙空間に到達した。

管制室にいたチームは椅子から飛びあがり、歓声を上げ、抱き合い、多くが目に涙を浮かべていた。

ガガーリンの宇宙船は時速約二万九〇〇〇キロで前進しつつ、同時に地球の重力で引っ張られていた。このふたつの力のバランスを完璧に計算したコロリョフのチームは、宇宙船を地球を周る曲線経路――地球周回軌道――に乗せることに成功した。ボストーク内のガガーリンは、シートから浮き上がりそうな感覚があるものの、ストラップでどうにか抑えられていた。彼は鉛筆で飛行日誌を書いてから、鉛筆を持つ手を開いた。すると鉛筆は彼の手を離れて、カプセルのなかを漂った。

「無重力状態開始」、と彼は報告した。「まったく不快ではない」。

私たちは誰でも、宇宙船内で宇宙飛行士が浮かんでいるところを想像できるが、浮かぶ理由は意外だ――重力がないからではない。ボストーク一号の高度は地上三二二キロで、重力による下向きの力は地表の九〇パーセントほどだ。無重力状態は地球周回軌道上の物体は「自然落下」するという事実によって生じる。ボストーク一号は「自然落下」していた――地球に向かう方向にではなく、地球を周回する方向に。ガガーリンが無重力状態を体感したのは、彼と宇宙船が同じスピードで「落下」していたからだ。

「飛行は良好に継続」。ガガーリンが伝える。「マシンは正常に作動。受信状態は上々。地球の観察を実行中。視界良好。雲が見える。すべて見える。美しい！」。

彼の母親は、息子は出張中だと思っていた。

ガガーリンは、母に心配をかけたくなかった。任務の数日前に、仕事でしばらく遠くへ行くと言っておいた。

「どれくらい遠いの？」。アンナ・ガガーリナは、息子にそう尋ねた。

「とても遠いんだよ」。

その日、彼女は自宅で床を掃いていた。成人した娘は出勤の支度中だった。孫の男の子は、キッチンのテーブルで宿題をしていた。

玄関のドアがさっと開いて、義理の娘のマリア――ユーリィの兄の妻――が駆け込んできた。家から走ってきたせいで、息を切らしている。「どうしてラジオ、つけてないの？　ユーラのこと言ってるわ！」。

アンナは凍りついた。「どんなこと言ってるの、教えて」。そう尋ねる彼女の顔から、血の気が失せる。「墜落事故かい？」。

「ユーラは無事よ！」。マリアが叫んだ。「彼は宇宙にいるのよ！」。

ラジオをつけると、そのとおりだった。政府が全世界に向けて発表しているところだった。

「世界初の衛星船、ボストーク一号は、有人でソヴィエト連邦から打ち上げられ、地球周回軌道に乗りました。宇宙船ボストーク一号を操縦する宇宙飛行士は、ソヴィエト社会主義共和国連邦の空軍少佐、ユーリイ・アレクセーエヴィチ・ガガーリンです」。

「楽しい気分だ」。ガガーリンは軌道上から報告した。「飛行は継続中。現在アメリカの上空」。彼は、アメリカの宇宙飛行士のことを考えた。驚いていることだろう――そして羨んでもいる。彼は、母親のことも考えた。自分が今どこにいるのか、もう知っているかもしれない。軌道を回って太陽と反対側に入ると、明るい昼の世界から暗い夜の世界に変わった。そして軌道を一周すると、彼は一日のうちに二回目の日の出を見た最初の人間になった。

再突入の時間だ。宇宙船のスピードを落とすため、逆推進ロケットが点火され、宇宙船が重力によって地球の方向に引っ張られるようになった。これからの数分間は、大惨事発生の可能性があるという点では、発射時の次に重要だ。ガガーリンは、地球を取り巻くガスの層に正しい角度で突入しなければならない。大気圏突入の角度が大きすぎると、大気中を高速で移動する宇宙船の表面に生じる摩擦で、宇宙船は乗員もろとも燃え上がる。反対に、角度が浅すぎると、宇宙船は水面で跳ねる石のように、大気圏に当たって跳ね返ってしまう。

ボストーク一号は、正しい角度で大気圏に突入した――だがガガーリンは、何かがおかしいと気づいた。ガガーリンが乗ったカプセルに電気ケーブルで接続された装置モジュールが、分離に失敗して残っていた。カプセルと装置モジュールは、それぞれに回転し始めた。ガガーリンにできることは何もない。シートに押しつけられた彼には、対処できるように訓練してきた以上の重力負荷がかかっていた。

管制室のコロリョフも、このような事態になるとは思ってもいなかった。大気圏に突入する宇宙船との無線連絡は、不可能だ。

ガガーリンのカプセルは回転で熱せられて、赤く光り始めた。金属が割れる音がする。視界がぼやけてきた。彼は意識を失うまいと闘った。

だが次の瞬間、突然回転が止まった。

再突入の熱で装置モジュールのケーブルが溶け落ちたからだ。ガガーリンの宇宙船は安定し、順調に太陽の光と青い空のなかへ入っていった。彼は、射出座席により冷たい大気のなかに脱出した。パラシュートが開く。訓練時に見ていた景色が見えてくる。ヴォルガ川、鉄道橋。打ち上げから一〇八分後、ユーリイ・ガガーリンの両足は耕されたばかりの畑に降り立った。

子牛の傍にいた女性と女の子が、鮮やかなオレンジ色のスーツを着たよそ者をじっと見つめていた。

ガガーリンはヘルメットを外して言った。「私は友人です、同志！　友人ですよ！」。

その女性は、その日の朝、ラジオを聞いていた。「ひょっとして、宇宙から来たのかい？」、と彼女は尋ねた。

ガガーリンは、にこやかに答えた。「実は、そうなのです！」。

人類史において一、二を争うような目覚ましい成果について、アメリカはまずこう発言した――「朝の三時だぞ、この野郎!」。

ある記者が、ソヴィエトからの大ニュースに対する反応を得るためにNASAに電話すると、オフィスの簡易ベッドから不機嫌に起き出してきた広報担当官のジョン・パワーズが、時刻について文句を言ったのだ。

記者は見解を求めた。

「われわれから何か聞き出したいなら」、と報道官はかみついた。「答えてやるよ。俺たちはみんな、寝ている」。

それだけ言って、彼は電話を切った。

どの新聞も、ガガーリンの勝利について大々的な見出しを打ち、その下に「ニュースよりもひと寝入り」というような小見出しと、簡単な記事を載せた。

ガガーリンが着陸すると、すぐに軍のヘリコプターが来た。彼は近くの空軍基地へ連れていかれ、電話機をわたされた。

「教えてくれたまえ、飛行はどんな気分だったかね?」。ニキータ・フルシチョフが尋ねた。

「宇宙はどんなところだったのかね?」。

「よい気分でした」。ガガーリンは答えた。「非常に高い高度から地球を見ました。海も、山脈も、大都市も、河も、森も見えました」。

「世界に見せつけてやろう!」。フルシチョフは、勝ち誇るようにそう言った。「われわれの国がなし得ることを、われわれの偉大なる人民とソヴィエトの科学に何ができるかを見せてやろう」。

ガガーリンは賛同した。「他国に挑戦させてやりましょう。われわれに追いつき、追い越そうと」。

「そのとおりだ!」。

ジョン・F・ケネディは、その日の朝、オフィスのなかを行きつ戻りつ歩いていた。「われわれに何ができる? どうすれば追いつける?」。

タッチフットボールのゲームでも、敗北は我慢ならないような男だ。ボードゲームでも、思うようにならなければ盤上の駒をひっくり返してしまうのは有名だった。全世界が見ているなかでフルシチョフに負けるとは、あまりにも腹立たしい。しかも、宇宙開発競争となれば、ほらのふき合いとはわけが違う。テクノロジー競争であり、総重量の大きな宇宙船を高速で遥か彼方へ運ぶマシンを造る競争だ。カプセルが宇宙に到達したのなら、次は爆弾が大洋を超えてやってくるかもしれない。冷戦の只中なのだから。

アメリカは、月に狙いを定めてロシアを負かすべきではないか、とケネディは提案した。だが、それは今検討すべき問題ではなかった。

その日の午後の記者会見では、記者たちは別の差し迫った問題の方に興味があるようだった――キューバだ。秘密の侵攻部隊に関する噂は大きくなっていると、ある記者が指摘した。アメリカ合衆国は、フィデル・カストロ打倒をどの程度まで援助するつもりか？

「そうですね」、とケネディは口を開いた。「まず、アメリカ軍によるキューバへの介入は、いかなる状況下であれ、ないと申し上げたい」。

ひいき目に見てもミスリードだ。確かに、ピッグス湾に上陸しようとしている兵士たちは、アメリカ兵ではない。しかし、この作戦を計画したのはアメリカ軍とＣＩＡであり、その資金を出しているのはアメリカの納税者だ。作戦がうまくいけばすべては許されるだろうと、ケネディは計算していた。

ハバナでは、フィデル・カストロがケネディの言葉を注意深く聞いていた。アメリカの大統領は、用心深く、「アメリカ軍」による介入はないと言った。侵攻はない、とは言わなかった。

ピッグス湾事件

ニカラグア共和国のプエルト・カベサスでは、一四〇〇人の男たちが六隻のさびついた船に分乗して、海へ漕ぎ出した。

部隊の司令官、ホセ・ペレス・サン・ロマンとエルネイド・オリバは、職業軍人だ――ふたりとも二〇代の後半で、かつてはキューバ陸軍の将校だった。部隊自体も一般的な軍隊とは違い、一六歳から六一歳までの一四〇〇人の志願兵で編成されていた。教師もいればミュージシャン、画家、機械工、医師もいて、数人の聖職者や、経験豊富な兵士も含まれていた。一番の大所帯は学生の集団だった。

大多数のメンバーは、もともとはフィデル・カストロを支持していた。

四年足らず前の一九五六年一一月、カストロと八一名から成る反政府軍は、腐敗した独裁者、フルヘンシオ・バティスタから祖国を取り戻すという決意を胸に、メキシコからキューバへ船で渡った。カストロはやっとのことで上陸を果たし、湿地帯を通り抜け、ある小屋にたどり着く。

「恐れるものか」、とカストロは宣言した。「私はフィデル・カストロだ。われわれはキューバ国民を解放するために来た」。

バティスタ軍は現場に急行し、銃撃戦でカストロ軍を二一人にまで減らした。二一人は、四万の独裁者軍と戦った。それでも、カストロには成功する自信があった。そして彼には、自分のビジョンを他人に信じさせる、まれな能力があった。

生き残ったメンバーは険しいマエストラ山脈に逃げ込み、徐々に力を蓄えていった。森のなかの空き地で熱のこもった演説をしたカストロは、キューバの支配権を握り、国の財産を国民に分け与えると誓った——いわば、現代版ロビン・フッドだ。キューバの上流階級やアメリカの富裕層は、何十年にもわたってキューバの国を搾取し、どこよりも豊かなサトウキビ農園を食い物にして、最もうまみのある公共設備やカジノを牛耳ってきた。バティスタはそのような流れに手を貸し、大金をポケットに入れていた。カストロは、そういう日々は間もなく終わると約束した。

それから二年間、何千人という男女が活動に参加した。奇襲ゲリラ攻撃でバティスタ軍を襲っては、さっと山のなかへ戻る。独裁者はパニックに陥った。一九五九年が開けてすぐ、彼は着服した現金をスーツケースいっぱいに詰めて、ドミニカ共和国行きの飛行機に飛び乗った。フィデル・カストロは、大観衆の歓声を受けながら、意気揚々とハバナに入った。

やがてカストロは、革命を成功させた者の常で、国民生活を向上させるという難しい課題に直面する。彼は約束どおり、新しい学校や診療所を建設し、アメリカ企業が所有する農園を差し押さえて、キューバ人が経営する農園に分配した。アメリカ資本の事業も没収して、彼の新政府の管理下に置いた。アメリカ政府はキューバに対して禁輸措置を講じて反撃し、キューバ産砂糖のアメリカへの輸出を停止した――キューバの経済は壊滅的な打撃を被った。

そこへソヴィエトが介入してくる。

フルシチョフは、キューバ産砂糖を買うと申し出た。ソヴィエトの石油を船で輸送するとも提案した。カストロは、申し出を受け入れる――そして、ソヴィエト方式の共産主義に近づいていった。彼が革命で約束した自由や独立とは、正反対の方向だった。彼は、政敵を何千人と投獄し、民間企業を没収し、メディアを検閲し、選挙を廃止した。大勢のキューバ人が国を離れ、その多くがマイアミに落ち着いた。

そして今、そのキューバ人、一四〇〇人が六隻の錆びついた船で国に帰ろうとしていた。彼らの小さな部隊は、四月一六日、深夜〇時前にピッグス湾に到着した。

船長たちは、浜辺の約一八〇〇メートル手前でエンジンを止めた。五人の男がゴムボートに移り、海岸に向かって漕いでいった。上陸場所を明かりで示すためだった――だがたちまち、計画に重大な欠陥があるのが発覚した。

ＣＩＡには、砂浜からアプローチするようにと言われていたが、付近の海岸は剃刀のように鋭いリーフに取り囲まれていた。サンゴを確認しながら進むとスピードが遅くなり、彼らは無防備な状態となる。ふたりの兵士を乗せたジープが巡回で通りかかり、ヘッドライトが岸に近い浅瀬にいる五人をさっと照らし出した。ジープが急停車する。双方が銃撃を開始した。

夜間上陸のひとつの利点——意外性——は失われた。

ハバナに近い空軍基地にいたエンリケ・カレーラス大尉は、自分の戦闘機のコックピットで眠っていた。直ちに行動を起こす準備はできている。彼の戦闘機はおさがりのイギリス機、「シーフューリー」で、キューバ空軍機の大多数がその機種だった。キューバ軍でトップクラスのパイロット、カレーラスは起こされ、電話に出るように言われた。

侵略者がピッグス湾の浜を襲った、とカストロが彼に告げた。キューバ陸軍が現地へ向かっているが、空軍には最重要任務を与える。

「チコ、私のためにやつらの船を沈めるんだ」。カストロはそう言った。

カレーラスにはわかっていた。船に積んである軍事物資がなければ、反逆者は浜を制圧できない。

国務長官は、バスローブのまま玄関口まで来た。

時刻は午前四時半。CIA副長官のチャールズ・カベルが、最新情報と緊急の要請を伝えるため、国務長官のディーン・ラスクの公邸に来ていた。

ピッグス湾で戦いが始まり、上陸には予想より長くかかる見込みだと、カベルはラスクに報告した。彼らは日が昇るまでに水から出られず、夜が明ければ格好の標的にされる。航空母艦「エセックス」の海軍機は準備完了。海軍機が上空から援護を行えば、軍事物資を降ろすチャンスが生まれ、彼らは浜に上陸できる。必要なのは、大統領のオーケーだけだ。

ラスクはケネディを起こすことに同意した。大統領を電話口に呼び出し、受話器をカベルにわたした。カベルは、順序だてて説明した。

ケネディは何も言わずに聞いてから、もう一度国務長官に電話を替わるように言った。ケネディの話はラスクへの最初の一言で終わった。

「ノー」。

四月一七日、ピッグス湾に日が昇ると、何百人もの男たちが胸の高さまで青緑色の海水に浸かり、サンゴにつまづき、銃弾を浴びせられながら、銃、無線機、銃弾が入った箱を運び、必死で浜に上がった。

ペペ・サン・ロマンも水しぶきを上げて浜に上陸し、ひざまづいて地面にキスをした。そのとき、恐れていた音が聞こえてきた――上空でうなるエンジンの音だ。カストロが保有する戦闘機はわずかしかないが、この最悪のタイミングで現れ、反撃も受けずに高度を下げ、水中や屋根のない上陸用舟艇にいるサン・ロマンの部下に機銃掃射をしかけた。

シーフューリーの操縦桿を握るエンリケ・カレーラスは、侵略者の舟艇のひとつに向かって降下しながら、デッキをめがけて一直線にロケット弾を発射した。炎が激しく吹き出し、男たちは沈む船から海中に飛び込んだ。

カレーラスは次の船に狙いを定めた。侵攻に必要な軍事物資を積み込んだ、どっしりとした船だ。乗員には、カレーラスの戦闘機が近づいてくるのが見えた。

「シーフューリーだ！」、と彼らは叫んだ。「シーフューリーだぞ！」。

カレーラスが船体を爆破して穴を開けると、大量の燃料と木箱に入った銃弾に火がついた。船は爆発し、巨大な黒いキノコ雲が、青い空に高く立ち上った。

ホワイトハウスでは、ジョン・F・ケネディがキューバの最新情報に耳を傾けていた。ニュースはますます悪くなっていく。二隻の補給船が沈んだのち、他の補給船は銃弾、食料、医療用品などの積み荷を載せたまま沖へ逃れた。一方、カストロ軍の兵士は、続々と浜に到着し、侵略者は浜から前進できなくなった。

ケネディは、自分が若造で未熟だと思われているのを知っていた。ピッグス湾は、彼にとって世界を舞台にした初めての大がかりな作戦行動となる。成功させる必要がある。

こうなったら、アメリカ軍を派遣すべきか？　どこまで続くのか？　キューバで全面戦争となるのか？　キューバ島全体を占領するのか？　ソヴィエトが同盟国を守るために介入してきたら？　報復として、世界の他の場所でアメリカの同盟国を攻撃したら？　今回の軍事作戦の目的は、厄介な共産主義の独裁者の打倒であって、第三次世界大戦を引き起こすことではない。ケネディは受話器を取り、最も信頼する相談相手――アメリカ合衆国司法長官であり、実の弟でもある――ロバート・ケネディに電話をかけた。「しかるべき方向に行っていないようだ」、と大統領はロバートに話した。

モスクワでは、ニキータ・フルシチョフが六七回目の誕生日を祝っていた。ピッグス湾は、何よりのプレゼントになる。

かつて、一九五六年にハンガリーの国民が自由を求め始めたとき、フルシチョフは反乱者をソヴィエトの戦車の下敷きにして、まさに文字どおり押しつぶした。彼の頭では、あれこそが指導者たる者のふるまいだった。

「私にはケネディが理解できないね」。フルシチョフは息子にそう言った。「彼はどうなっているんだ？　本当に、あんなにも優柔不断な男なのか？」。

翌朝早く、ペペ・サン・ロマンとエルネイド・オリバは、海岸の小さな建物のなかに立ち、コンクリートの壁にテープで止めた地図をじっくりと眺めた。

初日はうまくいった。ある面では。部隊は上陸地点を攻略した。だが、戦いながら内陸へ向かうにはどうすればいい？　カストロの戦闘機が、上空を制している。軍と戦車が道路を封鎖している。激しい戦闘がひと晩中続いたせいで、侵略者側は銃弾をほぼ使い果たしていた。新たな補給がない限り、絶望的だ。

ＣＩＡの計画では、海岸の攻防がうまくいかない場合、侵略者は山のなかへ逃れることになっていた。地図を眺めていたサン・ロマンとオリバは、アメリカ人たちが他にも間違いを犯していることに気づいた。逃れる予定のエスカンブライ山脈は、当初の計画の上陸地のそばにある。

このピッグス湾からエスカンブライ山脈へ行くには、道なき湿地を一三〇キロほど進まねばならない。

大統領は、その日の大部分をオーバルオフィスですごした。新聞記者から身を隠し、来ないとはわかっていても、よいニュースを待ち望んだ。キューバからの最新の一報を読んだ彼は、頭を振りながら言った。「いよいよ、しくじったな」。

夕食後、補佐官のひとりが、その晩に開かれる議会議員のパーティーのためにそろそろ着替える時間だと告げた。このようなときに公式の宴会とはまったく気が乗らなかったが、一二〇

○人の招待客はすでにこちらへ向かっている。大統領は二階へ上がり、タキシードを着て白の蝶ネクタイをつけた。

ジョンとジャクリーンは舞踏会場に悠然と姿を見せ、海兵隊の楽団が演奏する「大統領万歳(“Hail to the Chief”)」に合わせて階段を下りた。そしてイーストルームで、微笑んだり声を立てて笑ったりしながら踊った。事情を知らない招待客は、大統領は楽しいひとときをすごしていると思っていた。

日付が変わる頃、ケネディと側近たちはそっと抜け出してウェストウイングへ行き、CIAのリチャード・ビッセルから最新情報を聞いた。新情報はない、とビッセルは報告した。侵略軍は海岸で足止めされている。

海軍最高司令官のアーレイ・バークが口をはさんだ。「ジェット二機で敵機を撃ち落としてやりますよ」。

「だめだ」、とケネディが答える。「この件にアメリカが関与するのは望ましくない」。

「いや、大統領閣下。われわれは、もう関与しています」。

バークは正しい。いうまでもなく。だがケネディは、さらに大きく関与するのを、あっという間に暴力がエスカレートしてしまうのを、懸念していた。ケネディに考えられる唯一の別の選択肢は、海岸にいる男たちを見捨てることだった。敗北を受け入れるのだ。その場合は、あとに続く激しい政治批判も受け入れることになる。

堂々巡りの議論が三時間ほど続いた頃、ケネディは話の途中で急に黙り込み、ローズガーデンにつながる扉を開けて外へ出た。側近たちはオーバルオフィスのなかから、タキシードを着た大統領が落ち着きなく芝生の上を行ったり来たりするのを見守っていた。

大統領の人事担当秘書官、ケン・オドネルが言った。「今夜の彼は、世界一孤独に違いない」。

午前中、ピッグス湾の水辺に戻ったペペ・サン・ロマンはCIAの担当者に無線で連絡した。「もう、やめなのか？」。彼はそう問いただした。「もう援護はなしってわけか？」。CIAは、できるだけ早く補給船を戻らせると約束した。だが、もう時間はない。カストロ軍が、隠れ場所のない浜に砲火を浴びせながら接近してくる。「こっちは戦う道具が何もないんだ」。サン・ロマンは、アメリカ側にそう伝えた。「森へ逃げる。待っちゃいられない」。

サン・ロマンの部隊の生存者は、湿地帯へと逃げた。だがカストロ軍に取り押さえられ、トラックに積み込まれて、捕虜としてハバナへ連れていかれた。

「われわれは、友人から見ればまぬけだ」、と『ニューヨーク・タイムズ』紙のコラムニストは書いた。「敵から見れば人でなし、その他大勢から見れば無能だ」。

公には、ケネディはピッグス湾の失態に対する責任を認めた。だが個人的には、CIAや軍高官のいまいましいアドバイスに、はらわたが煮えくり返っていた。

「なんだって、私はこのとんでもない間違いをしでかした?」。彼は顧問のひとりに、そうぶちまけた。「なんだって、やつらが突き進むのを許すような馬鹿をやらかしたんだ?」。

まず、ガガーリンの宇宙飛行があった。次が、ピッグス湾だ。わずか一週間でふたつの大敗がもたらされ、ジョン・F・ケネディは自分の敗北として受け止めていた。ロバート・ケネディは、兄がこれほどまでに動揺し、落ち込んでいるのを初めて見た。

四月二二日、ケネディはキャンプ・デービッドへ飛び、ドワイト・アイゼンハワーを招いて内輪の話をした。

「これほどたいへんな仕事だとは、誰も知りませんでした」。ケネディは森を歩きながら、胸の内を明かした。「やってみて数ヵ月がたち、ようやくわかるのです」。

アイゼンハワーは言った。「大統領閣下、僭越《せんえつ》ながら三ヵ月前にそうお話ししたと思いますよ」。

頭のないスパイ

ソヴィエト連邦の刑務所の居房で、アメリカの偵察機U－2のパイロット、フランシス・ゲイリー・パワーズは、いくつかの食べ物を思い描いていた。

一、バナナスプリット
二、ハンバーガー
三、サラダ

サラダが恋しくなるとは、思ってもみなかった。

ヴァージニア州のパウンドでは、フランク・パワーズの父が、息子を国に帰す算段をしていた。弁護士にも相談した。自身が経営する靴の修理店の二階に事務所を構えている。

「ちょっといいか」、とオリヴァー・パワーズは声をかけた。「ルドルフ・アベルって、聞いたことあるかい?」。

弁護士は、もちろん、そのソヴィエトのスパイについて知っていた。

「そいつはアトランタで収監中だが」、とオリヴァーが言う。「私の息子との交換に応じる気があるか、確かめたいんだ」。

オリヴァーは弁護士と一緒にルドルフ・アベルに手紙を書き、アトランタの連邦刑務所宛に投函した。

しばらくして、ダークスーツを着た政府の職員が訪ねてきて、敵国のスパイに手紙を書くのはやめるようにとオリヴァー・パワーズに告げた。

実は、ケネディ大統領は、捕虜交換のアイディアには前向きだった。アメリカのパイロットをソヴィエトの監獄に放置して、やせ衰えさせているのは無情だと受け取られる。しかし、アベルとパワーズの交換に関するソヴィエトとの交渉は、オリヴァーと相棒の弁護士よりもずっと高いレベルで行われるべきものだ。

その頃、機密情報を巡る戦いは、依然として冷戦の極めて重要な前線だった。ソヴィエトがユーリイ・ガガーリンを称賛し、フィデル・カストロがピッグス湾の栄光の勝利を誇らしげに語っている間に、ソヴィエトの当局者、オレグ・ペンコフスキーはモスクワからロンドンへ飛行機で向かった。ソヴィエト軍参謀本部情報総局の大佐、ペンコフスキーは、ソヴィエト連邦で最も厳重に保管されている軍事機密を、アメリカとイギリスに教えてもよいと提案した。

◉フィデル・カストロ（左）とユーリイ・ガガーリン

もしかすると本当かもしれない。だがもしかすると、彼の提案はソヴィエトの手の込んだトリックの一端かもしれない。CIAの職員がその男に直接会って問いただささない限り、真偽のほどはわからない。

オレグ・ペンコフスキーが一連のストーリーに登場するのは、その一年ほど前のことだ——自ら登場しようとした、というべきか。いずれにしても同じだ。

一九六〇年の夏、雨が降る暖かいモスクワの夜、ふたりのアメリカ人学生がモスクワ川にかかる橋に向かって歩いていくと、ひとりの男が歩み寄ってきた。それがペンコフスキーだった。

「お願いだ、助けてくれないか」、と男

はふたりに言った。

男はソヴィエト人で、ぎこちない英語を話した。年のころは四〇代で、赤い髪がグレーになりかけている。彼は上着に手を入れて、封筒をひとつ取り出した。

「なかを見てはいけない」。男はそう言った。「朝まで君のホテルにおいておくのもいけない。今すぐに、この封筒を持ってアメリカ大使館へ行ってもらいたい。君の国の政府は、その情報に感謝するだろう」。

ふたりのアメリカ人のうちのひとり、エルドン・レイ・コックスが、男の名を尋ねた。男は封筒をわたし、踵を返して立ち去った。

ふたりは、どうすべきなのかわからなかった。ソヴィエトで旅行者が偽の証拠を仕込まれるのは、よくある話だった。あとからその証拠を「発見」して、それをねたに観光客をゆするのだ。罠にかかるのを恐れたコックスの友人は、ホテルに戻った。

一方、コックスは、橋で出会った男は本当に必死で助けを求めていたと感じた。彼はタクシーを拾い、アメリカ大使館へ行った。

翌朝、大使館では数名の職員が「バブル」と呼ばれる、天井からワイヤーでつるした大きな防音の箱に入っていた。ここならば、ソヴィエトの盗聴器も会話の声を拾えないので、アメリカ側はどんな秘密の話もできる。

彼らは、前の晩に学生が届けた封筒を開けた。なかに入っていたのは、ロシア語の普通の手紙だった。職員のひとりが声に出して翻訳した。

「私はあなた方のよき友であり、あなた方の味方になります。私は『真実』という大義のため、真に自由な世界という理想のため、すでにあなた方の兵士となり、戦士となった友人です」。

手紙の主は、決断については慎重に考え、後戻りはできないところへ踏み出す準備はできている、と書いていた。

「私は、あなた方の政府にとって非常に大きな関心と重要性があるさまざまな問題に関する資料を、自由に扱える立場にあります」。

手紙には、どのような性質の資料かは明記されていなかった。だが、隠し場所《デッドドロップ》の場所を示す手書きの地図は同封されていた――モスクワのあるアパートの玄関ロビーにラジエーターがあり、その裏に小包をひとつ隠しておける。写真も同封してあった。ソヴィエトの軍服を着て大佐の階級章をつけた男が、やはり大佐のアメリカ人軍人と並んで写っている。ソヴィエトの大佐の頭が写っているはずの部分には、穴が開いていた。

その手紙と写真は、ヴァージニア州ラングレーにあるCIAの新本部に届き、さらに、ソヴィエト連邦内で行う秘密工作を担当するジョー・ビューリックのデスクに届いた。ビューリックはふたつの疑問に答える必要があった。

一、この男は誰か？
二、彼は本気か？

ひとつ目の疑問は、探偵の要領で攻略すればよい。察するに、写真の人物、頭が切り取られている方の男が手紙の主だろう。少し調べると、頭のない男の横に立つアメリカ人は、一九五〇年代半ばにトルコで任務に就いていた将校だと確認できた。ビューリックはファイルを開き、同時期にトルコのソヴィエト大使館に駐在していたソヴィエト軍将校の写真を探した。該当するのは、ひとりしかいなかった。オレグ・ペンコフスキーだ。GRU、すなわちソ

◉オレグ・ペンコフスキー（右）

ヴィエト軍参謀本部情報総局の職員として知られていた人物だ。

次のステップは難しくない。ビューリックは諜報員を使って、モスクワで謎の男に出会ったふたりのアメリカ人学生を探し出した。ふたりは一〇人のソヴィエト軍将校の写真を見せられ、橋で出会った男を指さすように言われた。ふたりともすぐに、オレグ・ペンコフスキーを選んだ。

簡単だ。簡単すぎるほどだ。

ペンコフスキーはおとりなのか？

その疑問を解くには、CIAがペンコフスキーから資料を受け取り、その正当性と価値を確かめる必要がある。ペンコフスキーがソヴィエトに忠実な諜報員で、CIAを陥れようとしているのなら、彼がくれるのはスパイ用語でいう「鳥の餌《チキンフィード》」――本物だがほとんど価値のない機密情報――だろう。だが、もしも彼の話が本当だったら？　その可能性は、無視できないほど魅力的だ。CIAは、ソヴィエトの情報機関内の地位の高い人物を情報源とした経験が一度もない。

CIAはペンコフスキーに、「ヒーロー」というコードネームを割り当てた。「コンパス」というコードネームの若い諜報員が、モスクワへ行ってペンコフスキーと接触する任務を負った。身分を隠すため、コンパスは、アメリカ大使館の職員が大勢住む建物の管理人として働いた――しかし、KGBはその手には乗らなかったようだ。KGBは、コンパスがどこへ行こうと尾行した。ペンコフスキーに近づくチャンスがない。教えられていたデッドドロップを使うチャンスもない。どうにもならない状態が数ヵ月続いたのち、コンパスは捨て身の行動に出る。

オレグ・ペンコフスキーが妻と家にいたとき、電話が鳴った。ペンコフスキーが出ると、しどろもどろのロシア語で話す声がする。その声は英語に切り替わった。ペンコフスキーの英語は、電話で会話ができるほど達者ではない。単語のひとつかふたつは理解できたが、それ以上は無理だった。

ペンコフスキーは電話を切った。妻には、間違い電話だと言った。しかも、ソヴィエトではあらゆる電話が盗聴されているとわかっていた。

コンパスは途方に暮れた。

賢明なCIAは助けが要ると認め、MI6——イギリスの国外を対象とする情報機関で、秘密機関であるため、政府がその存在自体を否定している——を頼った。

イギリスは、うまいアイディアを出した。MI6にはグレヴィル・ワインという諜報員がいた。彼は合法ビジネスのセールスマンで、東欧諸国やソヴィエト連邦を頻繁に訪れていた。ワインはモスクワへ赴き、オレグ・ペンコフスキーと会う手はずを整えた。ビジネスマンのワインは、疑う要素がまったくないと思える提案をした。政府の代表団をイギリスに迎え入れて、イギリスの製鋼所や工場を見学して回る友好ツアーに招待したいという提案だった。ペンコフスキーが上司に伝えると、上司はその案を気に入った。上司はペンコフスキーに、ソヴィエトの代表団をじきじきに案内するように——そして、あらゆる機会をとらえてしっかりと西側のテクノロジーを盗んでくるように、と告げた。

そこまでのところ、MI6の計画は完璧にうまくいっていた。

そして一九六一年の四月末、ピッグス湾の失敗で意気消沈するケネディはよい知らせを切望し、グレヴィル・ワインはソヴィエトからの客を出迎えるためにロンドンの空港へ車で向かっていた。

オレグ・ペンコフスキーは大きなスーツケースをふたつ持ち、代表団のメンバー六人を従えて税関を通過した。ワインが、待たせておいた車で代表団をホテルへ案内する。ペンコフスキーが自分の部屋へ入る——個室だ。それは、今回の計画で不可欠な要素だった。

その直後、ワインがペンコフスキーの部屋のドアをノックした。ペンコフスキーはワインを招き入れてドアを閉め、ようやく笑みを浮かべた。

「信じられませんよ、グレヴィル」。彼はワインの両肩をつかみ、英語でそう言った。「本当に信じられない！」。

ワインは、次の手順を詳しく説明した。これから、代表団のために公式の晩餐会が開かれる。美味しい料理と酒が出る。晩餐会が終わった後、みんながベッドに入り、廊下に人がいなくなったら、ペンコフスキーは三六〇号室へ行く。

三六〇号室で待っているのは、MI6の諜報員ふたりとジョー・ビューリック、そしてCIAのもうひとりの男、ジョージ・キセヴァルターだ。キセヴァルターは、ソヴィエトの諜報員を追いつめた経験があった。彼らはカウチや椅子をコーヒーテーブルの周りに並べ、ワインのボトルを何本か置いた。

ペンコフスキーは時間どおりに姿を見せ、腰を下ろした。

「どうやって話しますか? 何語で?」。キセヴァルターがロシア語で口を開いた。「あなた、英語はどうですか?」。

「私の英語はお粗末ですよ」、とペンコフスキーは答えた。「ロシア語にしましょう」。

彼は煙草に火をつけた。「さあみなさん、仕事を始めましょう」。

ペンコフスキーは、身の上話から始めた。自分はひとりっ子で、母親が女手ひとつで育ててくれた。二〇歳でキエフ砲兵学校を卒業すると第二次世界大戦が始まり、対戦車連隊に配属されてヨーロッパ戦線で戦い、砲弾の破片で顎を砕かれ、歯が六本折れる大けがを負った。戦後、軍の情報局に志願して訓練を受け、GRUに配属されたのち、大佐にまで昇進した。

ペンコフスキーは、自分の仕事についても説明した。GRUがどのような組織かを詳しく語り、ヨーロッパで活動する諜報員の名を挙げた。彼の話は三時間以上に及んだ。

「あなた方の国の政府には、私のことを自国の戦士だと思って信頼していただきたい。私は、あなた方の政府を自分の政府だと考えていますから」。彼はそう言った。

それから彼は自室に戻り、しばらく睡眠をとった。

アメリカとイギリスの諜報員は、顔を見合わせた――愕然としつつ、完全に納得していた。今聞いた話からすると、あれは「鳥の餌」などではない。

CIAのふたりは、会合の間に飲み干したワインのボトルをホテルの外の道路まで運び、ごみ箱に捨てた。ホテルのスタッフの誰かに、昨夜三六〇号室で何かおもしろいことがあったらしいと思われるのは困る。

キャンドルに火を灯してくれ

五月五日の早朝、フロリダ州のケープ・カナベラルでは、シルバーに白いラインが入った宇宙服を着た男性が、小さなカプセルのなかで計測機器とスイッチのパネルに取り囲まれて座っていた。その男性は元海軍パイロットの宇宙飛行士、アラン・シェパードだ。ユーリイ・ガガーリンが宇宙に打ち上げられた三週間後、アメリカは初の有人宇宙飛行を試みようとしていた。

ソヴィエトとは異なり、アメリカの打ち上げはテレビで生放送される。ほどなくそうなるはずだ。

シェパードはもう四時間も、ストラップでシートに縛りつけられていた。カウントダウンは、技術者が最終点検を行うというので、一度中断された。発射一五分前には、発射場上空の雲が晴れるのを待つために、再度中断される。シェパードは、成功する気がしなかった。あらゆる緊急事態に対処できるように訓練してきたが、これは想定外だ。

「ゴードー！」、と彼はヘッドセットのマイクに向かって言った。

宇宙飛行士の同僚、ゴードン・クーパーが、管制室で答える。「何だい、アラン」。

「おい、小便がしたい」。

「何だと？」。

「もうずっとここにいるんだ。ちょっとだけ出られるか、聞いてみてくれ」。

「待ってろ」。

クーパーは科学者たちに相談した。答えはノーだ。

シェパードが言う。「スーツのなかにやっちまうと伝えてくれ」。

「だめだ！」。

クーパーは、シェパードの身体はセンサーや電線で覆われていると改めて話した。システムをショートさせる可能性がある。

じゃあ、しばらく電源を切ってくれ、とシェパードはかけ合った。

しばらく議論したのち、技術チームは同意した。

「オーケー、アラン。電源を切る」。クーパーが伝えた。

この会話は、後日NASAがメディアに公開した公式記録には一切載っていない。もちろん、はっきりと聞こえた、シェパードの「ハァアアアーーー」という声も載っていない。

酸素が流れ込んで、宇宙服はすぐに乾いた。これで、完全に仕事に集中できる。だが、またもや遅れが出ると、彼はしびれを切らした。

「細かい問題ぐらい、さっさと片づけたらどうだ」。シェパードはそう言った。「もうキャンドルに火を灯してくれよ」。


エヴリン・リンカンは、ホワイトハウスのオフィスにある白黒テレビで打ち上げを見ていた。発射台に立つ背の高い白いロケットの側面には、上から下へUNITED STATESという文字がペイントされている。先端にあるのは、宇宙飛行士がいる小さな黒いカプセルだ。カウントダウンは、残り二分になった。


リンカンは閣議室へ行き、会議中の大統領の肩越しにそっと告げた。「二分前です」。

「発射二分前だ」。ケネディは、その部屋にいたメンバーに知らせた。

ケネディは立ち上がり、リンカンのオフィスへ入る。この数日は、打ち上げに神経をとがらせてきた。フロリダ州の発射台にあるのは、アメリカそのものだ。ひとりのアメリカ人宇宙飛行士というだけでなく、アメリカのテクノロジーであり、アメリカのプライドなのだ。アメリカは――そしてケネディは――大きな打撃を受けてきた。ガガーリン。ピッグス湾。今、これ以上失敗したら、対処できるのか？　全世界が見ているというのに？

副大統領のリンドン・ジョンソンと国防長官のロバート・マクナマラ、国務長官のディーン・ラスクもテレビの前に集まった。ケネディが腕組みをして見守るなか、カウントダウンがゼロになった。

ロケットは地上を離れ、滑らかに空へ飛び出していった。

シェパードの宇宙飛行は、ガガーリンの飛行とは違っていた。地球周回軌道には乗らず、高度一八七キロの宇宙空間に達したところで弧を描くように再び大気圏に突入した。その後カプセルのパラシュートが開き、シェパードは宇宙船とともに海に着水した。打ち上げから着水までは一五分間だった。

大統領報道官補佐がリンカンのオフィスに顔を出して言った。「宇宙飛行士はヘリコプターに乗りました」。

ケネディが微笑む。ようやくリラックスできた。

「成功だ」、と彼は言った。

喉から手が出るほど欲しかった成功だった。ウェストウイングに歓声が響き渡った。

翌日、オレグ・ペンコフスキーはロンドンからソヴィエトへ戻った。旅は成功した。さまざまな意味で。

ペンコフスキーは、同僚とともにイギリスの工場を見学して回り、ソヴィエトが買いつけそうな製品の説明を受けた。見学がひとつ終わるたびに、ソヴィエト代表団のひとりが工場にそっと戻って機器を撮影した。

イギリス側は、それに気づかないふりをした。それもすべて、計画の一部だった。夜、ホテルに戻ると、イギリス側は代表団を豪勢な食事と果てしない酒でもてなした。皆が寝静まった後、ペンコフスキーはこっそりと下の階へ行き、三六〇号室に入った。

連日深夜に開かれた会合では録音も行われ、ペンコフスキーはソヴィエトの兵器技術に関する秘密を明かした。彼は、核戦争が起きた場合のフルシチョフの計画について語り、恒例のメーデーのパレードで撮影されたソヴィエトのミサイルの写真を見て、各ミサイルを識別し、その能力について説明した。

アメリカもイギリスも、このような情報源を得たことは一度もなかった。

この男はなぜ国を裏切るのか？　さまざまな動機が複雑に絡み合っているようだ。彼は、フルシチョフから世界を救いたいと思っていた。自由がなく、常に恐怖がつきまとうソヴィエトの生活に幻滅していた。

「国民は怖くて何もできません。何か発言しようものなら、わずかな自由さえ取り上げられるからです」、と彼は言った。

彼は、もっとましな生活をしたかった――よい服を着て、銀行に預金がある生活だ。彼が臆面もなく取り出した買い物リストには、妻と娘の足をかたどった紙も入っていた。それがあれば、ぴったりのサイズの靴を買って帰れる。

一方で彼は、冷戦期のスパイの役割を満喫してもいた。ジェームズ・ボンドさながらの生活だ。そして、エリザベス女王とケネディ大統領からじきじきに感謝されることを期待していた。「私を、ワシントンDC行きの飛行機に放り込んでもらえればいいんです」。彼はある日の会合でそう持ちかけた。「大統領に会って、すぐに戻ってきますよ」。

「わかった、オレグ、そのうちに」。

飛行機がモスクワに着き、ペンコフスキーは大きなスーツケースをふたつ受け取った。なかには電気カミソリ、ライター、ストッキング、口紅、香水などが詰め込まれ、義歯ひと組も入っている。そのような西側で手に入れたものをソヴィエト連邦に持ち込むのは違法だったが、ペンコフスキーは検査も受けずに難なく税関を通過した——土産はどれも彼の上司のためで、上司が税関は心配いらないと請け合ってくれていた。そうした優遇のおかげで、ペンコフスキーは超小型のミノックスカメラをこっそりと持ち帰った。スパイ小説で好まれるカメラだ。本物のスパイにも好まれる。

五月八日、モスクワで普段どおりに仕事を終わらせた後、ペンコフスキーは電話ボックスにさっと入り、ロンドンの新しい友人から教わった番号をダイヤルした。呼び出し音を三度鳴らして切る。一分待ってから、もう一度同じ番号にかける。三度鳴ったら切る。

五度鳴らすのは、まずい事態になったという合図だ。

三度は「すべて順調」という意味だった。

一週間後、カナダの首都オタワで、ケネディは植樹を行うというたいへんな間違いを犯した。式典で両大国の友情のシンボルとなる木を植えることになり、ケネディが、そのイベントの意図に従ってシャベルを握った。大量の土をすくったところで、腰が砕けるような痛みが走った。その後、エアフォースワンにたどり着くまで、大統領は自力では歩けない状態だった。

それがケネディの人生だ。容赦のない腰の痛みに悩まされる日もあれば、思いどおりにいかない日もある。

だが、そのときのけがのタイミングは、非常にまずかった。ケネディは、ニキータ・フルシチョフと会談を行うため、間もなくオーストリアのウィーンに向かう予定だった。若いケネディは、まださほど強い印象を世界に与えていない。自分は賢明であり、不屈であり、葬られはしないと、ソヴィエトの指導者にわからせたいというプレッシャーを強烈に感じていた。

ケネディは、松葉杖をつきながら足を引きずってホワイトハウス内を動き回り、冷戦の主要課題を再検討して首脳会談に備えた。スパイ、キューバ、宇宙開発競争、軍拡競争――すべての課題は関連し、ソヴィエトの支配権拡大を阻止するという大きな課題を形成している。さらに、この世界戦争にはもうひとつ、超大国どうしの衝突が起きかねない前線があった――ドイツの都市、ベルリンだ。

第二次世界大戦の最後の年、アメリカ軍とイギリス軍は西からドイツに攻め込んでいった。一方、ソヴィエト軍は東から攻めた。連合軍はそうやってドイツ軍を挟み撃ちにして壊滅させ、降伏させたが、その後をどうすべきかについて両者は合意できなかった。結果として、ドイツは西と東に分割された。

アメリカの支援を受けるドイツ連邦共和国（西ドイツ）は普通選挙が行われる自由主義国家となった。ドイツ民主共和国（東ドイツ）では、ソヴィエトが、モスクワからの命令を受ける共産主義の独裁者を指導者に据えた。ドイツの首都であったベルリンも分割された。西ベルリンは、自由主義の西ドイツの都市となり、東ベルリンは共産主義の東ドイツの都市となった。

分割はそれなりに機能するはずだったが、ひとつだけ問題があった――そもそもベルリンは、東西ドイツの境界から一七六キロ東側にある都市だ。自由主義の西ベルリンは、圧政的な警察国家のなかの飛び地となってしまった。

無理もないことだが、毎年一〇万人が境界を越えて東ベルリンから西ベルリンへ移住した。東ドイツでは、危機感が高まった。人口が流出するからだ。ニキータ・フルシチョフは、この件についてたびたび怒りを爆発させ、東西を統合してベルリン全体を占領し、共産主義の支配下に置いてやるとわめいた。

ケネディは、西ベルリンの自由を守ると誓った。だが、どうやって？　ソヴィエトは、その気になれば数百万もの兵をドイツに送り込めるが、アメリカはベルリンから六四〇〇キロも離れている。現実的に考えれば、ソヴィエトの侵攻を阻止する唯一の方法は、水素爆弾かもしれない。しかしそれは、第三次世界大戦の勃発を意味する。究極の失敗だ。

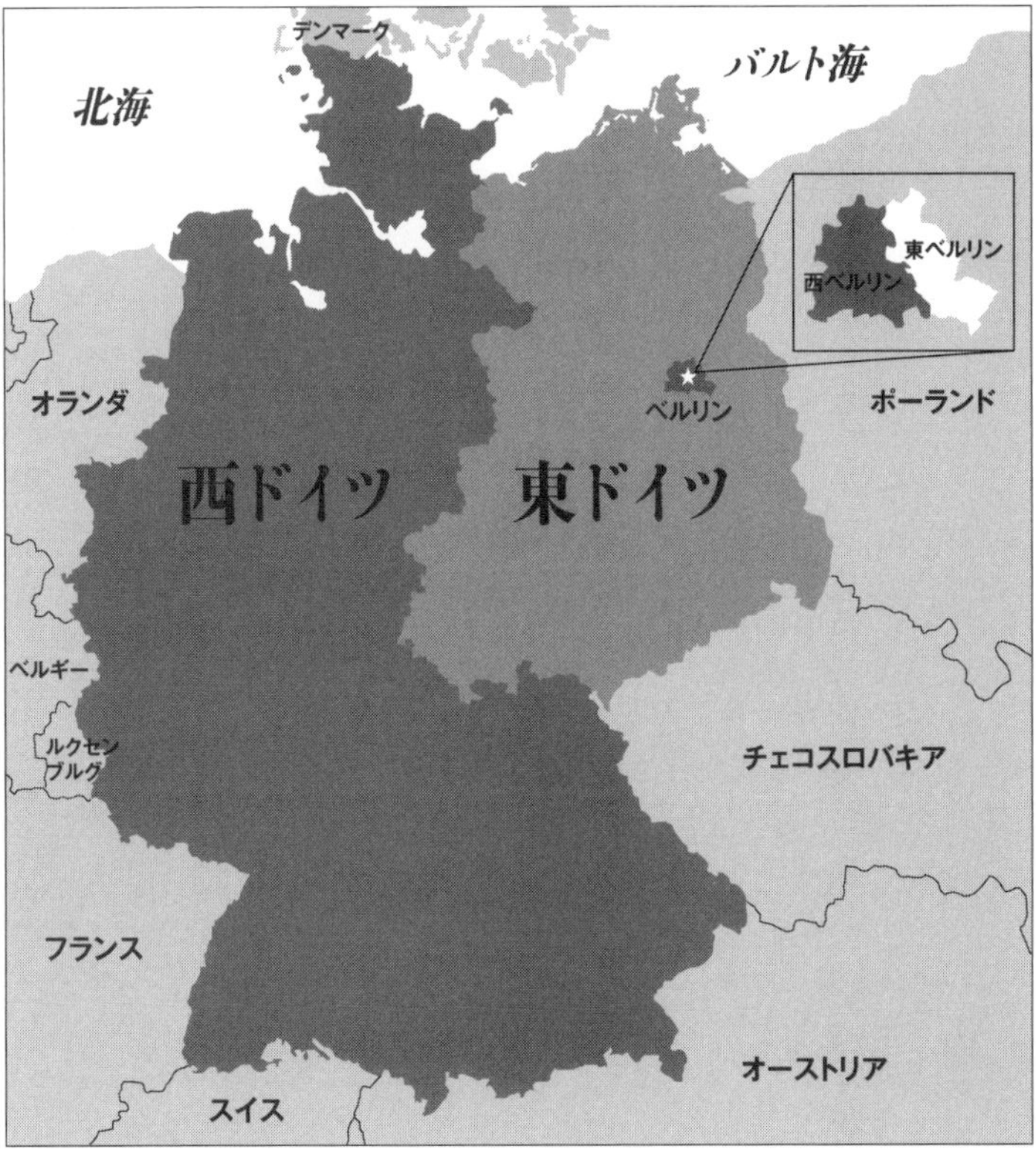
デンマーク
バルト海
北海
東ベルリン
西ベルリン
ベルリン
オランダ
ポーランド
西ドイツ
東ドイツ
ベルギー
ルクセンブルグ
チェコスロバキア
フランス
オーストリア
スイス

アイゼンハワーが忠告したように、簡単な答えはない。

ヨーロッパへ向かう機中で腰の猛烈な痛みと闘いながら、ケネディはフルシチョフの演説を詳しく調べた。CIAが行った心理分析にも目を通した。フルシチョフは、ショーマンシップがあり、ギャンブラーだと、CIAの医師団は結論づけていた。冗談を飛ばすのが好きで、その才能を、自身の知性と残忍さを隠して欺くために、たびたび用いる――敵の気を緩めるために。

これはよい材料だ、とても参考になる。ケネディは自信を持った。彼は確実に問題を理解した――それに、彼の魅力が通用しない人などこれまでいただろうか。

ニキータ・フルシチョフは、ウィーンを目指す専用列車でジョン・F・ケネディに関するKGBのファイルを読んだ。アメリカの大統領は、裕福な特権階級の家庭の息子だ。父親の財力と縁故のおかげで、政界で出世した。読書家で知性もあるが、まだ若く、能力は未知数だ。たじろいでいる可能性は大いにある。

まさしく、フルシチョフらしい作戦だった。結局のところ、彼はスターリンに粘り勝ちした。大勢のライバルの裏をかいた。東ヨーロッパで起きた解放運動を鎮圧した。冷戦においても、彼の側は勝ち続けている。ベルリンがチェス盤の中心だとすれば、そのカギとなるマスのなかでも外でも、彼が優勢だった。

「ベルリンは西側の睾丸だ」。フルシチョフの好きな言い回しだ。「西側に悲鳴を上げさせたければ、ベルリンを握りつぶせばいい」。

ウィーン

「フルシチョフがもうじき来る」。六月三日の正午過ぎ、ケネディは医師にそう告げた。「この腰をどうにかしてもらわないと」。

ウィーンのアメリカ大使公館の二階にある寝室で、大統領の主治医が痛みを緩和させる注射を打った。ケネディは腰を支える硬い装具《ブレース》をつける。調子の悪い日には、スーツの下にこの装具を着用する。これで何とか乗り切れたらと、彼は希望を持った。

数分後、正面玄関の砂利を敷いた車寄せに、一台の黒いリムジンが入ってきて止まった。フルシチョフが飛び降り、満面の笑みを浮かべた。ケネディは意を決して、若者らしく階段を駆け下り、車に向かった。カメラマンが、握手するふたりのリーダーを取り囲んだ。小雨が降るなか、ふたりとも無帽だった。

「お目にかかれてうれしいです」。ケネディは、通訳者を通じてそう言った。

「こちらこそ」。

「もう一度握手を！」。カメラマンが叫んだ。

一五〇〇人以上の記者がウィーンに集結し、首脳会談はかつてないほど全世界の注目を浴びていた。ふたりはもう一度握手をした。カメラに向かってなおも笑顔を見せながら、フルシチョフはケネディに、アメリカの選挙の流れを決定する手助けをしたのは自分だと言った。

「どうやってですか？」。ケネディは尋ねた。

フルシチョフは説明した。アメリカのパイロット、パワーズを選挙の直前に解放することもできた。そうすれば、ケネディの対抗馬、ニクソン副大統領を利することになっただろう。

ケネディは、カメラに向かって微笑みながら言った。「その話を言いふらしたりしないでくださいよ」。

ただの気さくな冗談だろう。

そうだろうか？　相手がフルシチョフでは、そうとは限らない。


公邸のなかに入ったリーダーたちは、それぞれの側近のチームと通訳者を脇に従えて、長テーブルについた。ケネディが先に口を開き、アメリカ側の要点を説明しようとした――ザ・スーパーの時代において、アメリカ合衆国とソヴィエト連邦は、冷戦の緊張がエスカレートして第三次世界大戦につながるのを回避したうえで、どのように競走すればよいかを考えねばならない。

フルシチョフはたちまち腹を立て、話に割って入った。共産主義は今後世界中に広がる、と彼は主張した。アメリカ人には認められないかもしれないが――それこそが冷戦の緊張の原因だ。戦争を防ぐには、アメリカが引き下がるしかない。「ソヴィエト連邦は国の理念を支持し尊重します」。フルシチョフはそう発言した。「その理念が国境の内側にとどまるとは限りません」。

ケネディは、そのような考え方を理解すると穏やかに説明した――だがそれでも、両大国は互いを戦争に押しやってはならない。

フルシチョフは問いただす。なぜそれがソヴィエトの責任になるのか？　アメリカはいつになったら、みんながいじめられっ子のままではないと学ぶのか？

「いつも息子に偉そうにする男がおりました」。フルシチョフはそう話し始めた。「やがて息子は大人になりましたが、父親はそれを理解せず、息子の耳をつかみました。すると息子は、『ねえ、父さん』、と言いました。『僕はもう大人だ。子どもだっている。もう昔みたいな扱いはしないでくれ』」。

「われわれは成長しました」、とソヴィエトの指導者は言い添えた。もしかすると、先ほどの小話の意味がわからない人がいるかもしれないので。「あなた方の国は歳をとっている。われわれの国は若い」。

彼らは終日議論を戦わせた。ケネディは防戦一方で、フルシチョフは繰り返し攻撃した。

キューバはどうなんだ、ピッグス湾はどうだ、とフルシチョフは厳しく責めた。あれが、冷戦の緊張を緩和するアメリカの考え方か？

「あれは誤算だった」、とケネディは答えた。

誤算――誤算と言われても、誰が納得するのか？　相手の弱さを感じ取ったフルシチョフは、さらに圧力をかけた。会談が終わって部屋から出たケネディの顔は、青ざめていた。彼は脚を引きずりながら、大使の住まいがある二階へ上がった。

「いかがでしたか？」。エヴリン・リンカンが尋ねた。

「あまりうまくいかなかった」。

大統領は、フルシチョフに対してだけでなく、自分にも腹を立てていた。

「彼は私を子ども扱いした」。ケネディは怒りをあらわにした。「まるで小さな子どもみたいに！」。

「あの男はとても経験が浅い。未熟でさえある」。フルシチョフは会談後、側近にそう言った。「あの若者は、アメリカの力があれば、われわれの手を引いて意のままに躍らせられると考えている」。

その夜、ウィーンのきらびやかなシェーンブルン宮殿で、六〇〇〇人の来賓が集まる祝賀晩餐会が催された。オーケストラがモーツァルトの曲を演奏し、白い手袋をしたウェイターたちは

◉ 1961年6月3日、ウィーンで会談するフルシチョフ（左）とケネディ

銀の盆でカクテルを運んだ。ケネディ夫妻が入ってくると誰もが目を奪われた——ジョンは誂えのタキシード（その下に腰の装具《ブレース》）、ジャクリーンは、見るもあでやかな、スパンコールが輝くピンクのノースリーブのガウンドレスといういでたちだった。ニキータ・フルシチョフはいつものだぶついたビジネススーツを着用し、落ち着いた色合いのシルクのドレスを身に着けたニーナとともに現れた。

「ミスター・フルシチョフ」。ひとりのカメラマンが声をかけた。「ミスター・ケネディと握手していただけませんか？」。

ニキータはジャクリーンの方を向

いて、「先に彼女と握手したいがね」、と応じた。

しばらくしてから、ジャクリーン・ケネディがソファーに腰を下ろすと、ニキータ・フルシチョフがファーストレディーの隣に腰かけ、冗談の集中砲火と数々の自慢話でもてなした。彼女は調子を合わせ、ソヴィエトが宇宙に送り出して無事に帰還した犬のなかの一匹、ストレルカを話題にした。

「宇宙飛行犬の一匹が、最近子どもを産んだそうですね」、とジャクリーンは話しかけた。「一匹、いただけないかしら?」。

ニキータは頭をのけぞらせて大笑いした。

ニーナは、近くのカウチに座ってそれを見ていた。

ジョンはそのカウチの方へ歩み寄り、ニーナの膝の上に座りそうになった。「危ないところだった」、と『ニューヨーク・タイムズ』紙の記者は書いた。「大統領は危ういところで気づいたが、フルシチョフ夫人の上に座るところだった。アメリカ合衆国大統領は、さっと別の椅子に移り、微笑みでお詫びをした」。

ジョン・F・ケネディにとっては、すべてがそういう一日だった。

翌朝、会談はソヴィエト大使館の会議室で再開された。

ケネディは前日とは違う雰囲気を作ろうと、両大国の見解が一致しそうな問題——核実験停止の必要性――を取り上げた。両国とも、核実験を行えば放射性降下物が発生し、全世界を汚染する恐れがあると理解していた。直前の三年ほどは、アメリカもソヴィエト連邦も核実験を行っていない。であれば、実験を永久に禁止する条約にサインしてもいいのではないか、とケネディは提案した。

フルシチョフは、ソヴィエトは先に実験を再開する国にはならないと約束し、条約という考えは拒んだ。

彼は言った。本当の危険は「私の喉に刺さっている骨」、ベルリンだ。

東ベルリンは、日々一〇〇〇人の人口を失っている。最高の教育を受けた若者、高度な技能を持つ労働者が、西側に引き抜かれている。都市全体、東と西のベルリンを東ドイツの支配下に置くべきときが来ている。

アメリカは決して西ベルリンを引きわたさない、とケネディは返答した。西ベルリンを含む全世界の自由こそ、アメリカが第二次世界大戦を戦った目的だ。

しかしソヴィエトは、第二次世界大戦の勝利のためにどこよりもずっと大きな代償を払った、とフルシチョフは言い返した。アメリカとイギリスがアドルフ・ヒトラーから世界を救うために果たした役割を誇りに思うのは当然だが、連合軍の三大国――アメリカ合衆国、イギリス、ソヴィエト連邦――で、ドイツ戦の犠牲者の九五パーセントを占めているのはソヴィエトだ。しかも、個人的な話をすれば、息子のひとり、レオニードはあの戦争で命を落とした。

ケネディは自分の兄、ジョーを引き合いに出し、兄もヨーロッパ戦で犠牲になったと指摘した。

フルシチョフは動じなかった。「アメリカがドイツの件で戦争を始めたいのなら、そうすればいいでしょう」。彼は、腕を振り動かしながらそう言った。「戦争をしたがる狂人がいるのなら、拘束衣を着せねばなりません！」。

昼食の休憩をとったのち、さらに論戦は続いた。

ケネディは、当初の問題を再び持ち出した――両国とも、手遅れにならないうちに崖っぷちから退かねばならない。

「われわれは、お互いを破滅させかねません」、と彼は言った。

「そうです、大統領閣下。同意します」。

では、西ベルリンを占拠しないでいただきたい、とケネディは警告した。われわれに行動を起こさせないでほしい。

「力は力によって迎えられるのです」、とフルシチョフも牽制した。「アメリカが戦争を望むなら、それはアメリカの問題です」。

こうして首脳会談は終わった。ソヴィエトの指導者は、一二月までにベルリンで行動を起こすと明言した。「もしも、この計画を妨げようとする試みがなされたら」、とフルシチョフはさらに警告した。「戦争になりますよ」。

「もしもそうなったら」、とケネディが応じる。「たいへん寒い冬になるでしょうね」。

大統領は、帽子をかぶってアメリカ大使公邸に戻った――帽子は嫌いなはずだったが、額が隠れるほど目深にかぶっていた。そしてカウチに身を沈め、長い溜息をついた。

「どうでしたか?」。会談後にインタビューを行うことになっていた『ニューヨーク・タイムズ』紙の記者、ジェームズ・レストンが尋ねた。

「人生最悪だね」、とケネディは答えた。「さんざんな目に遭わされたよ」。

フルシチョフの方は、ダンスでもしたい気分だった。

数日後にモスクワへ戻ったソヴィエト連邦第一書記は、インドネシア共和国大使館で催されたガーデンパーティーに出席した。彼は冗談を言い、歌い、ドラムを叩いた。楽団がロシアの伝統的な民族音楽を演奏し始めると、得意げにダンスフロアで身体を揺らし、人々は彼を取り囲み、音楽に合わせて手拍子をした。

始めるのは今

ヨーロッパから戻った直後、ジョンとジャクリーンがオーバルオフィスで腰を下ろしていると、駐米ソヴィエト大使がふたりの職員を連れて入ってきた。職員のひとりの腕には、ふわふわの白い子犬が抱かれていた。

大統領が立ち上がって犬を見つめ、妻の方を振り返ると、彼女がはっと息を呑んだ。

「話題を見つけようとしただけだったのよ」、と彼女がささやく。

ソヴィエト大使は、ソヴィエトの宇宙船で地球を周回してきたストレンカの娘、プシンカだと子犬を紹介した。そして、プシンカはニキータ・フルシチョフからケネディ家への惜しみない贈り物だと説明した。いうまでもなく、その犬は瞼の裏に焼きついた傷――宇宙開発とロケット開発の競争でソヴィエトに敗北したこと――を思い出させてくれる、愛らしいリマインダーでもあった。

ケネディは大使に礼を述べた。そして、子犬をアメリカ軍病院に送り、盗聴器が隠されていないかを調べさせた。

犬は疑いを晴らして戻ってきた。


モスクワの国防省の建物で、オレグ・ペンコフスキーは機密ファイルがある部屋に閉じこもっていた。ドアノブの下に椅子を置いてふさぎ、ソヴィエトのミサイル技術仕様書のフォルダーを開き、超小型ミノックスカメラを出して写真を撮り始めた。

七月二日の午後、ペンコフスキーは休憩を取り、オフィスの近くの公園へ行った。街路樹のある小道を散策しながら、周囲を細かく観察する——ベンチに腰かける退職者たち、子ども連れの母親たち、アイスクリーム売り。彼女は、このどこかにいるはずだった。「アン」というコードネームだ。背中から写した写真をロンドンのホテルで見ている。イギリス人女性、三二歳、黒髪。ベビーカーに乗せた赤ん坊の男の子と、ふたりの幼い娘を連れているはずだ。

見つけた。ベンチに腰かけ、女の子たちがそばで遊んでいる。彼は、目を合わせずに彼女の前を通り過ぎた。周りの人間が多すぎる。

数分後、雨が降り始めた。恵みの雨だ。みんなが公園から出ていく。

ペンコフスキーは、改めて女性のところへ行った。ベビーカーの前で足を止め、赤ん坊に笑いかけた。彼はポケットから、色鮮やかなビタミンCドロップの小箱を取り出し、母親に差し出した——お嬢さんたちに、と身振りで示す。

母親は礼を言うかわりにうなずき、受け取ったビタミンCを赤ん坊のブランケットの下に滑り込ませた。

アンの本名は、ジャネット・チザム。MI6の諜報員で、ロシア語とフランス語を話す。夫は、ルアーリ・チザムというイギリス大使館の外交官だ。表向きは。彼の本当の仕事は、モスクワのMI6本部の部長だった。

チザム夫妻は監視の対象だった。ふたりは、モスクワのアパートの壁に隠してあった盗聴器を見つけた。清掃人が、あからさまに引き出しを調べていたこともある。ジャネットは、最初の清掃人を解雇したが、それに意味があるのか？　清掃人たちはKGBに雇われているとわかっている。ひとりを首にしても、また次の清掃人が来るだけだ。ソヴィエトのスパイから資料を受け取るとしたら、理想的な環境ではない。だがMI6は、危険を伴う運び役を引き受けてくれる誰かを必要としていた。ジャネット・チザムは志願した。

最初の接触はうまくいった。彼女は、娘たちをアパートに連れ帰った。赤ん坊の男の子のブランケットの下にある、ソヴィエトの機密情報が詰まったビタミンの箱も一緒に。

二日後の七月四日、オレグ・ペンコフスキーは上司のオフィスに呼ばれた。

そして、昇進を告げられた。

君がロンドンから持ち帰った機密情報にみんなが感心している、とペンコフスキーは言われた。西側の都市の「友好ツアー」を、もっと計画すべきだ。

ペンコフスキーは、すぐに取りかかると約束した。

今や彼は、二重スパイという貴重な立場にあった。どちらの側も、彼を信用していた。どちらの側も、ペンコフスキーは自分たちのために働いていると信じ切っていた。

「知ってるか、やつらは大使館の三階に核爆弾を置いてるんだ」。ケネディは来客にそう話した。

その日、大統領は数名の友人を夕食に招いていた。ケネディがスパイ小説好きだと知っている友人たちは、ワシントンDCのソヴィエト大使館には本物の核分裂装置が隠してあるという冗談だと思った。

ケネディは冗談のつもりではなかった。ソヴィエトは部品をこっそりと持ち込み、大使館の屋根裏で組み立てた、というのが彼の言い分だった。

「もしも最悪の状況になって、戦争が避けられなくなったら、やつらはそれを爆発させる。そうなったら、ホワイトハウスもこの街も終わりだ。そういう話をしているんだ」。

ワシントンDCに爆弾があるという見方は、ほぼ確実に間違いだ――これも、「恐怖には大きな目がある」という格言の一例だろう。だが、彼がそのような話を信じていたという事実から、一九六一年夏の彼の心理状態がよくわかる。冷戦は恐るべき方向へ進んでいた。

その夏、彼はこうも話していた。「大弓を使っていた時代から、人は新しい武器を開発してはそれを備蓄し、誰かが現れてそれを使用してきた。核兵器の時代に、どうすればその連鎖を逃れられるのかわからない」。

七月一〇日、クレムリンのオーバルホールで、ニキータ・フルシチョフは党幹部、軍の将校、原子力科学者を大勢集めて演説した。フルシチョフは決意していた。ソヴィエトが水爆実験を再開するときが来た。

ソヴィエトが保有する武器の威力は、アメリカに後れを取っている。東ベルリンで進行中の厄介な問題もひとつの要因だ。何千もの市民が去っていく状況で、どうすれば共産主義の魅力を世界に納得させられるか？ ソヴィエトの立場を強化するには、何か策を講じる必要がある。

フルシチョフは自身の考えを発表した。議論の余地はない。

ソヴィエトの水素爆弾計画を率いてきた物理学者、アンドレイ・サハロフは、隣にいた科学者から紙を一枚借りた。彼は、その紙にこう書いた。実験を重ねてさらに強力な爆弾を造れば、世界のすべての人にとって危険が増すだけだ。サハロフはその紙切れを回して、フルシチョフに届けた。

フルシチョフは紙をちらりと見てから、サハロフを見た。

一時間後、参加者はワインとキャビアでひと休みした。フルシチョフが立ち上がり、乾杯の音頭をとる。

「サハロフは、われわれに実験は必要ない、と書いている」。フルシチョフは紙切れを掲げながら言った。「しかし、サハロフは立ち入りすぎだ。科学を超えて、政治にまで。彼は、分をわきまえずに首を突っ込んでいる」。

権力者たちは、みな下を向いて自分の皿を見つめた。アンドレイ・サハロフは孤立していた。「政治は、われわれに任せてもらいたい――われわれは専門家なのだから」。第一書記はさらに続けた。興奮が高まるにつれて、声は大きく顔は赤くなっていった。「あなたは爆弾を造って実験すればよろしい。われわれは、そこには口を挟まず、援助します。だが、覚えておきなさい。われわれは、強い立場で政策を実施せねばならない。公表こそしないが、そういうことなのだ！　他の政策はあり得ない。われわれの敵に、他の言語は通じない」。

テレビ撮影用の照明が大統領のデスクを照らしていた。エアコンのスイッチは切られている。オーバルオフィスは静まり返り、明るく、うだるように暑かった。ジョン・F・ケネディはデスクの前に座り、国民に語りかけるのを待っていた。メイクアップを施した顔から汗が噴き出る。

ケネディは、ソヴィエトが核実験を再開しようとしていることをまだ知らなかったが、その件は、その晩の彼の演説のテーマ――ベルリン、フルシチョフの絶え間のない脅威、核戦争の危険性——と合致する。

西ベルリンは、とケネディはアメリカ国民に話しかけた。「西側の勇気と意志の大いなる試練の場です」。ソヴィエトはすでに、一〇億の人々と地球上の多くの国家を支配下に置いている。もしもアメリカがベルリンから撤退したら、共産主義の世界支配はさらに進むだろう。「われわれは戦いを望みはしませんが、過去には戦ってきたのです」。

ケネディは、防衛支出の増額を連邦議会に要求するつもりだと発表した。水素爆弾搭載の戦闘機は、常に警戒態勢にある。「あの都市への攻撃は」、とケネディは西ベルリンについて語った。「われわれすべてに対する攻撃とみなします」。

そこから彼は、さらに大きな論点へ移っていった。「熱核兵器の時代においては、どちらの側であれ、相手の意図を少しでも誤解すれば、人類史上のあらゆる戦争でもたらされた破壊よりもさらに激しい惨禍が、数時間のうちに降り注ぎかねません」。この恐るべき新しい世界では、ひとりひとりのアメリカ国民にこれまでにない責任がある——核戦争になったらどうすべきかを心得ておくことだ。国家が生き延びるために、自らの役割を果たしてもらいたい。「核戦争になった場合には」、とケネディは語った。「核爆発や炎に襲われなかった人の命は、救われる可能性があります——シェルターへの避難警告が行われ、シェルターを利用できれば」。

自分にチャンスを与えよう。計画を立てよう。生活必需品を蓄えよう。シェルターを設置しよう。

「始めるのは」、と彼は語りかけた。「今なのです」。

一〇年にわたって核戦争に関する警告を聞かされてきたアメリカ国民は、メッセージの内容を理解した。ケネディの演説後、シャベルの需要が急激に伸びた。缶詰食品、瓶詰の水、銃、放射線測定器《ガイガーカウンター》なども同様だった。国民は庭に穴を掘ったり、家やアパートの地下にシェルターの空間を作ったりした。『ライフ』誌は、「もしも戦争にならなければ、子どもたちは隠れ家に使わせろと言うかもしれないし、父親はポーカーゲームに使うかもしれず、母親は客間にしようと思うかもしれない」、と記事にした。政府の民間防衛局は、ポスターやパンフレットを何百万枚も印刷して、最悪の事態に備えよと国民に促した。

隣近所の住人がやってくるのは困るからと、こっそりと掩蔽壕を造る家庭もあった。「完成したら、入り口にマシンガンを備えつけておくよ。近所のやつらを締め出すためにな」。シカゴ郊外に暮らす男性は、おおっぴらにそう話した。

ネヴァダ州ラスヴェガスの民間防衛当局者は、男性五〇〇〇人による民兵の組織を推奨した――ソヴィエトと戦うためではなく、爆弾が落ちると知ったら押し寄せてくるかもしれないカリフォルニア州の住民を食い止めるためだ。

「アメリカ合衆国は公然と戦争の準備をしている」。モスクワ放送は、ケネディ大統領の演説のすぐあとに、世界に向けてそう放送した。「第三次世界大戦が勃発すれば、アメリカはもはや大洋に守られはしない。水素爆弾と弾道ロケットの時代に火遊びをするのは、危険極まりない」。

その一方で、ソヴィエト連邦は、公然と戦争準備を続けていた。

何万人という政府当局者が、アメリカが攻めてきたらどうすべきかを全国民に指導しようと力を尽くした。ソヴィエトの一般的な国民には個人の掩蔽壕を造る資金はないため、大きな建物の地下に公共のシェルターを建設することが焦点となる。警報が鳴った場合、二〇〇万人まではモスクワを走る地下鉄のトンネルに収容できると、ソヴィエトの民間防衛計画の担当者は述べた。

八月初め、東ドイツの独裁者、ヴァルター・ウルブリヒトは、進行中のベルリンの危機についてニキータ・フルシチョフと話し合うため、モスクワへ向かった。ウルブリヒトは、問題を最終的に解決する方策について提案した。彼が欲しいのは、モスクワの後ろ盾だ。

フルシチョフは提案に賛成した。「これを実行するのは、いつが一番いいのかね?」、と彼は尋ねた。「望むときにやりたまえ。われわれはいつでも対応できる」。

ウルブリヒトは、八月一三日に始めるのはいかがかと尋ねた。

フルシチョフはくすくすと笑い、西側では一三という数字は不吉と考えられている、と指摘した。

「われわれにとっては」、とフルシチョフはつけ加えた。「まさにたいへんな吉日となりそうだ」。

ベルリンの壁

「母さん、放っといてくれよ。今日は日曜日だよ」。

八月一三日の早朝、ハリー・ザイデルはまだ眠っていた——というよりも、眠ろうとしていた。彼は、東ベルリンのアパートで、母と妻と、まだ赤ん坊の息子と一緒に暮らしている。ハリーの母は、もう一度息子の肩を揺すった。「起きなくちゃ。あの人たち、境界を閉じてるよ」。

「あいつらが何だって!」。

彼はベッドから飛び出し、ラジオにかけ寄った。本当だった——東ドイツ警察が西ベルリンとの境界を封鎖し始めた。やらなければならないのだ、と政府は主張している。西側の有害な資本主義者から東側の市民を守るために。

ザイデルはサイクルウェアをさっと着て、レース用自転車を玄関口まで押していった。

「どこへ行くの?」。妻のロトラウトが尋ねる。

「考えごとをしに」、と夫は答えた。「そして、見てくる」。

ハリー・ザイデルは自転車に乗り、境界へ向かってペダルを踏んだ。わずか二年前、彼は東ドイツでトップクラスの若手の自転車競技選手だった。政府は彼のトレーニングやレースの費用を負担し、一九六〇年のローマオリンピック出場選手に指名する予定だった。しかし彼は、当局者から強要されたステロイドの使用を拒否した。共産党に入党するのも断った。トレーニングの費用は消えた。ザイデルは、西ベルリンで朝刊を配達する仕事に就いた。彼は、毎日境界を越えて仕事に出かける約八〇〇〇人の東ベルリン市民のひとりだった――だが、それはもうかなわなくなってしまう。

その日、まだ気温が上がる前の夏の朝に自転車で市内を走っていくと、ソヴィエト製の戦車が交差点を封鎖しているのが見えた。兵士と警察官が、東ベルリンと西ベルリンを結ぶ道路をまたいで、有刺鉄線フェンスの束をほどいているのも見た。一瞬にして、フェンスが人々を学校や職場から、家族や友人から、引き離してしまう。ザイデルは、西側にいるひとりの男性が目に涙を浮かべ、東側にいる老婦人の手を握る二歳の男の子をフェンス越しに見つめているのに気づいた。「お願いだ」、とその男性は言い続けていた。「何とかしてください。私の息子なんです」。

西ベルリンの警官は何もできなかった。

だが、もしかしたらハリー・ザイデルにはできるかもしれない。

ケープコッド沖でセイリングを楽しむジョン・F・ケネディに、ベルリンから知らせが入った。彼は急いで海岸へ引き返し、家族が所有する別荘からホワイトハウスに電話をかけた。

大統領が最も恐れたのは、ソヴィエトと東ドイツが西ベルリンを占拠してしまうことだ。そうなってしまったら、数分のうちに核爆弾で反撃するかどうかを決めなければならない。だが、そういう事態ではなさそうだ。ケネディは、安堵した。

「あまりよい解決法ではない」、とケネディは言った。「しかし、戦争に比べたら、壁はずっとましだ」。

何千人もの西ベルリン市民が境界線沿いに並んでいた。ただのやじ馬もいれば、有刺鉄線フェンスの向こうにいる警官に石を投げ、なじる者もいた。

「ブタ野郎！」。

「ナチめ！」。

東側の警官は、催涙ガス弾で応戦する。アメリカ陸軍のヘリコプターは上空でホバリングし、見守るだけだった。フェンスは東ベルリン側に設置され、西ベルリンの領域を侵していないので、アメリカ軍にできることはほとんどなかった。

ある区域では、アパートの建物が境界に沿って建っていて、窓からジャンプすれば東側から西側へ着地できた。東ドイツの警官が下の階の西側に面した窓を板でふさぎ始めると、住人は上の階へ移動した。西ベルリンの消防士が現場に急行し、自由に向かってジャンプする人々をネットで受け止めた。五九歳の看護師、イダ・ジークマンは、三階の窓から飛び降りて亡くなり、東ベルリンから逃げようとして死亡した最初の人となった。

警官に殺された最初の人物は、ギュンター・リトフィンという二四歳の仕立て屋で、衣服をすべて着たままベルリンの東側と西側を隔てるシュプレー川に飛び込み、泳いで渡ろうとした。東ドイツ警察は、橋の上から彼に発砲した。リトフィンは両手を上げて降伏したが、警官は彼の首を撃ち抜いた。それから、彼の母親のアパートへ行き、引き出しの衣類を放り出し、マットレスを引き裂き、電化製品を叩き壊して、部屋をめちゃくちゃに荒らした。「おまえの息子は射殺された」。彼らは母親にそう告げた。「犯罪者だったからだ」。

八月一三日以降、東ドイツはベルリンの境界を要塞化し、監視塔と明るい投光照明器を設置した——まるで刑務所のように。そして有刺鉄線フェンスを、半永久的なコンクリートの壁に取り換えていった。

ニキータ・フルシチョフは、ことが順調に運んでいると満足していた。

ケネディは、さらに一五〇〇名の兵士を西ベルリンへ送り込んだが、ソヴィエトの指導者はそれはそれとして受け止めた。西側を支援するという象徴的行動にすぎない。ソヴィエトも、追加の部隊や戦車を送り始めた――でも、何も起こらなかった。ケネディは、自由を支持すると声高に語る割には、是が非でもベルリンで戦おうと思っているようには見えなかった。「チェスでいうならば」と、フルシチョフはその作戦行動について話した。「アメリカがポーンをひとつ進めたので、われわれはナイトを動かしてポジションを守った」。

ソヴィエトのポジションはこれまでで一番強い、とフルシチョフは結論づけた。そして彼は、大切なことを発見してもいた。アメリカ大統領は、危機の際にやむを得ず退却する可能性がある。

だが、その直後から、「ベルリンの壁」はフルシチョフにとってかえって厄介な事態となっていく。ハリー・ザイデルのような人物がいたからだ。

壁が造られた数日後、ザイデルはシュプレー川の土手に投光照明が当たらない部分があるのを見つけた。彼は大きく息を吸って川に飛び込んだ。その辺りの川幅は一八〇メートル以上ある。彼は静かに潜ったまま泳ぎ、中ほどまで行って息を継いだ。

東ドイツ警察のボートに頭をぶつけそうになる。

ボートのサーチライトは何もない黒い川面を照らしただけだった。カタカタというボートのエンジン音越しに、警官のひとりが話す声が聞こえた。「行こう。ここは何もない」。

ザイデルは水中に潜ったまま、西岸にたどり着いた。

彼はロトラウトに、彼女と赤ん坊を西ベルリンへ連れていく方法を見つけると約束していた。すぐさま取りかかった彼は、東ドイツ警察の監視を観察し、監視のスケジュールや手順を覚え、弱点を探した。

西ベルリンを取り囲む境界線は約一五五キロある。東ドイツ政府は、最も人口が集中する区域には壁を建設したが、他の区域はフェンスのままにしていた。しかし、多くの区域ではフェンスが二重に設置され、ふたつのフェンスの間には何もなく、視界が開けていた。そのフェンスとフェンスの間の細長い区域は「デスストリップ」と呼ばれるようになる。その無人区域に立ち入った者は、発見次第射殺される。

ザイデルは、街の中心から離れた場所のフェンスを選んだ。警備兵が夕食をとるのを待ち、這って前進して最初のフェンスの網を切り、デスストリップを這って横切り、ふたつ目のフェンスの下の方を切ってから、身体をくねらせて這いつつ東ベルリン側へ戻った。そして、公衆電話で妻に電話をかけようと暗い道を駆けていき、近くのカフェに入った。

店では、非番の東ドイツの警官が大勢でビールを飲んでいた。

「やあ、同志」、とひとりの警官がザイデルに声をかけた。「溝でも掘ってたのか？」

ハリーは下を向いて、泥だらけになった自分の服を見た。明らかな計画の不備だ。

「二時間ばかり、トラックの下に潜ってたもんでね」。彼は苦し紛れに答えた。

「トラックはどこだ？　あんたが来たとき、音はしなかったが」。

「まだあっちだ。お手上げだよ」。ハリーはそう言って、道の先の方を指した。「二時間やっても、うんともすんとも言いやしない」。

「それでどうする?」。

シュナップス「アルコール度数の高い蒸留酒」で一杯やるさ、とハリーは答えた。それから、牽引トラックを呼ぶよ。

「うまくいくといいな」。警官のひとりがそう言った。

ハリーは酒を買い、公衆電話へ行ってダイヤルした。妻が出た。

「急いで準備して、迎えにいくから」、と彼は告げた。

ロトラウトは睡眠薬を一錠押しつぶして、その粉を少し哺乳瓶に入れ、まだ赤ん坊の息子、アンドレに飲ませた。それから、黒いズボンをはき、黒いセーターを着てブロンドの髪の上から黒いスカーフを巻いた。

ハリーはアパートにロトラウトを迎えにいき、フェンスを切った場所へ一緒に向かった。バイクが近づいてくる音がして、ふたりは廃屋となっている小屋の壁に身体をぴたりとつけた。アンドレはしっかりと目を開けていたが、すぐに眠りに落ちた。

警官のバイクがゆっくりと通り過ぎていく。

「さあ、行くよ」。ハリーは囁いた。

ふたりはフェンスに向かって全力で走り、まずロトラウトがくぐって通り抜けた。ハリーが赤ん坊を彼女にわたして後に続く。猛ダッシュでデスストリップを越え、ふたつ目のフェンスをくぐり抜け、西ベルリンに入ってからも九〇メートルほど走り抜けて、ようやく足を止めた。

八月三〇日、ニキータ・フルシチョフは世界に向けて、ソヴィエト政府は「重苦しい気持ち」で核実験の再開を決定したと発表した。

フルシチョフは、いつものようにアメリカのせいにした。

「アメリカとその同盟国は、軍事体制の弾み車《フライホイール》をかつてない速さで回転させ、軍拡競争をあおって前例のない領域にまで拡大し、兵力を増強し、国際情勢の緊張を極限まで高めた」、とソヴィエトの公式声明で非難した。

第二次世界大戦中、ソヴィエトはヒトラーに不意を突かれた。「二〇年前と同様に」、と演説は続く。「戦争の不吉な雲がわれわれの祖国の上に張り出そうとしているのです」。

今回、ソヴィエトは準備が整っている。ソヴィエトの科学者は、これまで実験してきたどの爆弾よりも威力のある新型スーパーボムを造った。そして、ユーリイ・ガガーリンの宇宙飛行によって世界に証明したように、彼らはロケットも造り出した――地球上のどこにでも爆弾を運べるロケットだ。

「またやられた」。ニュースを聞いたジョン・F・ケネディは、弟にそう言った。フルシチョフは、ソヴィエトは先に核実験を再開する国にはならないと、ウィーンで約束したではないか？

「僕は降りたいね」。ロバート・ケネディが言う。

「降りるって、何から？」。

「この惑星からだよ」。ロバートはそう答えた。

ウラル山脈の極秘の実験所で、アンドレイ・サハロフと彼のチームは、新たな水素爆弾を考案した。開発時のコードネームは「イヴァン」で、彼らの計算によれば、爆発力は一〇〇メガトンクラスだった。

一〇〇メガトンの爆弾は、メリーランド州の面積よりも大きな火球を生み出す。

人類史上最大

ジョン・F・ケネディは、親指の爪で前歯をカチカチと叩いている。側近たちは、その癖を知っていた。彼は、退屈しているか怒っているかのどちらかだ。

退屈してはいなかった。

統合参謀本部議長のライマン・レムニッツァーはケネディの求めに応じて閣議室へ行き、国の核兵器について、また戦時に核兵器をどう使うかについて、要点を説明した。レムニッツァーは三八枚の図表をイーゼルに貼り、大統領に必要な情報を与えた。

国防総省の作戦計画担当者は、ソヴィエト国内はもとより、東欧諸国、中華人民共和国もふくめたなかから一〇〇〇以上の優先すべき標的を選び出していた。そのほとんどが、軍事基地や都市だ。もしも戦争が始まったら、ひとつひとつの標的を複数回攻撃する、とレムニッツァーは説明した。高度に統率された作戦行動により、戦闘機からも、潜水艦からも、アメリカ本土及び西欧のミサイル基地からも、武器を発射する。その攻撃による死者はおよそ二億八五〇〇万人――放射性降下物による死者は含まない。放射性降下物による死者数は、風に大きく左右されるから。

ケネディが前歯を叩き始めたのは、それを聞いたときだ。

いうまでもなく、とレムニッツァーは指摘した。ソヴィエトは必ず反撃してくる。アメリカの都市も被害を受ける。「どのような状況下でも、ソヴィエトの長距離核戦力の一部は、アメリカを襲うと思われます」。彼はそう言った。

ケネディは、全面的なスーパーボム応酬のシナリオでは、アメリカ国民は何人死ぬのかと尋ねた。

七〇〇〇万人という予想だった。人口の約半数だ。

会議から戻る途中、ケネディはつぶやいた。「それでも、われわれは人類だといえるか」。

ハリー・ザイデルは、西ベルリンの長い壁に沿って自転車を走らせた。健康維持にはとてもよい方法だ――敵を観察するのにも。寝室ではロトラウト、アンドレと一緒に眠り、壁にテープで貼った大きなベルリンの地図に書き込みをした。

「やつらのアキレス腱だ」。彼は口ぐせのようにそう言った。

ザイデルは自由だったが、まだ充分ではなかった。まだ一〇〇万人以上の人が、ベルリンの壁によって家族と引き裂かれている。東ドイツ政府は、市民のささやかな自由さえも厳しく取り締まり、近隣の住人を監視したり、政府に対するわずかな批判や、逃亡計画を報告したりすれば報酬を与えた。子どもでも、友人や家族について通報すれば現金をもらえた。警察官は、逃亡者を射殺すれば、表彰された。ザイデルの母親は、息子が逃亡した罰として投獄されていた。いつか助け出すと、ザイデルは誓った。同時に彼は、境界線の弱い部分を探し続け、何人もの人にフェンスをくぐらせた。

東ドイツが有刺鉄線フェンスを堅牢な壁に替えて高い監視塔を建設していくにつれ、脱出は難しくなった。けれども、東ベルリンの市民は独創的な対応をした――スキューバダイビングに目をつけて自由へ向かう水面下の行程を緻密に計画する者もいれば、「旅行案内」と称して市内の迷路のような下水道を伝い、東側から西側へ逃れる道案内をする学生たちもいた。電車の運転士のハリー・デタリングは、東ベルリンを走る電車の通常ルートで二四人の友人と親戚を乗せた。電車が境界線に近づくと、本来はそこで停車するはずだったが、デタリングは加速した。東ドイツの警備兵は飛びのき、電車は時速八〇キロで西側へ突っ込んだ。

このような脱出劇により、ベルリンの壁は冷戦の象徴となった。よい意味の象徴ではない――ニキータ・フルシチョフの考えでは。ヨーロッパの中心に、ふたつの都市がある。ひとつは自由の都市で、もうひとつは囚われの都市。東ドイツの当局者は、壁には西側の「テロリスト」から市民を守る意味があるとはばからず主張したが、それを信じる者はいなかった。フルシチョフは、ベルリンの壁がソヴィエトの強さのシンボルとなってほしいと望んでいた。ところが実際には、冷戦で問われる問題をあからさまに示すシンボルとなってしまった。共産主義者に支配されると、市民は壁のなかに閉じ込められると示すシンボルだ。

ハリー・ザイデルは、自分なりの方法で圧力をかけ続けていた。いつものように自転車でベルリン市内を偵察していると、西側にいる青年が、デスストリップをはさんで東側にいる若い女性と話しているところに出くわした。東ドイツの警備兵が彼女を殴り、引きずっていく。「この野郎!」と、青年は素手で有刺鉄線をつかみ、大声で叫んだ。

ザイデルは自転車から飛び降りた。

振り向いた青年の顔を涙が伝っている。「一〇月に結婚するはずだったんだ」。

「一〇月に結婚できますよ」、とザイデルは言った。「よかったら、僕が花婿の付添人になりましょう」。

「でも、どうやって?」。

「あなたの住所を教えてください。連絡します」。

ザイデルは家に戻り、礼服のスーツの上からトレーニングスーツを重ねて着た。そして暗くなってから、フェンスをくぐって東ベルリンに入り、上のトレーニングスーツを脱いで隠しておき、きれいなスーツ姿で通りを歩いていった。花を摘んで花束にして抱え、これから親戚を訪ねるというふうに装った。

夜の仕事を無事にこなした彼は、翌朝早く西ベルリンのアパートに戻った。泥だらけのトレーニングスーツを脱いで妻に話した。「結婚式で新郎の付添人をするよ」。

ジャネット・チザムはロシア風の毛皮の帽子をかぶり、ショッピングバッグを持って、モスクワ中心部のアルバート通りで人ごみに紛れながら歩道を歩いていた。

古道具屋のドアを開けるとドアの鈴が鳴り、彼女はなかへ入った。銀食器や陶器、時計、絵画などがたくさん並ぶ棚をざっと眺める。

それが、チザムがソヴィエトの情報源と接触する際の手順だった。彼女は、決まった曜日の特定の時間に市内の特定の場所に行く。わたすべきものを持っている情報源は、どこで彼女に会えるかを知っている。

オレグ・ペンコフスキーは古道具屋に入り、さっと店内を見まわして立ち去った。

チザムは、彼の後を追って細いわき道に入る。ペンコフスキーが、あるアパートにさっと入る。彼女は一瞬止まり、彼が尾行されていないのを確かめてからなかへ入る。ふたりは、知り合いではあるがさほど親しくない間柄に見えるようにロシア語で軽くあいさつを交わし、彼が彼女に一通の封筒をわたした。

彼女はトロリーバスに乗って帰宅した。夫も昼食を食べに帰宅した。ふたりは食事をしながら、ありふれた日常の話をした。夫は封筒を受け取り、職場であるイギリス大使館へ持参し、外交公嚢《こうのう》――国際的に認められている密封された袋で、外交上の機密書類等を本国へ送る手段として、すべての国が利用する——に入れた。ペンコフスキーの封筒は、ほどなくロンドンへ送られた。

一週間後、チザムとペンコフスキーがあるアパートのロビーでしゃべっていると、ひとりの老婦人がゆっくりと階段を下りてきた。ふたりのスパイは情熱的に抱き合うかのように、顔を隠して互いの身体に腕を回した。老婦人は目をそらせた。オレグは、フィルムのカートリッジが三つ入った煙草の箱をひとつ、ジャネットのショッピングバッグに滑り込ませた。

ソヴィエトの軍事機密は小型フィルムに収められ、一本、また一本とモスクワから漏出し、ロンドンへ、そしてワシントンDCへ届いた。ホワイトハウスではCIAの職員が、諜報の世界では「プロダクト」と呼ばれる情報分析資料についてケネディに説明した。スパイの本名はケネディに伝えられていない——不要なセキュリティ上のリスクを抱えることになるからだ。重要なのは、プロダクトだ。フランク・パワーズ及び他のパイロットは、ソヴィエト連邦上空からの映像を政府に届けた。今回の新たな情報源は、内側からの映像を提供してくれる。

大統領は、その情報が役に立つと知っていた。実際、彼の想像を超えるほど極めて重要な情報であることがやがてわかる。

一九六一年一〇月三〇日、ソヴィエトの長距離爆撃機が高度一万五〇〇〇メートルからバレンツ海の島に「イヴァン」を投下した。爆撃機が安全圏へ退避する時間を考慮して、爆弾には巨大なパラシュートが取りつけられていた。爆弾は計画どおり、島の上空四〇〇〇メートルで爆発した。

巨大爆発による放射性降下物に配慮し、サハロフのチームは核燃料をいくらか取り除いて出力を五〇メガトンに抑えたが、それでも当時としては史上最大の、人間が作り出した爆発だった。爆発時の閃光は九七〇キロ離れたところからも観察され、爆風で一六〇キロ離れた場所の建物が倒れ、フィンランド共和国、ノルウェー王国では窓ガラスが割れた。

このような武器は、特定の標的がなくても大きな威力がある。戦争をするための武器ではなく、恐怖を与えるための武器だからだ。

「イヴァン」が発したメッセージは、アメリカにも大きく明瞭に伝わった。

「核戦争になれば悲惨な世界がもたらされるという事実からは逃れられません」。一九六一年の終わりに数百万部刊行されたアメリカ政府の公式冊子、『フォールアウト・プロテクション［放射性降下物から身を守る］』の冒頭には、そのような言葉が記されている。「そのような経験は、想像や説明をはるかに超えるほど恐ろしいでしょう」。

しかし、心配には及びません！　もしも爆発の熱と衝撃波に耐えて生き延びたなら、できることはたくさんあります！　放射性物質に汚染された可能性がある衣服を脱ぎましょう、と冊子は勧めている。身体の表面と髪の毛を洗いましょう。バスタブと洗面所のシンクに、きれいな水を貯めておきましょう。

それから、シェルターに入りましょう――シェルターは準備してありますね？　シェルターには、救急用品、ラジオ、懐中電灯、予備の電池、数箱の缶詰食品などを、あらかじめ備えておくとよいでしょう。「いつも食べている食品を選びましょう」と、冊子は助言している。「その方が、ストレスのかかるときには心強く感じ、受け入れやすいからです」。

缶切りも忘れずに。

排泄物はどうしますか？　「基本的には、金属製のバケツと密閉できる蓋があれば、それで大丈夫です」。

目標は、二週間生き永らえることだ。二週間あれば、最悪の放射性降下物は地面に落ちる。ラジオのスイッチは頻繁に入れましょう。政府がまだ存在していれば、シェルターから安全に出られる時期が来たら教えてくれるでしょう。

ケネディ大統領は、表向きには、そのような助言を真剣に受け止めるようにとアメリカ国民に働きかけた。

放射性降下物防護シェルターのデザインを掲載した『ライフ』誌の特別号には、ケネディが注意書きを添えた。「私は国民のみなさんに、この号に掲載された内容をぜひ読んで真剣に検討していただきたい」。

個人的には、彼はとうに民間防衛に対する熱意を失っていた。ソヴィエトが開発中の武器の破壊力を考えれば、核戦争後の生活を計画するという考え自体が残酷な冗談に思える。

雨が降るある日の午後、ケネディは科学諮問委員会委員長のジェローム・ウィーズナーとワシントンDCで会った。ケネディは、H爆弾の地下実験を九月に再開するように命じたうえで、放射性降下物の危険性について理解を深めたいと思った。放射性降下物は、アメリカ国民にどれほどの影響を与えるのか？　全世界の子どもたちにどんな影響を与えるのか？

「雨となって降り注ぎます」。ウィーズナーはそう答えた。

ケネディは、オーバルオフィスの窓を指して言った。「いま降っているこの雨も、放射性物質に汚染されている可能性があるというのか？」。

「かもしれません」。

大統領は、窓からローズガーデンをじっと眺めた。側近たちによれば、彼はかつてないほど沈み込んでいるようすだった。

東からの脱出

ハリー・ザイデルはすぐに理解した――ベルリンでは、脱出トンネルを逆方向に掘らねばならない。

歴史を通じて、人は刑務所から出るためにトンネルを掘ってきた。ベルリンでは、東へ入るために道を掘らねばならない。東ドイツの恐ろしい秘密警察、シュタージの諜報員や、情報提供者はいたるところにいる。東側からトンネルを掘っても、そう長くは秘密を守れない。だが、西側の建物の地下から掘れば、貫通させるチャンスはある。

最初の試みとして、ザイデルはベルリンの壁沿いの道幅が狭い箇所を選んだ。そこならば、壁を挟んで西側と東側に立つ建物は、三〇メートルと離れていない。ザイデルは病気を装って新聞配達の仕事を休み、掘る道具と一週間分のパンやチーズを荷物に入れて、壁の西側に立つ建物の地下室に入った。

慎重に選んだ数人の男女がそっと部屋に出入りして、ザイデルを手伝う。ザイデルはたちどころにシステムを構築した。懐中電灯を手に、一度にひとりずつ狭いトンネルの先端まで這っていき、地面を掘っては、仲間のひとりが自営の肉屋から持ってきた金属製の大きなボウルに土を入れる。もうひとりのボランティアは、土で一杯になったボウルをロープを使って引き戻し、地下室の隅でボウルの土を空ける。

地下トンネルは湿り気があって、凍えるほど寒い。全員が風邪を引いた。掘り進む途中に酸素不足で気を失い、かかとを持たれて引き戻される者もいた。ハリー・ザイデルは、一度トンネルに入ると一二時間続けて掘った。自転車競技で鍛えた強い筋肉、苦痛に対する忍耐力、人並外れた肺活量のおかげで、彼は理想的なトンネル掘りになっていた。

地上の道路で東ドイツの警官が話す声が聞こえるようになり、ハリーはベルリンの壁の下を通過したと知った。それから四日間掘り続けると、彼の鋤が煉瓦に当たった。

煉瓦の継ぎ目のモルタルにほんの少し硫酸をかける。一五分もするとモルタルが柔らかくなり、ドライバーの先を入れることができた。どんな人がいるのかわからないまま、東側の建物の地下室を覗く。

あらかじめ、ザイデルのチームのひとりが東側にこっそりと入り、西側へ脱出する人たちを集めていた——だが、その人たちはたやすくつかまったり追われたりする可能性もある。地下室で待っていた人たちに声をかけたザイデルは、自分の友人や脱出を希望する人々の顔が見えてほっとした。

煉瓦をいくつか取り除いて現れた小さな穴から、男性、女性、子どもを合わせて五六人が身体をよじってトンネルのなかへ入り、西へ向かって這って行った。

誰かが脱出を通報したに違いない。四日後には、警察がトンネルを発見した。だが、ハリー・ザイデルは何ごともなかったかのように、すでに新聞配達の仕事に戻っていた。

一九六二年二月七日の夕刻、トイレから歩いて戻ってきたフランシス・ゲイリー・パワーズは、自分の居房の扉の前にKGBの大佐がいるのを見て驚いた。

「明日モスクワへ行きませんか?」。大佐はそう尋ねた。

「なぜ? 何があったのですか?」。

大佐は、説明せずに立ち去った。

フランクと同室のジグルドは、それはよい知らせだと考えた。きっと、国に帰らせてくれる! パワーズには、あまり確信はなかった。だが、看守が扉を開けてスーツケースを置き、荷造りを始めるようにとパワーズに告げた。

翌朝早く、看守はパワーズを刑務所の外へ出した。彼は振り返り、自分の居房の小さな窓を見つめた。ジグルドは大胆に刑務所の規則を破り、戸棚の上に載って窓の下を見ていた。ふたりは一年半の間ずっと一緒にすごしてきた。今では親しい友人同士だ。ふたりとも、もう二度と会えないとわかっていた。

パワーズは、ＫＧＢの大佐と一緒に車に乗った。運転手が車を駅につけ、ふたりはそこから列車に乗る。パワーズは何が起きているのかを尋ねようとするが、大佐は何も答えなかった。モスクワに到着したのは昼前だ。車が一台待っていて、パワーズは、これからアメリカ大使館へ連れていかれ、解放されると信じてみることにした。

だが、車はルビャンカ刑務所に直行した。パワーズは見慣れた廊下を連行され、裁判を待つ間に入れられていた居房からふたつ先の居房に閉じ込められた。マットレスは少しだけ柔らかい。これはよい兆しだと思って構わないのか？

翌朝、彼と大佐は車で飛行場へ向かった。他に乗客がいない小さな飛行機に乗る。ある空想がパワーズの頭をよぎった――大佐をノックアウトし、パイロットふたりを殴り、操縦桿を握ってやろうか……。

飛行機は離陸して西へ向かった。よい兆しだ、間違いなく。

西ベルリンにあるアメリカ軍基地の地下の居房では、ジェームズ・ドノヴァンがクライアントのルドルフ・アベルと最後の接見に臨んでいた。

三年半前、ドノヴァンはブルックリンの法廷で、アベルはスパイ行為の罪で処刑されるべきではないと弁論した。将来、このソヴィエトのスパイとソヴィエトで拘留されている誰かを交換できたらと、アメリカ当局が考える日が来るかもしれない、と彼は提言した。

その日はきた。ジョン・F・ケネディが非公式ながら、ルドルフ・アベルとフランシス・ゲイリー・パワーズの交換を承認した。パワーズを本国へ連れ戻しても冷戦の行方が変わるわけではないが、アメリカ国民にとっては心温まる話となる。少なくとも、ひとつの小さな勝利だ。ドノヴァンがアベルの居房に入ってきて、ふたりは握手をした。ドノヴァンは、国へ帰るのは心配か、と尋ねた――KGBは、敵国に収監されていた自国のスパイは秘密を漏らしたと疑うかもしれない。

「もちろん、心配などありません」。アベルはそう言った。「恥ずべき行為は何ひとつしていませんから」。


ベルリンの反対側では、フランク・パワーズが移動する車の窓から冬の朝のどんよりとした景色を眺めていた。外套を着て、ロシア製の毛皮の帽子をかぶっていても寒い。車が停車し、仕立てのよいスーツを着たソヴィエト当局者がひとり、後部座席に乗り込んだ。

これからグリーニッケ橋へ向かうと、後から乗った男が完璧な英語で説明した。橋の向こう側は西ベルリンだ。アメリカも囚人を連れてくる。どちらの側も橋の中央まで歩いていく。そこには、東側と西側の境界を示す白い線が引いてある。すべてが順調に進めば、交換が行われる。

「しかし」と、ソヴィエトの当局者は警告した。「もしも、橋の上で何か手違いが起これば、あなたはわれわれと引き返す。わかりましたか？」。

パワーズはうなずいた。でも、それは嘘だ。必要とあらば走って逃げる。撃たれるのはわかっている。いずれにしても、牢屋には戻らない。

車が橋のたもとで止まった。パワーズには、緑色の鋼鉄の橋梁が美しいものに見えた。ガードレールが設置され、橋はどちらからも通行止めになっていた。

東側の川岸にある森から、ソヴィエト軍の兵士が監視している。

アメリカ側の兵士は、服飾カタログにある漁師のようないでたちで、手漕ぎのボートに乗って川に浮かんでいる。

両脇をソヴィエト当局者に固められ、パワーズはスーツケースを持って橋に足を踏み入れた。ルドルフ・アベルはわずかな護衛とともに、反対側から近づいてくる。両者とも、境界線の少し手前で停止した。

KGBの男が線を踏み越えて、ルドルフ・アベルを見る。そして、眼鏡をはずすようにアベルに言う。男は振り向いてうなずいた——間違いない、確かに本人だ。

同時に、CIAの諜報員、ジョー・マーフィーも境界線を越え、アメリカ人捕虜の身元を確認する。

パワーズは、あわやしくじるところだった。「おぉ、やあ、チャーリー！」と、叫んでしまったからだ。

「だめだ」と、マーフィーは言った。「やり直しだ」。パワーズは、その諜報員に見覚えがあった。トルコの基地にいたときの知り合いだ。けれども、名前が思い出せなかった。

マーフィーは、もう一度チャンスを与えた。「高校時代のフットボールのコーチの名前は?」。

パワーズは何も考えられなかった。

マーフィーは、妻の名、母親と犬の名を聞いた。それには正しく答えられた。

「君は、フランシス・ゲイリー・パワーズだ」。

どちらの側も確信を得た。パワーズとアベルは、橋の中央ですれ違うとき、あえて目を合わせなかった。

捕虜交換成功の知らせがホワイトハウスに届いたのは、午前三時前だった。ジョン・F・ケネディはまだ起きていて、深夜のパーティーの客をもてなしながらベルリンからの最新情報を待っていた。

ケネディは、よい知らせをできるだけ速やかに伝えたかった。ホワイトハウス報道官のピエール・サリンジャーが電話機に飛びついて、次々と記者を起こしにかかった。記者会見を開くのでホワイトハウスに来てもらいたい、と彼は伝えた。

記者たちは不安になった。なんだってこんな真夜中に?

サリンジャーは、いや、第三次世界大戦が始まったのではないと、彼らを安心させねばならなかった。

決断

オレグ・ペンコフスキーがモスクワのあるアパートから外へ出ると、茶色の車がゆっくりと通り過ぎていった。一方通行の道路を逆走していた。

その少し前、彼はその建物のロビーで、フィルムが入った包みをジャネット・チザムにわたした。この車は自分を尾行しているのか？　それとも彼女を？　あるいは道を間違って入ってきたのか？

車がさっとUターンしてきた。ペンコフスキーは通り過ぎる車を一瞬見た。後部座席に、黒っぽい外套を着た男がふたり乗っていた。

ジャネット・チザムは一九六二年の二月、そして三月に入っても、いつもどおりの決まった行動を続けた。その間、ペンコフスキーは一度も姿を見せなかった。KGBに監視されている場合に備え、チザムはいつものパターンを少し変えた。モスクワで普通の生活をしていると見えるように、同じ公園、同じ店に行くが、曜日を変えた。

どこかで彼を見かけたら、用心すべきだとわかっていた。情報源が突然連絡を絶った場合、逮捕されて口を割らざるを得なくなった可能性を考えねばならない。あるいは、すでに寝返っていて、次に会うときは敵のために仕事をしているかもしれない。

三月末にあったカクテルパーティーで、彼女はようやく彼を見かけた。イギリスの外交官のアパートで、五〇人ほどが小さなグループごとに雑談をしたり、ゆっくりと酒を飲んだりしている。大勢のソヴィエト当局者も、顔を出してほしいと誘われていた。ジャネット・チザムは四人目の子どもを妊娠中で、夫のルアーリの傍に立ち、集まった人々を見渡した――すると、ペンコフスキーの姿があった。彼の同僚と話をしている。彼女は彼と、一瞬視線を合わせた。彼はすぐに、同僚との会話に戻った。

ルアーリは、ジャネットを残して隣の部屋に入った。ゆっくりと、急がずに、ペンコフスキーがグループからグループへと移動し、彼女の方へ近づいてくる。ふたりは、たまに会う程度の友人に見えるように、挨拶をした。微笑む彼は、変わらず魅力的だ。彼は、彼女が妊娠しているのに気づいた。

「少し疲れていませんか」と、彼は言った。「ここの夫人のベッドルームで、しばらく休ませてもらったらどうですか?」。

隙を見てふたりきりになるための上手い策か? それとも、誘い込んで現行犯で捕まえるつもりか？　彼女は直感に従って、彼を信じた。

彼女はベッドルームへ行って、横になった。扉の向こうから、ペンコフスキーが大きな声でそのベッドの主と話すのが聞こえる。

「とてもすてきなアパートですね。お部屋を案内してくださいませんか」。

ベッドルームの扉が開き、夫人が彼を室内に案内した。すると彼は、妊娠した女性がベッドにいるのを見てさも驚いたというように、いきなり侵入したことを心からわびた。立ち去ろうと踵を返した彼が、両腕を背中に回す。片方の手のひらに、たばこの箱がひとつある。

チザムは手を伸ばしてその箱を取り、自分の小さなバッグに詰め込んだ。

数分後、彼女は休憩してすっきりしたというように、パーティーに戻った。

たばこの箱の中身——フィルムのロールがいくつかと三通の手紙——は、ロンドンに送られた。フィルムの写真は、極秘の軍事文書だ。ペンコフスキーは、まだその仕事を続けていた。

暗号で記された手紙には、彼が前回チザムと会ったときに見かけた車に関する記述があり、今後は、お互いに参加する理由がある公のレセプションでのみ会うべきだと提案されていた。

ジャネットへの個人的なメモもつけ加えてあった。

「気をつけて……彼らはもう、四六時中あなたを監視している」。

同じ週、ベルリンのハリー・ザイデルは罠にはまった。

ザイデルの最新のトンネルは、西ベルリンのカフェの地下を起点に東ベルリンのアパートの地下室までつながった。脱出者のグループを西側へ連れ出した後、ザイデルは東側へ這って戻った。そのトンネルを後日また使うため、上の部屋を覗いて脱出者が何も証拠を残していないか確かめねばならなかった。だがそのとき、そのアパートに住むホルストという名の男が、廊下でザイデルに気づいた。ホルストは、著名な自転車競技の選手――そして脱出の達人――であるザイデルに見覚えがあった。彼はザイデルに、自分も行きたいと言った。明日行けるように準備をして、とザイデルは話した。

ホルストはシュタージに通報し、シュタージは地下室に集結した。

翌日の夜、ザイデルとハインツ・イェルシャという若い仲間が、次の脱出グループを迎えるために東側のアパートまで這っていった。

「いつもあなたが先に上がるから、今回は僕に行かせて」、とイェルシャが言った。

イェルシャはトンネルのふたを開けて、這い出た。

その瞬間、シュタージが発砲した。

ザイデルはイェルシャの手をつかみ、よろめく彼をトンネルのなかに引き戻した。胸から出血している。ザイデルはトンネルのふたを勢いよく閉めた。銃弾が木の床を突き抜けて飛んでくるなか、ザイデルとイェルシャはトンネルの奥へと飛び込んだ。ザイデルはイェルシャを後ろから押して、彼を励ましながら進み続けた。西側に到着すると、他の仲間がイェルシャを穴から引っ張り出した。もう、ほとんど意識がなかった。

「すぐに車に乗せて」、とザイデルが指示を出した。

イェルシャは病院に着く前に死亡した。

この話は、ベルリンの壁の両側で大きなニュースになった。西側では、トンネル掘りのメンバーは、自由のためにすべてを投げうつヒーローだった。東側で発表された話では、裏切り者でテロリストのハリー・ザイデルがイェルシャを殺したとされている。

通報したホルストは、すぐに東ベルリンで車を乗り回すようになった——車は、ご褒美の新車だった。


五月三一日、モスクワのイギリス大使館に大勢が集まったパーティーで、ジャネット・チザムはオレグ・ペンコフスキーと会ったが、それが最後になった。彼女は未撮影のフィルムの包みをそっと彼にわたし、彼は撮影ずみのフィルムと手紙を彼女にわたした。

手紙には、「すべてに嫌気がさした」と書かれていた。ペンコフスキーは、時間が残り少ないと知っていた。「フィルムと、携帯しやすいピストルを届けてもらいたい」、とも書いてあった。「われわれは、最後のチャンスまで仕事を続けよう」。

彼の心配はもっともだった。

KGBはペンコフスキーを疑い始めていた。彼らは得意の戦術を用いて、ペンコフスキーの上の階に住む家族に特別休暇を用意した。一家が黒海沿岸で数日楽しんでいる間に諜報員が留守宅に入り込み、床にドリルで穴を開け、カメラを差し込んで容疑者の監視を始めた。

ジャネット・チザムはイギリスへ帰って出産した。フランシス・ゲイリー・パワーズと同じく、彼女もひとまずゲームから外れた。

だが、活動は終わってはいない。

西ベルリンのハリー・ザイデルは、友人の死後、何日か眠れない日が続いた。だが、また新たなトンネルの計画を始めた。

ハワイでは、夜のビーチに集まった観光客が南西の方角を見ていた。予定どおりの時刻に、水平線の上空が白く光り、続いて緑、ピンク、赤に輝いた。アメリカ合衆国は、太平洋で核実験を再開した。

アメリカの子どもたちは、インクレディブル・ハルク、スパイダーマンといったヒーローが登場する新しい漫画を読むようになった。どちらのヒーローも、核爆発と放射線からパワーを得る——世界情勢に照らし合わせれば、偶然ではない。

CIAでは、計画本部がフィデル・カストロ暗殺の構想を復活させた。アイディアのひとつは、彼のスキューバダイビングの用具を結核菌で汚染させる方法だ。もうひとつのアイディアは、特別に大きくて鮮やかな色の貝殻を見つけて、なかに爆薬を仕込み、フィデルが好きなダイビングスポットの水中に置いておくという方法だった。

スリラー小説の愛読者、ジョン・F・ケネディは、『五月の七日間［Seven days in May］』という新刊を読破した。アメリカ陸軍が、無能な大統領から政権を奪い取るという内容の本だ。もちろん架空の話だが、現実味を持つある描写について、ケネディは本当だろうかと思った。フットボール――核攻撃の許可を出すブリーフケース――に関する詳しい記述だ。

「本には、あれを担当する者のひとりが、私の寝室の前でひと晩中待機していると書いてあったが、本当なのか？」。ケネディは、軍事顧問のチェスター・クリフトン大将にそう尋ねた。

「いいえ。階下のオフィスエリアで待機しています」。クリフトンはそう答えた。「担当者は――われわれは何度も時間を測定しています――一分半で二階まで駆けつけます。エレベーターを使わずに、階段を駆け上がらねばならない場合も同じです。もしもその者が、ある晩寝室のドアをノックして入り、小型スーツケース《ヴァリース》を開けたら、意識を集中させてください」。

ソヴィエト連邦では、ニキータ・フルシチョフが国防大臣と黒海の水辺を歩きながら、世界を核兵器による滅亡の寸前まで追いやりかねない考えを持ち出した。

フルシチョフは、海辺の別荘へ逃れるのが好きだった。だがそこには、ひとつだけ腹立たしいことがある――アイゼンハワー大統領の時代に、アメリカは黒海の対岸のトルコにミサイル基地の建設を開始した。彼は誰かが別荘を訪ねてくるたびに双眼鏡をわたして水平線を指し、何が見えるかと尋ねた。

水。水面が見えると誰もが答える。

するとフルシチョフは、「私にはアメリカのミサイルが見える」、と腹を立てる。「私のダーチャを狙っているんだ」。

一九六二年春のその日、国防大臣のロディオン・マリノフスキーは、トルコに配備されているアメリカのミサイルは運用可能な状態だと第一書記に伝えた。五分以内にソヴィエト領土に水素爆弾を運べる。

敵が迫っているという感覚は、その年の春にフルシチョフが直面していた数ある冷戦の問題のひとつだった。ベルリンの壁は、まさに不評の象徴となりつつある。アメリカはキューバを脅かし続けている――フィデル・カストロを殺害する新しい陰謀の噂が、本人の耳に入っている。ソヴィエトは核の攻撃力において、まだアメリカに後れを取っている。アメリカは西欧のいたるところに軍事基地を展開している――しかも新しく基地を置いた国は、黒海を隔てた真向いのトルコだ。

何かしなければならないと、フルシチョフは決意した。ソヴィエト連邦を攻撃側に戻す大胆な何かを。

「ロディオン」、と彼は口を開いた。「アメリカ政府《アンクルサム》のズボンにハリネズミを投げ入れたら、どうなるだろうね?」。

PART 3

睨み合い

深刻な問題

数百年の誤差はあるかもしれないが、今からおよそ六六〇〇万年前、マンハッタン島ほどの大きさの小惑星が地球に衝突した。場所は、今でいうメキシコのユカタン半島あたりだ。現代の科学者たちは、恐竜が絶滅したのはこの衝突が原因だと確信している。小惑星の衝突で細かな破片が大気圏の上層まで巻き上げられ、一面を覆う煤の雲となって日光を遮り、その結果地球が冷却されて、気温は地球全体で平均八度低下した。化石記録によると、全ての非鳥類型恐竜を含め、地球上の種の四分の三が絶滅した。

そして二〇世紀後半、これとよく似た事態を人類が人類自身に引き起こす可能性があると科学者たちは気づいた。

火山の噴火を考えてみてほしい、と科学者たちは指摘する。たとえば、インドネシア共和国の島にあるタンボラ山で一八一五年に起きた、観測史上最大の噴火について考えよう。タンボラ山から噴出したあまりにも大量のガスと灰が日光を遮ったせいで、翌年六月にはアメリカのニューヨーク州で雪が降った。また、北米からアジアにかけて夏に霜が発生し、農作物が被害を被り、広範囲で飢饉が起こって全世界で数百万人が死亡した。

核戦争は同じ結果を招く可能性がある――もっと残酷に。

核爆弾は巨大な火球を生み、何百万トンもの煤が大気圏に巻き上がる。その結果、地球はおそらく何年にもわたって冷却される。農作物は不作になる。恐竜と同じように、人類の食料が尽きるだろう。あらゆる種が絶滅する可能性がある。科学者たちは、この恐るべきシナリオを「核の冬」と呼ぶようになった。

一九六二年当時、科学と無縁の人々は核の冬が訪れる可能性などまったく知らなかった。だが、本当の問題はそこではない。恐竜だって、小惑星の話など聞いたこともなかっただろう。

大統領になって二年目を迎えたジョン・F・ケネディは、ホワイトハウスの日々の暮らしにもなじんでいた。いくつもの新聞を読みながらベッドで朝食をとり、誂えのスーツに着替えて四歳の娘、キャロラインと一緒に渡り廊下《コロナード》を歩いてウェストウィングに向かう。昼食前にはホワイトハウスのプールでひと泳ぎする。フランクリン・D・ローズヴェルトが、ポリオで傷めた筋肉を鍛える目的で設置したプールだ。ケネディは腰の痛みを和らげるために、水温を三二度に設定していた。

ケネディは、一九六二年前半に読んだ数々の本のなかで、バーバラ・タックマンの『八月の砲声』にとりわけ感銘を受けた。この本には、世界の列強の度重なる誤解の末、第一次世界大戦が始まってしまったようすが描かれている。ケネディは、政権の関係者全員がこの本を読み、身が凍りつくような教訓についてじっくりと考えてほしいと望んだ。歴史を学んだひとりとしてケネディがよく引き合いに出したのが、恐ろしい戦いが制御不能な状態になっていく戦争初期のドイツ政府幹部のやりとりだ。

「なぜ、こんなことになった?」。ひとりが尋ねる。

「ああ」。もうひとりが答える。「誰かひとりでも、それがわかっていれば」。

もっとましな答えがあったはずなのに。

有史以来、人類は新兵器を開発しては敵味方に分かれて戦ってきた。兵器が発達して致死性が高まっても、そのパターンは変わらない。なぜなのか? 避けようがないのか? このパターンは壊せないのか? 第一次世界大戦の終結からわずか二一年後には第二次世界大戦が勃発し、四倍もの人が殺された。次の第三次世界大戦では、時間をかけて兵士を動員したり、船で進軍したり、ぬかるんだ土地で大規模な地上戦を行ったりはしないだろう。数時間ですべてが終わるはずだ。

ジョン・F・ケネディが最も恐れていたのは、自分とニキータ・フルシチョフが過去のリーダーたちと同じ過ちを犯し、同じ破滅の道をたどることだった。ケネディは、悪夢のような場面を頭から振り払うことができない。ぼろぼろの服を着たふたりが放射能で汚染された瓦礫のなかで身を寄せ合い、どうしてこういう羽目に陥ったのかと考えている。

「なぜ、こんなことになった？」。

「ああ、誰かひとりでもそれがわかっていれば」。

「正気の沙汰ではない」、とケネディは側近に語った。「世界で対峙するふたりの男が、文明を滅ぼす決断をしてしまうとは」。

ニキータ・フルシチョフは、その年の夏、ハリネズミ作戦を実行に移す。

フルシチョフは、キューバの同志に農機具を送る計画を発表した。ソヴィエトの港を出港した貨物船の甲板には、トラクターなどの農業機械が積まれていた。

だが本当の積み荷は農業機械の下の船倉に隠されていた。

一九六二年の夏から秋にかけてソヴィエトの船団が続々と大西洋を渡った。アメリカの軍用機が上空を旋回して写真を撮影する。パイロットが見る限り、船は実際に農機具を運んでいた。

とはいえ、キューバ人が突如として、八〇隻の船で輸送するほど多くのトラクターを必要としたのはなぜか？　甲板の下の船倉には何があるのか？

ワシントンDCでは、共和党の上院議員が回答を迫っていた。フルシチョフの意図が何であれ、ケネディ大統領はのんびり静観して放っておくつもりなのか？　またもやフルシチョフに出し抜かれるのではないか？　ケネス・キーティング上院議員はテレビ番組に出演して、ケネディは「ものぐさ大統領」だと非難した。

それは、痛いところを突いていた。ケネディは核戦争を恐れるのと同じくらい、弱腰とみられるのを恐れていた。ソヴィエト連邦が攻撃用兵器をキューバに運んでいる証拠は存在しない、とケネディは指摘した――そして、強気の発言もつけ加えた。

「さもなければ、非常に深刻な問題が起きるでしょう」。

ニキータ・フルシチョフは黒海に面した別荘でケネディの声明を読んだ。「さもなければ」、の一文が気になる。

まさにその、さもなければ、だからだ。

フルシチョフは、別件でソヴィエトに滞在していたアメリカ合衆国内務長官スチュアート・ユードルを呼び出した。ユードルは飛行機でソチへ向かい、そこから車で第一書記の海辺の別荘へ連れていかれた。贅沢な石づくりの邸宅には海を見下ろすバルコニー、バドミントンコート、開閉式ガラス天井のスイミングプールがあった。

フルシチョフとユードルは水着に着替え、砂利の海岸を歩いた。ユードルが桟橋から海に飛び込む。泳ぎが得意でないフルシチョフは、ゴム製の浮き輪のなかで揺れていた。プールの横で昼食を楽しんだあと、ソヴィエトの指導者は用件を切り出した。全世界を所有しているかのごとく振る舞うアメリカにはもう我慢がならない、と彼は客人に伝えた。「今の時代、戦争にパリもフランスもない。すべてが一時間でこと足りる」、とフルシチョフは警告した。「あなた方が私たちを子ども扱いしてひっぱたけたのは、もうずいぶん前のことですよ――今では、こちらがあなた方のお尻を叩けるようになった」。

そしてフルシチョフは、一方的に不満をぶつけたあとの習性で、口調を和らげた。彼はジョン・F・ケネディが国内で圧力を受けているのを知っていた。そこで、自分はケネディを気に入っている、ケネディに恥をかかせたいとは思っていない、特に一一月の議会選挙前に恥をかかせるようなまねはしない、と客人に請け合った。「貴国の大統領に敬意を表して」、とフルシチョフは約束した。「一一月までは、われわれは何もしないつもりです」。

このパフォーマンスで多少は時間が稼げただろうと、フルシチョフは期待した。長い時間でなくてもよい。「じきに嵐が吹き荒れるぞ」。彼は、一緒にモスクワの第一書記執務室に戻った外交政策補佐官のオレグ・トロヤノフスキーにそう話した。

トロヤノフスキーは、嵐というたとえからさらに踏み込んで憂慮すべき表現を用いた。「祈りましょう」、と彼は言った。「船が一斉に転覆したりしませんように」。

特別兵器

北極圏の冬は早い。一九六二年九月三〇日の午前〇時ごろ、ソヴィエトの潜水艦の司令官四名が濃い霧のなか、バレンツ海に臨む入り江、サイダ湾にある木造の埠頭を歩いていた。まだらに積もった雪を長靴でざくざくと踏みしめながら、男たちは武装兵が警護する木造の小屋に向かう。

窓のない室内では、ソ連海軍北方艦隊の最高司令官たちがテーブルの前に座っていた。部屋の隅の小さなストーブで石炭が赤く燃えているが、凍てつく部屋の空気は少しも温まらない。ウールの帽子と黒っぽい外套に身を包んだレオニード・リバルコ最高司令官が、潜水艦の司令官たちに腰を下ろすように言った。

「諸君のひとりひとりが、考え得る限り最高の責任を委ねられる」、と最高司令官は語り始めた。「この任務における諸君の行動と判断によって、世界大戦を始めることも防ぐこともできる」。

司令官たちは、自分たちが向かう場所も理由も知らされていなかった。だが、艦内に夏服の入った木箱が積み込んであるのは見ていた。だから推測はできる。魚雷がクレーンで潜水艦に降ろされるのも見た。それはいつもどおりだ。いつもと違うのは、先端が紫色に塗装された魚雷が各艦にひとつずつ積み込まれたことだ。「特別兵器」だと、彼らは聞かされた。核爆弾だった。

四名の司令官のなかで、過去にこの種の兵器を発射した経験があるのはニコライ・シュムコフ艦長だけだった。一年前の実験で、彼は核弾頭を搭載した魚雷を発射し、潜望鏡で激しい爆発を観察した。そのときの爆発力は一〇キロトンで、第二次世界大戦で使用されたアメリカの核爆弾の半分の威力だった。

そう、つまり、このような兵器を装備していれば、わずか一隻の潜水艦が本当に次の世界大戦の口火を切ってしまうかもしれない。だとすれば、交戦規定が問題になるのは明らかだ。この兵器はどのような条件下で使用すべきか、と司令官たちは質問した。

モスクワから直接命令されたときだ、とアナトリ・ロソッホ最高司令官が答えた。あるいは、連絡が取れず、かつ敵の攻撃を受けているような切迫した状況下だ、とロソッホは続けた。「諸君に勧めるのは」、と彼は潜水艦の司令官たちに語りかけた。「まずは核兵器を使用することだ。その後のことは、そのときになればわかるだろう」。

「一度顔を叩かれたら」、と別の最高司令官が言い添えた。「二度と叩かれないようにしたまえ」。

会合を終えた四人の司令官は、冷え切った埠頭で額を寄せ合った。煙草に火をつけ、半ズボンを履いたら誰が一番不格好かと冗談を言い合う。それから握手を交わし、互いの幸運を祈った。

最初に舫《もやい》を解いて湾内に出航したのは、B-59潜水艦のヴィタリ・サヴィツキー艦長だった。ハッチを開いた艦橋の操舵装置の前にいる艦長のそばには、ヴァシーリイ・アルヒーポフ中佐もいた。アルヒーポフは、四隻全体の小艦隊司令官でもあった。

一年余り前の一九六一年夏、アルヒーポフはソヴィエト海軍初の原子力潜水艦K-19に副艦長として乗艦していた。ふたつの核分裂原子炉を動力とするこの潜水艦は、ソヴィエトとしては大きな進歩の象徴だった。だが、建造は急いで行われた。任務開始から一六日目、北大西洋の海面下約九〇メートルを潜航中、原子炉のひとつに冷却水を送るパイプが破裂した。原子炉がメルトダウンを起こして、爆発する可能性がある。そうなる前に志願者が原子炉コンパートメントに潜り込み、代わりとなる冷却系統をつないだ。作業者たちは艦を救ったが、恐ろしい代償を払わねばならなかった。

「衣服で保護されていなかった部分の皮膚が、赤くなり始めた」。修理を行った勇敢な若者たちのようすを、K-19の艦長が後に思い起こしている。「顔や手がむくみ始める。点状の内出血が額の頭髪の下に出てくる。二時間もたたないうちに、誰の顔かわからなくなった」。

一三九名の乗組員のうち八名が、数日の内に死亡した。さらに一四名が、その後二年以内に死亡する。原子炉コンパートメントから漏れた放射性蒸気による被曝が原因だった。ソヴィエト政府はこの悲劇を隠蔽し、生存者には口外したら投獄すると警告した。

四隻のソヴィエトの潜水艦が任務を開始した当時は、K-19の事故の影響が残っていた。原子力潜水艦ならば長時間、海中深く潜伏できるが、海軍は引き続き原子力潜水艦の設計をやり直していた。したがって、ソヴィエトはこの肝心なときに、バッテリーとディーゼルエンジンの組み合わせで動力を得る、旧式の潜水艦に頼るしかなかった。ディーゼル・エレクトリック方式の潜水艦は最大四八時間水中を潜航できるが、再充電のために海面近くまで浮上し、酸素を取り込んでディーゼルエンジンを回さなければならない。そうなると敵に追跡されやすい。

K-19の悲劇がもたらした影響はそれだけではない。ヴァシーリイ・アルヒーポフの胸中に、恐ろしいイメージを鮮明に残した。小艦隊司令官のアルヒーポフは、出航した四隻の潜水艦のいずれにも乗艦する可能性があった。彼がB-59に乗っていたのは偶然だった。

ヴァシーリイ・アルヒーポフの名は必ずしも有名ではないが、もっと知られるべきだろう。

二番目に出航した潜水艦はB-36で、アレクセイ・ドゥビフコ艦長の指揮下にあった。黒い艦体に雪が舞い、艦は開放水面に向けて進む。士官たちは、新鮮な空気を最後に思い切り何度か吸い込んでから、艦橋のはしごを降り、水密ハッチを引いて閉めた。乗組員が艦のバラストタンクを開いて海水を注入する。艦首が水に浸かり、艦体が滑るように水面下に下りていく。

ドゥビフコは各コンパートメントを歩いて通っていった。パイプとバルブだらけのコンパートメント、エンジンとバッテリーのコンパートメント、寝台が並ぶコンパートメント、多量の物資の保管庫、制御装置の前で忙しそうに働く若い乗組員たち。やがて彼は、テーブルの上に世界中の海図を積み上げている上級士官たちと合流した——そのなかのどれが必要になるのか、彼らは知らされていない。一等航海士が金庫のダイヤルを回して扉を開け、「極秘」の封印がある封筒を取り出した。ドゥビフコが封を切り、書類の束を取り出す。

「われわれの艦隊には、ソヴィエト連邦のための特別任務が課されている」。彼は声に出して読んだ。「この任務には、大西洋を秘密裏に通過して、ある同盟国内の新たな母港に向かうことが含まれる。この通過は敵軍に探知されてはならず、潜水艦乗組員は一〇月二〇日までにキューバのマリエルに到着せねばならない」。

他の艦の司令官も同じ命令書を読んだ。水兵たちは陽光が降り注ぐカリブ海に向かうと知って興奮した。何よりの喜びは、北極地方から遠く離れたマリエルで、乗組員は家族と合流できると命令書に記されていたことだった。

およそ一万一〇〇〇キロの旅に出発した時点では、乗組員の士気は高かった。各艦にひとりずつ、潜水艦に乗艦した経験がない男がいたが、誰も気にかけてはいないようすだった。おそらくKGBの職員だろう、と乗組員たちはささやき合った。その男は拳銃を携帯し、眠るときもあるひとつの魚雷のそばを離れなかった。理由は推し量るしかないが、それは先端が紫色に塗られているあの魚雷だった。

たやすい偵察飛行《ミルクラン》

オレグ・ペンコフスキーは消耗し、恐怖を感じ、スパイにしかわからない孤独を感じていた。イギリスのセールスマンでＭＩ６の諜報員でもあるグレヴィル・ワインがモスクワを訪れると、ペンコフスキーが、ワインが宿泊するホテルの部屋にこっそりとやってきた。彼はラジオの音量を上げ、身振りで自分と一緒にバスルームへ行ってくれとワインに指示し、洗面台と浴槽に勢いよく水を流した。

そして泣き崩れた。

上司に、予定していた海外出張を二度中止させられた、とペンコフスキーは説明した。もしかして、何か感づかれたかもしれない。もしかして、すでに何か知っているかもしれない。

「もう行かなくては」。彼は気を取り直して言った。「ここに長居するのはまずい」。

ワインは本国に悪い知らせを伝えた。するとＣＩＡが、ウラジーミル・ブトフという名前でソヴィエトのパスポートを用意した。そのパスポートには、ペンコフスキーの写真が貼ってある。モスクワで開かれたあるパーティーで、アメリカ大使館の職員がそのパスポートをペンコフスキーにそっと渡した――急いで国境を越えなくてはならなくなった場合に、必要となる。

その後西側のチームはペンコフスキー宛に手紙を書き、ペンコフスキーが成し遂げた極めて重要な働きに感謝し、彼が西側に落ち着く場合は二五万ドルが入っている銀行口座を用意すると約束した。手紙には、ニキータ・フルシチョフがキューバで何をもくろんでいるかを尋ねる文面もあった。何かを船で大量に輸送した目的をご存じだろうか？

その手紙を携えたアメリカ大使館の職員が、ペンコフスキーがいつも出席するような外交関係者の集まりに顔を出した。ペンコフスキーは姿を見せなかった。

ソヴィエトの貨物船がキューバに到着すると、フィデル・カストロは初めてのゲストを心から歓迎した。カストロは、フルシチョフの計画を最初に聞いたときから気に入っていた。彼もソヴィエトの指導者と同じく勝負事が好きで、表舞台に立つのを楽しんだ。これで間違いなく自分は注目を浴びる――それに、アメリカはがまた侵攻してきても、これが守ってくれるだろう。

「やつらは、また侵攻してくるかもしれん」、とカストロは側近に話した。「だがそうすれば、やつらは終わらせられなくなる」。

キューバの兵士がソヴィエトの兵士を手伝い、全長二五メートルもあるトレーラーに秘密の荷物を積み込んだ。夜の間に、オートバイに乗る警官が先導する車列が、細い田舎道をゆっくりと進む。道中、急な曲がり角に差しかかるたびに車列は止まり、長いトラックの通行を妨げる家が何軒も破壊された。キューバ軍の将校は、「これは革命のためだ」、と自宅を失う家族たちを納得させた。

人里離れた地域のあらかじめ決められていた場所に到着すると、ソヴィエト軍兵士は木々を切り倒し、空き地を作って有刺鉄線で周りを囲った。熱帯特有の暑さのなかで日々一二時間の突貫工事が進められ、コンクリートが流し込まれて、ロケット発射台が建造された。この作戦のソヴィエト軍総司令官イッサ・プリーエフ大将は、万事順調とモスクワに報告した。一〇月末までには新しい基地を稼働させられる見込みだ。

一〇月五日、ジェームズ・ボンドが活躍する映画、「007」シリーズの第一作がロンドンで封切られた。この映画、『007は殺しの番号』でボンドが戦うのは、アメリカを狙う秘密兵器とともにカリブ海の島に潜伏する冷酷な悪党だ。

一〇月一三日の午後、カリフォルニア州にあるエドワーズ空軍基地では、リチャード・ハイザー少佐が仮眠を取ろうとしていた。夕方になって起き出し、ステーキと卵の大皿を平らげ、予備呼吸をしてからトイレを済ませ、与圧スーツを着用してU-2の操縦席に乗り込んだ。

一九六〇年春、U-2の飛行によって冷戦は新たな段階に入った。そして今、一九六二年の秋、歴史は繰り返されようとしている。ケネディ大統領は、キューバ上空の飛行を許可した。もちろん彼はリスクを理解していたが、何が起きているかを知るにはそれしか方法がなかった。

ハイザーは、一〇月一四日の早朝にはキューバ島の上空二万二〇〇〇メートルに到達し、晴れわたった青い空から九二八枚の写真を撮影した。キューバ領空の滞在時間は、ちょうど六分間だった。任務を終えたハイザーは、機体を北方に向けて旋回し、フロリダ州のマッコイ空軍基地に滑らかに着陸した。

「どうってことない」、と彼は評した。「ミルクランだ」。

翌日、ワシントンDCの明かりを落とした部屋で、ライトテーブルの前に座った写真解析チームが、ハイザーがU‐2から撮影した写真を顕微鏡で観察した。解析官たちは、それまでにも空中から撮ったキューバの写真を多数見ている。見慣れた山々、森林、サトウキビ畑、野球場などが見える。ところが、今回の写真には新しいものが写っていた。

森の中に切り開かれた平地。トレーラーを連結した何台ものトラック。それぞれのトレーラーには六本の細長い物体が載り、帆布で覆ってある。物体の全長は、ちょうど二〇メートルだった。

二〇メートル。解析官たちはソヴィエトのミサイル仕様が記載された資料を確認した――オレグ・ペンコフスキーが提供した機密情報だ。だが彼らは、情報源については知らない。

そこで彼らは直ちに上司に連絡した。

政府が秘密にしている全米写真解析センターのセンター長、アーサー・ルンダールが部屋にやってきた。

「すばらしいものを見つけたらしいね」。

ルンダールは顕微鏡を覗き込んだ。画像をじっくりと見てから、部下を見上げた。

「君たちがこれを何だと思っているかは、わかっているつもりだ」、と彼は言った。「もしも、私の考えが君たちと同じで、どちらも正しければ、われわれは現代における最大の事件を目撃してしまったわけだ」。

ルンダールは、夜を徹して解析してもらいたいと部下に求めた。そしてヴァージニア州のCIA本部にいる上司、レイ・クラインに電話した。

「レイ、わが国が最も恐れていたものがキューバの手にわたりつつあります」。

「それは確かなのか？」。

「ええ、このような報告をするのは残念ですが、確かです」。

クラインは、その知らせを上官に当たるマクジョージ・バンディに伝えた。ケネディの国家安全保障担当補佐官だ。バンディは、自宅で開いたディナーパーティーの最中に電話を受けた。

「われわれがずっと懸念してきたことが」、とクラインは言った。「どうやら実際に起きているらしい」。

「確かか？」。

間違いない、とクラインは答えた。翌朝には、もっと詳しいことがわかるだろう。大統領に伝えるのは、バンディの仕事だ。彼は躊躇した。この知らせによって、世界がかつて経験したことがない危機が誘発される。

ダイニングルームからは、普段と変わりなくディナーを楽しむ来客の笑い声が聞こえていた。バンディは、翌朝まで待ってから知らせることにした。大統領には、ひと晩ぐっすり眠ってもらおう。


四隻のソヴィエトの潜水艦は、ポルトガル共和国の海岸から一三〇〇キロ沖にあるアゾレス諸島を通過した。日課として海面近くまで浮上し、無線アンテナを海面上に出して北方艦隊司令部から新しい命令が出ていないかを確認する。これまでのところ、指示はひと言も出ていない。その日も何もなかった。

あまりにも長く連絡がないと不安になる。B－130の艦内では、ニコライ・シュムコフ艦長が通信士に許可を与え、本来ならば規則違反だが、世界の最新情報を何かしら得て知らせるように求めた。若い通信士はヘッドホンをつけて、アメリカのラジオ局に周波数を合わせた。アナウンサーが、サンフランシスコ・ジャイアンツ対ニューヨーク・ヤンキースの、白熱したワールドシリーズの試合を実況している。

野球か。よい兆候だ。戦争は起きていない。

闘牛士

一〇月一六日の朝、ジョン・F・ケネディはバスローブにスリッパという姿で老眼鏡をかけ、ベッドの上でいくつもの新聞を読んでいた。目に飛び込んできたのは、『ニューヨーク・タイムズ』紙の見出しだ。

アイゼンハワー、大統領の弱腰外交を批判

前夜、共和党の選挙活動の夕食会で、ドワイト・アイゼンハワーは自らとケネディの実績を対比させた。「壁など作られなかった」。彼は自分の現職時について、そう述べた。「脅威となる軍事基地が他国に作られることもなかった」。ところが、大統領が代わって二年もたたぬうちにピッグス湾事件が起こり、ソヴィエトは初めて宇宙に人を送り、ベルリンの壁が作られ――今度はキューバの怪しげな建造物だ。「あまりにも嘆かわしい」、とアイゼンハワーは出席

者に語った。

かつてアメリカの政界では、大統領経験者は現職大統領を批判しないという暗黙の了解があった。今や、それも終わりなのか。

マクジョージ・バンディがドアをノックした。部屋に入り、写真解析官の発見を大統領に報告する。

ケネディはすぐさま、フルシチョフを激しく非難した。まるで、ゲームの対戦相手にルールを破られたとでもいうように。「そんなこと、できるはずがない」。

ケネディは受話器を取り、弟に電話をかけた。「たいへんなことになった。こっちへ来てほしい」。


ロバート・ケネディは、写真を見せろとバンディのオフィスに押しかけた。

「ああ、くそ！　くそ！　くそ！」。写真を見た彼は、拳で手のひらを叩きながら繰り返した。

「あのロシア人ども！」。

兄弟のなかではおとなしい方の大統領は、その日の予定をこなすことに専念した。フルシチョフの動きにどう対処するかを決めるまでは、すべてが通常どおりに見えるようにしておきたかった。その朝の最初の仕事は、アメリカ人宇宙飛行士、ウォルター・シラーの来訪だ。シラーは、妻、ふたりの子どもと一緒にオーバルオフィスに招き入れられた。ケネディはいつもの揺り椅子に座り、カメラに笑顔を向けた。みんなで雑談してから記念写真を撮り、ケネディは子どもたちを外に連れ出して自分の娘、キャロラインのポニー、「マカロニ」を紹介した。

閣議室にかけ込んだのは昼前になってからで、首席補佐官たちとともにキューバ情勢の進展について報告を受けた。主任写真解析官、アーサー・ルンダールが大きな黒いケースを開けて写真を取り出そうとしたところで、キャロラインが突然入ってきた。

ケネディは椅子から跳び起き、娘の身体に腕を回した。

「キャロライン、お菓子を食べていたのかな？」。

返事はない。

「答えてごらん」。大統領は微笑みながら話しかけた。「はい？ いいえ？ それか、どっちでもない？」。

ケネディは娘を連れて部屋を出た。戻ってきたときには、笑顔は消えていた。

「よし」、と言って大統領は席についた。机の下にあるスイッチを入れて、壁の隠しマイクを作動させる。地下にあるテープレコーダーが回り始める。その部屋に集まっているなかで、大統領以外にこの秘密の録音システムを知っているのは、ロバート・ケネディだけだった。

ルンダールが大統領の前に三枚の白黒写真を設置した。ケネディに拡大鏡をわたす。

「閣下」。ルンダールは言った。「この種の軍事施設は、これまで見たことがありません」。

フットボール競技場か——それが、ケネディの最初の印象だった。写真には森のなかの平地が写っている。何かの建設が進んでいる。トレーラーの上には、長い筒状の物体がある。

筒状の物体はソヴィエトのR‐12ロケットです、とルンダールが説明した。宇宙空間まで飛ぶことが可能で、最長二〇〇〇キロ先の標的まで水素爆弾を運ぶことも可能。ワシントンDCを含むアメリカ南東部が、キューバからの射程に充分入る。

「なぜこれが準中距離弾道ミサイルだとわかるのか?」。ケネディが尋ねた。

「長さです、閣下」。

「なに? 長さ?」。

「長さです、はい」。

ルンダールは、ソヴィエトのミサイル資料について説明した。ケネディは、CIAが驚くべき情報源をソヴィエト軍参謀本部情報総局内に持っていると知っていた。オレグ・ペンコフスキーの名前こそまだ知らなかったが、今やこのスパイがもたらした「プロダクト」の価値はいよいよ明白になった。

ケネディは、ミサイルのひとつを拡大鏡でじっくりと眺めた。

「これはもう発射準備ができているのか?」。彼はそう尋ねた。

「いいえ、閣下」。CIAのミサイル専門家、シドニー・グレイビルが答える。

「どれくらい……」、とケネディが口を開く。「わからないものだろうか? 発射準備が整うまで、どれくらい時間があるのか」。

「わかりません、閣下」。

ロバート・マクナマラ国防長官が弾頭について質問する——H爆弾がロケットに搭載されている兆候はあるのか？

まだです、とグレイビルが答える。もしも弾頭が島に運び込まれていたら、ミサイルの発射準備は数時間以内に整う可能性がある。

統合参謀本部議長のマクスウェル・テイラー大将が、アメリカ軍はミサイル基地への空爆を計画中だと報告した。

「敵の攻撃を制するには、どれくらい有効なのか？」。ケネディが尋ねる。

「一〇〇パーセントは不可能です、大統領」。

ジョン・F・ケネディは、ソヴィエト連邦との最終決着が迫っている、未来をいずれかの方向に押し進める双方譲れぬ対決の瞬間が来る、とたびたび口にしてきた。しかし、これほど早く現実になるとは認識していなかった。

「もはや、そう時間があるとは思えない」、とケネディは言った。「このミサイルを取り除かねばならない」。

その後も平常どおりに予定をこなしたケネディは、リビアの皇太子を招いたホワイトハウスの昼食会に出席した後、国務省で開かれるジャーナリスト向けの外交政策会議に予定どおり臨んだ。話を聞いた記者たちは、大統領がいつになく張り詰めていると気づいた。話のしめくくりに、ケネディはポケットから一枚の紙を取り出し、自らの心境をうかがわせるような詩を読み上げた。

闘牛評論家が幾重もの列をなし
大きな広場に押し寄せる
だが真実を知るのはそこにただひとり
その男こそが牛と闘う

同じ日、ワシントンDCから車で五時間の距離にあるウェストヴァージニア州のアレゲニー山脈では、建設労働者たちがプロジェクトXと呼ばれる三年越しの仕事を完成させた。建設チームは高級ホテル、グリーンブライアのそばの丘を掘り進み、建造したのは、アメリカ合衆国議会のための地下シェルターだった。

ホテルの長い廊下の奥には、「危険　高圧電力　立入禁止」という警告が書かれた扉がある。その扉の向こうには、すべての連邦議会議員、五三五名のための部屋、会議室、何列にも並ぶ金属製の二段ベッドなどがある。室内を明るく見せるため、建設労働者たちは固いコンクリートの壁に窓枠を取りつけて、その内側に心地よい自然風景を描いた。

何を建設しているのか、なぜこんなにも多くの小便器が必要なのか、労働者たちには決して知らされなかったが、ある種の防空壕であるのは明らかだった。同じくらい明らかだったのは、たとえ核戦争が起きても、彼らはそこに入れてもらえないということだ。

窮地に立たされる

一〇月一八日の朝、ジョン・F・ケネディは再び首席補佐官たちと閣議室に集まった。この集まりは後日、国家安全保障会議執行委員会（Executive Committee of the National Security Council）と呼ばれるようになる——略してエクスコムだ。

アーサー・ルンダールがキューバ上空からの新しい航空写真を並べた。彼の説明では、写っているのは複数の中距離ミサイルの基地だった。すでに見た準中距離ミサイルは、約二〇〇〇キロを射程とするが、この新しい中距離ミサイルは、四五〇〇キロ先の標的を攻撃できる。つまり、アメリカ合衆国本土の全都市が射程に入る。

マクスウェル・テイラー大将は、まだ発見していないミサイル基地が他にもありそうだと指摘した。一度の空爆で全基地を破壊できるとは保証できない。

ケネディは理解した。ミサイル基地が一部でも無傷で残るような空爆は、最もリスクが高い戦略だ。そうなれば、ミサイルがアメリカに向けて発射されるかもしれないという危険がある。

さらに、フルシチョフがそれに乗じて別の場所を攻撃するかもしれないという危険もある。「どうする、もしも……」。ロバート・ケネディはそう言いながら考えた。「彼がベルリンに手を伸ばしたら?」。

ロバート・マクナマラ国防長官が割り込む。「ところで、ベルリンを手中にするという話をわれわれがする場合、それは厳密には何を意味するのでしょうか? ソヴィエト軍を使って手に入れるということですか?」。

「どのみちそうなるだろう」。ケネディ大統領が言った。

「その可能性は実際にあります」、とマクナマラは同意した。「あそこにはアメリカ軍が駐留しています。彼らはどうするのでしょうか?」。

「戦闘になります」。テイラー大将が言う。

「戦闘になります」。マクナマラも言う。「それはまったくもって明らかだと思われます」。

「そして制圧される」。ケネディが言った。

「そうなったら、われわれはどうする?」。ロバート・ケネディが尋ねる。

「全面戦争です」、とテイラー大将が答える。「われわれにその時間があるとすれば、ですが」。

ケネディ大統領が質問した。「核兵器の応酬という意味か?」。

「そうせざるを得ないでしょう」。テイラーが言った。

ひとたびことが起きれば事態はたちまち制御不能に陥りかねないという、身も凍るような戒めだ。

「では、聞かせてくれ」、とケネディ大統領が口を開いた。「われわれはここで何かをすべきだ、とは思わない者はいるか？」

核心を突く質問だ。七秒間の沈黙が流れた。

大統領は、沈黙が暗に伝える結論に同意した——行動を起こさなくてはならない。

すでにフルシチョフには、もしもソヴィエトがキューバにミサイルを配備したら「非常に深刻な問題が起きる」と警告済みだ。ここで引き下がったら、ソヴィエトはますます大胆になるのではないか？　他のものを手に入れても許されるのか、試してみたいと考えるのではないか？

何もせずにいると、別の代償も払う羽目になる——政敵が攻撃してくるからだ。彼らはこれまでも、ケネディは弱腰だとみなし、ピッグス湾からベルリンの壁にいたるまであらゆる問題でケネディを非難してきた。ソヴィエトがキューバにミサイルを配備するのを許せば、ここぞとばかりに責めてくるだろう。

問題があまりにも大きいので、支持率や選挙結果など心配している場合ではないだろうが、現実とはそういうものだ。

ケネディは、非常に大きなリスクを冒してでも、ソヴィエトのミサイルをキューバから排除しなければならないと決意した。

ソヴィエトの四隻の潜水艦は、存在を探知されないように離れて航行し、一〇月一九日、アメリカ南東部の沖、サルガッソー海に到達した。乗組員はずっと、温暖な気候を楽しみにしていたが、現実は期待どおりではなかった。

彼らの潜水艦は、冷房が不要な北洋を航行する目的で建造されていて、熱帯の海にはまるで対応できなかった。艦内温度は三八度を優に超え、湿度も九〇パーセントあった。真水を節約するためにシャワーは週二回に制限され、その結果、乗組員たちの身体は次第に臭くなり、そこへディーゼル燃料の悪臭が加わる。

艦長たちは毎日指定された時間に、本国からのメッセージを受け取るアンテナを上げた。三週間近くたって、初めて新しい命令が届いた。「戦闘態勢を取り、タークス・カイコス諸島の西で隊列を組め」。

「これは何を意味するのでしょうか?」。B-36の士官が艦長に質問した。「われわれは、戦争中なのですか?」。

「わからない」、とドゥビフコ艦長は答えた。

艦長は海面付近の滞在時間を延ばし、英語がわかる通信士にラジオニュースを数分聞かせることにした。アメリカ人はまだ野球を話題にしている。ワールドシリーズ七戦目、ヤンキースがジャイアンツに勝利していた。

空軍参謀総長のカーティス・ルメイはかつて、フィデル・カストロが率いるキューバにどう対処するかと問われた。

「フライにしてしまえばいい」、と彼は答えた。

必ずしも比喩ではない。

第二次世界大戦中、ルメイ大将は東京を始めとする多数の都市を焼夷弾で焼き尽くす空襲を計画し、日本の敗北に大きく貢献した。朝鮮戦争中には、共産主義の北朝鮮に対して核爆弾の使用を要請したが、ホワイトハウスがその提案を却下した。彼はアメリカ空軍の戦略航空軍団――爆撃部隊、飛行士、核攻撃部隊、ミサイル部隊――を、人類史上最強の軍事力を持つまでに築き上げた。

ルメイの冷戦に対する見方は、ソヴィエト連邦とアメリカ合衆国はこのままでは衝突するという前提に基づいていた。彼の考えでは、アメリカはいずれ選択を迫られる。ソヴィエト連邦に降伏するか、それともソヴィエト連邦を滅ぼすか。アメリカ軍は戦闘機と爆弾の開発において優勢だったが、その差は縮まりつつある。したがって、すぐにでも戦争を始めるのが理にかなっている。

一九五〇年代半ば、U-2の偵察飛行が始まる前、ルメイは空軍機によるソヴィエト領空の偵察飛行を何度か命じた――アイゼンハワー大統領には知らせず、許可も得ずに。彼は機密情報を集めようとしていたのか、それとも戦争を引き起こそうとしていたのか、それは定かでない。

「さて」。彼は、ある戦闘機の乗組員に語った。「この領空侵犯がうまくいけば、第三次世界大戦を始められるぞ」。

パイロットたちは、これは冗談だと思うことにした。冗談であってほしいと願った。

一〇月一九日、午前九時四五分、カーティス・ルメイとアメリカ陸軍、海軍、海兵隊の参謀総長が、ケネディや首席補佐官たちと閣議室に集まった。

マクスウェル・テイラー大将が、参謀総長全員が合意に至ったと報告する。彼らは、直ちにキューバのミサイル基地を空爆すべきだと進言した。

ケネディは、受動的対応は誤りだと認めた。だが、空爆には多くの危険が伴う。キューバにあるミサイルの一部は、すでに発射準備が整っているとしたら？ 空爆ですべてのミサイルを破壊できなければ、残りのミサイルがアメリカの都市をめがけて発射される可能性もある。アメリカ軍がキューバで戦っている間に、ロシア軍が西ベルリンに駐留するアメリカ軍を攻撃したら？ ケネディは、ソヴィエトの進軍を食い止められるほどの部隊や戦車をヨーロッパに配備していない。

「だとすれば残された道はひとつだけ、核兵器の使用だ」、とケネディは言った。「とんでもない選択肢だ」。

検討すべき手段はもうひとつあった。海上封鎖だ。数十隻のソヴィエト船が、キューバに向けてまだ航行中だった。キューバ島までの進路を、アメリカの艦船で封鎖できる。フルシチョフがミサイルの撤去に同意しない限り、封鎖は解除されない。

しかし、この方法にも恐ろしい危険がある。海上封鎖は空爆と同じく、戦争行為そのものだ。しかも、ソヴィエトの船が停止を拒んだら？　アメリカ軍は発砲せざるを得なくなり、事態はそこから簡単にエスカレートする。何といっても、ソヴィエトはすでにキューバにミサイルを運び込んでいて、もしかすると核弾頭も搬入済みかもしれない。海上封鎖をすれば、ミサイル基地を完成させる時間をソヴィエトに与えることにもなる。

「納得できる代替手段が思いつかない」。ケネディはそう言った。

ルメイ大将が異を唱える。フルシチョフは、アメリカが優位に立つ場所で喧嘩を売るという大失敗を犯している。「私が申し上げたいのは」、とルメイは大統領に言った。「強く申し上げたいのは、われわれには武力の直接行使以外に選択肢がないということです」。

ケネディは、他に選択肢がないとは認めなかった。ソヴィエトとの戦争が避けられないと認めるのを拒んだ。ソヴィエトに立ち向かう方法は、何かあるはずだ。何億もの人を殺さずに、最後には彼らを負かす方法が。

いつものルメイなら、若い大統領に対する侮蔑を少なくとも隠そうと努力しただろう。だが、そのような遠慮はもうなくなっていた。海上封鎖は弱腰だと、彼は非難した。そんなことでは、ソヴィエトの攻撃を誘発するだけだ。それは臆病者のすることだ。

「別の言葉で申し上げれば」、とルメイは言った。「あなたは現在、窮地に立たされているのです」。

「なんだって?」。ケネディはかみついた。

「あなたは窮地に立たされているのです」。

大統領は、凍りついたような笑顔を見せた。「ならば、きみも窮地に立たされているのだね。私と一緒に」。

ケネディと補佐官たちが部屋を出たあとも、参謀総長たちは話を続けた。彼らは、録音されていると知らなかった。

海兵隊大将、デイヴィッド・シャウプがルメイを称賛した。「大統領は君に足をすくわれたな」。

ちょうどそのとき、ケネディはオーバルオフィスで声を荒らげていた。「あの将校どもには、大きな強みがひとつある。あいつらの言うことを聞いて言われたとおりにしたら誰ひとり生き残れないから、あいつらは誰からも間違いを責められずにすむんだ」。

敵の手番

キューバ問題にどう対応するか結論を出せないまま、ケネディは一〇月一九日に中西部へ飛んで各地を遊説して回った。

ワシントンDCでは、エクスコムのメンバーが秘密の会合を重ねた。ケネディは、全会一致で結論を出すように求めていたが、チームは海上封鎖か空爆かで分裂していた。カーティス・ルメイは空爆による奇襲作戦と直後のキューバ侵攻を主張し続けた。

記者たちは、ホワイトハウスの主要な部屋の灯りが朝まで消えないことに気づく——何か異変が起きているという、紛れもない兆候だ。

オレグ・ペンコフスキーからは、依然として連絡がなかった。

毎朝、アメリカの諜報員がモスクワ市内の往来の多いクトゥゾフスキー大通りへ行き、街灯の柱に新しいチョークの印がついていないかを確認した。最初にアメリカに届いたペンコフスキーの手紙に記されていた隠し場所《デッドドロップ》に情報を置いた場合は、その街灯に印をつけることになっていた。

街灯には何もなかった。

諜報員のひとりは、電話機から一瞬たりとも離れずに待った。ペンコフスキーには緊急用の電話番号を知らせてある。彼は、公衆電話を使わねばならないことも知っている。KGBによる盗聴が予想されるので、彼は何も話さない。受話器に向かって息を三回吹いてから切る。一分たってから同じことを繰り返す。彼は、この合図には重大な意味があると理解している。ソヴィエト連邦が間もなく核攻撃を開始するという意味になるからだ。

電話は鳴らなかった。


一〇月二〇日の朝、ホワイトハウスの報道官、ピエール・サリンジャーは、シカゴのあるホテルの前に集まった記者たちに応対した。その日の大統領の遊説スケジュールを伝え、それからケネディのスイートルームへ行くと、驚いたことに大統領はまだパジャマ姿で髭も剃っていなかった。ホワイトハウスの医師、ジョージ・バークリーが大統領のベッド脇に立っていた。「風邪をひいて熱がある」、とケネディが告げた。「バークリー医師の助言に従ってワシントンに戻ると記者たちに伝えてくれ」。

サリンジャーには、大統領は元気そうに見えた。

ケネディは、紙とペンを取ってこう書いた。「体温三七・三度。上気道感染。医師はワシントンDCに戻るように勧告」。

「はい」、と大統領は紙を差し出しながら言った。「これを彼らに伝えてくれ」。

ホテルの外にいた記者たちは、もうバスに乗っていた。サリンジャーは彼らを呼んで新たな情報を伝えた。一時間後、サリンジャーとケネディは、ワシントンDCへ向かう大統領専用機《エアフォースワン》のなかにいた。

「大統領」、とサリンジャーは尋ねた。「お風邪は、さほどひどくないですよね？」。

ケネディは答えた。「すでに、もっとひどい目に遭っているよ」。

キューバ中部の森を切り開いた平地に、数百人のソヴィエト軍兵士が集合していた。日差しが照りつけるなか、兵士の多くは上半身裸で、軍服のズボンを膝のあたりで切っていた。

「われわれは第一段階の任務を完了した」、と士官が兵士たちに告げた。ミサイルの発射準備が整った。兵士たちはコンクリートの発射台を建造し、八基のミサイル発射装置を組み立て、北方に照準を合わせた。トレーラーには、帆布で覆い隠したR‐12ロケットが載っている。

「われわれは英雄のような死を遂げるかもしれない」、と士官が訓示を垂れる。「しかし、われわれはキューバ人民を見捨てたりしない！」。

兵士たちは歓声を上げ、空に向けて祝砲を撃った。

「諸君、われわれは今日、結論を出す」。ケネディは、ホワイトハウスに戻るなり言った。大統領はその日、本当に遊説するつもりだった――早朝に弟から電話がかかってくるまでは。エクスコム内の対立が絶望的に深まっているという知らせだった。報道陣も疑いを持ち始めている。大統領はワシントンDCに戻って、自ら決断しなければならない。今日中に。

ホワイトハウスの二階にある楕円形の応接間《イエロー・オーバルルーム》では、空爆派と海上封鎖派が三時間も激論を続けていた。どちらを選んでも世界を戦争に押しやる可能性があった。

「よい解決策はどこにもない」、とケネディは言った。「私がどちらの計画を選ぶにせよ、選ばれなかった方を主張した者は幸運だ――後になって『だから言ったのに』、と言えるからな」。

選ばれなかった側が生き残ったとしたら、だが。

いずれにせよ、もうこれ以上議論を続ける意味はなかった。ケネディは決断した。彼はバルコニーに出てワシントン記念塔を眺めた。美しい秋の日だった。

一四年前、ファーストレディーのベス・トルーマンがホワイトハウスのブルールームで公式の茶会を開き、客をもてなしていたとき、上の方から妙な音がするのに気づいた。ガラスが触れ合うような音だ。彼女は上を見上げた。

天井からつるした巨大なシャンデリアが揺れて、クリスタルがぶつかり合っていた。

なぜ？　窓は閉まっている。風はない。

トルーマン夫人は、ホワイトハウスの案内係J・B・ウェストを身振りで呼び、「上の階で何が起きているのか調べていただけますか？」、とささやいた。

ウェストは急いで二階に［日本でいう三階］上がり、「何かあったのですか？」、と執事長のアロンゾ・フィールズに尋ねた。

「ご主人様は入浴中でして」、とフィールズは答えた。「それで、書斎から本を取ってくるように言われました」。

それだけのことだった――執事が歩いただけだ。ふたりは歩き回ってみて理解した。床全体が揺れていた。

ベス・トルーマンは、夫がちょうど浴槽から出たときに上がってきた。「みなさんの頭の上にあのシャンデリアが落っこちてきそうで、心配しましたわ！」。

「そしたら、私も天井を突き破って落っこちただろうな」、とハリー・トルーマンはくすくす笑った。老眼鏡以外何も身につけていない自分が突然お茶会に登場するところを想像すると、とてもおかしかったのだろう。

ホワイトハウスに修理が必要なことは、何年も前から明らかだった。壁にかけた絵画が勝手に傾いていく。落ちたものが硬い床板を転がっていく。ある晩など、ベスと娘のマーガレットがグランドピアノに向かうと、ピアノの後ろ側の脚が床を突き抜けて、階下の食堂に石膏の雪を降らせてしまった。

それが決定打となり、トルーマン一家はホワイトハウスから出た。そして建築作業員が、建物の内部を取り壊した。

修復工事は、ホワイトハウスに新しい機能を追加するよい機会となった——核シェルターだ。冷戦が始まろうとしていた。ホワイトハウスは、アメリカという標的のなかの標的だ。新たな地下シェルターには厚さ一〇センチの扉、軍用簡易ベッド、缶詰食品、ペンタゴンにある核シェルターとの直通電話、放射性降下物を洗い流すシャワーが備わっていた。

ジョン・F・ケネディは、もちろんこのシェルターについて知っていたが、あまり深く考えたことはなかった。ホワイトハウスのバルコニーでワシントン記念塔を眺めながら、この状況では、そのシェルターを必要とする最初の大統領は自分だろうかと考えた。

弟と数名がバルコニーにやってきた。

「われわれは、戦争にとても、とても近いところにいる」、とジョン・F・ケネディは言った。そして、ちょっとしたブラックユーモアで緊張を和らげようとした。「なのに、ホワイトハウスの防空シェルターは、われわれ全員が入れるほど広くはない」。

全米写真解析センターでは、CIAの写真解析官が休みなく働き続けていた。一〇月二一日の夕方、新しい発見があった——核弾頭貯蔵施設だ。

そのなかに何かがしまってあるとしても、それが何かを知る術はない。アメリカ軍は戦車、砲兵隊、数千人の兵士をトラック、鉄道、輸送機でフロリダ州に向かわせた。アメリカの報道陣は、この動きの意味をあれこれと推測した。

一方、ニキータ・フルシチョフは、新たな動きの意味を考えまいとした。フルシチョフは自分の手を指した。今はケネディの手番だ。親子でモスクワの街を歩きながら、セルゲイが父に状況を尋ねた。

フルシチョフは、「われわれは待たねばならない」、としか言えなかった。

一〇月二二日、ワシントンDC時間午前四時、ホワイトハウスの報道官、ピエール・サリンジャーは、妻と子どもを起こさないようにしながら着替えを鞄に詰めて家を出た。当分は家に帰れそうにない。

サリンジャーはホワイトハウスに記者を集め、国が重大な危機に直面しているのではないかという記者たちの疑いを認めて、ケネディ大統領がテレビ演説で国民にすべてを説明すると伝えた。

「われわれは各局に、今夜七時から三〇分の放送枠を要求したところです」、とサリンジャーは告げた。

ある記者が冗談のつもりで言った。「テレビ局は枠をくれると思いますか?」。

サリンジャーは笑顔を見せず、「そうしてくれると思います」、と答えた。

同じ頃、モスクワ時間では午後だったが、セルゲイ・フルシチョフは自宅の玄関から、クレムリンと直通電話で話す父を見ていた。会話の内容はわからなかったが、不快な話だとはわかった。

電話が終わり、セルゲイと父は散歩に出かけた。モスクワに冬が訪れていた。建物の足元に雪の吹き溜まりができている。

「ワシントンDCで、今夜大統領が重要な演説を行うと発表があった」。フルシチョフがそう言った。「おそらくアメリカは、われわれのミサイルを発見したのだろう」。

「これからどうなるの?」。

「それがわかればよいが」。

状況は悪かった。アメリカが認識していたよりも、ずっと深刻だった。キューバにある準中距離弾道ミサイルの一部は発射準備が整っている。複数のアメリカの都市を破壊できる数の弾頭も、すでに現地に運び込まれている。ここまでは、ケネディも知っていたかもしれない。しかしケネディが知る由もなかったのは、キューバにいるソヴィエト軍には数十発もの短距離核兵器があることだった――この兵器があれば、戦場で敵軍を壊滅させられる。たとえアメリカが侵略を試みても、ソヴィエト軍の司令官は侵略軍が海岸にいる間に全滅させることが可能だ。

しかも、その海域には四隻のソヴィエト軍の潜水艦が待機していて、それぞれに配備された核魚雷には、敵艦隊をまるごと破壊できる威力がある。

散歩から家に戻ったフルシチョフは、コートを脱がずに特別電話に向かった。「最高会議幹部会のメンバーを集めてくれ」、と彼は命じた。「一時間後に、クレムリンで私と会議だと伝えてくれたまえ」。

玄関を出るとき、ソヴィエトの指導者は息子に言った。「私の帰りを待たずに休みなさい」。

「フルシチョフが、これに反応しないはずはない。ベルリンかもしれないし、ここかもしれない」。その日の午後、ケネディはエクスコムのメンバーに告げた。「しかし、われわれは最善を尽くしたと思う。少なくとも、事前にわかっている範囲で」。

ディーン・ラスク国務長官が、気を引き締めようと全員に声をかける。「行くところまで行くだろう。おそらく、とても早く」。

午後五時、連邦議会の幹部が説明を受けるために次々と閣議室に入ってきた。ケネディは、現況と今後の行動計画を手早く説明した。

リチャード・ラッセル上院議員は異議を唱え、キューバに対する全面侵攻を求めた。

「われわれは、それは初動として賢明でないと判断しました」、とケネディは言った。「あなたも、考える時間が充分にあれば同じ判断に至るはずです」。

別の上院議員が割り込んで、直ちに侵攻するように要求した。

威勢がよい発言をするのは簡単だ――責任ある判断を下す立場でなければ。ケネディは苛立ちを隠せないまま、立ち上がる。

「演説があるので、失礼しますよ」。彼はそう言った。

キューバミサイル危機

大統領の秘書、エヴリン・リンカンは、カメラやケーブルが散らばり、ライトが眩しく光るオーバルオフィスをやっとのことで通り抜けた。ケネディ大統領のデスクにたどりつき、ブラシを手わたす。受け取ったケネディは、急いで髪をとかして返した。

「三〇秒前」、と誰かが言った。

ケネディは演説原稿を目の前に置いた。椅子に座る彼の身体が少し強張って見えるのは、プレスをしたばかりのスーツの下に腰の装具《ブレース》をつけていたせいかもしれない。しかも彼は今、世界を核戦争の瀬戸際に立たせようとしている。

ディレクターがオンエアの合図を出した。大統領がカメラを見つめる。表情には、緊張と決意が現れていた。

「国民のみなさん、こんばんは」。

ケネディは、ソヴィエトのミサイルがキューバで発見されたと説明した。ソヴィエトはこのミサイルによって、アメリカを数分以内に圧倒的な破壊力で攻撃できるようになった。このようなミサイルは排除されなければならない、と彼は主張した。

「一九三〇年代の歴史は、われわれに明白な教訓を残しました」。彼は、第二次世界大戦前に、ドイツと日本が領土の拡大を図ったことに触れて、そう言った。「侵略行為に歯止めがきかず、まかり通ってしまえば、最後は戦争になります」。

全米の国民が、家で、バーで、デパートで、テレビに釘づけになった。一度にこれほど多くの聴衆に語りかけた大統領は、それまでいなかった。

「われわれは早まって、または不必要に、世界規模の核戦争というリスクを冒すつもりはありません。たとえ勝利の果実をもぎ取っても、口にすれば灰と化してしまう戦争になります」、とケネディは世界に向けて語った。「しかし、同時にわれわれは、必要とあらばいつでも、そのようなリスクにひるまず立ち向かう覚悟です」。

アメリカ軍は、と彼は続けた。キューバに向かうソヴィエト船に「厳重な隔離」を実施する。「隔離」ならば「海上封鎖」ほどは挑発的でなかろうと、大統領はこの言葉を選んだ。中身は同じだ。「いかなる国、いかなる港を出港した船であろうと、キューバに向かうあらゆる種類の船は、積み荷に攻撃兵器が発見されれば引き返すものとする」。

アメリカ海軍の艦船の乗組員たちは、艦上でラジオの生放送を聞いていた。

カリブ海にいるソヴィエトの四隻の潜水艦でも、英語がわかる乗組員が生放送を聞いていた。

ケネディは警告した。「わが国の政策として、キューバから西半球のいかなる国家に向けて、いかなる核ミサイルが発射されても、それはソヴィエト連邦によるアメリカ合衆国に対する攻撃であるとみなし、ソヴィエト連邦に対して全面的な報復措置をとるものとします」。

彼は「全面的な報復措置」とは、具体的にはソヴィエトのあらゆる都市の徹底的な破壊を意味するとまでは言わなかった。言う必要もなかった。

「国民のみなさん」、とケネディは語りかけた。「われわれが進もうとする道が、困難と危険に満ちているのは間違いありません。この道がどこへ向かうのか、どれほどの損失や犠牲を伴うのか、正確にわかる人はいないでしょう」。

ケネディが演説している間に、アメリカの戦略航空軍団はデフコン3の態勢に入った。デフコンとは防衛準備態勢を意味し、デフコン5は平時の準備態勢、デフコン4は平時よりも強化した準備態勢、デフコン3はさらに高度な準備態勢で、核ミサイルの発射と爆撃機の発進を一五分以内に行える準備が整えられる。

デフコン2は、戦争状態の一歩手前で取る態勢だが、冷戦が始まって以来この段階に至ったことは一度もない。

デフコン1は、核戦争が差し迫る状態で取る態勢を指す。

休暇を取っていたパイロットは、徹夜で車を走らせて基地に戻った。パイロットたちは、これから行うのは訓練ではないと告げられた。
「ブザーが鳴ったら本番だ」、と士官が説明した。

クレムリンの最高会議幹部会の会議室に、補佐官がケネディの演説原稿の写しを届けた。「それは何かね?」。フルシチョフは無理に笑おうとしながら言った。「読み上げてくれ」。補佐官は長テーブルを囲む幹部に向かって主要部分を翻訳した。フルシチョフはひとまずほっとした。海上封鎖ならば即座に空爆されるよりはましだ。空爆は全面戦争に直結しかねない。次はフルシチョフの手番だ。

このまま引き下がるべきか? ミサイルを引き揚げてケネディのやりたいようにさせるのか?

いいや、と彼はすぐに決断した。それは彼自身にとってもソヴィエト連邦にとっても屈辱だ。ケネディと同じくフルシチョフも、弱腰と見られれば政敵に攻撃されるだけだと恐れていた。しかも、ケネディの要求について考えれば考えるほど、怒りが募る。アメリカはトルコにミサイルを配備している。ソヴィエトがキューバにミサイル基地を置くのは、なぜいけないのか?

フルシチョフは、アメリカに対する挑発的な返答の草稿を口述して書きとらせた。最高会議幹部会のメンバーは、翌朝一〇時に再び集まることにした。

「明日の朝までここで睡眠をとろう」、と第一書記は指示した。「おそらく、外国の特派員や諜報員がクレムリンの周りをうろついている。こちらが神経質になっているところを見せても、よいことはない。われわれはベッドでぐっすり眠っていると思わせておこう」。

「いよいよ戦争だ」。ケネディの演説が終わると、フィデル・カストロはそう布告した。「撤退は考えられない」。

キューバの指導者は『レボルシオン』紙の編集部まで車を走らせ、全国民がその日の朝刊で読めるように、第一面に掲載する記事を口述した。「わが国は戦時体制下にある。いかなる攻撃も撃退する準備ができている」。カストロは、そう宣言した。「すべての武器が所定の位置にあり、どの武器も、傍らには革命と母国を守る英雄がいる」。

森のなかの軍事基地では、ソヴィエトのミサイル連隊が厳戒態勢を敷いていた。

キューバの東沖では、ソヴィエトの潜水艦の司令官たちが、ケネディが海上封鎖を開始すればアメリカ海軍がその海域に大規模に配置されると予想していた。アメリカの対潜部隊はハンターキラーグループとも呼ばれ、戦闘機、ヘリコプター、軍艦、原子力潜水艦を駆使して敵の潜水艦を追い詰める。今はまだ見つかっていないとしても、見つかるのは時間の問題だ。すでに艦長たちは、命令を受けている。攻撃された場合は、特別兵器を使用しても構わない。

一〇月二三日、火曜日の朝、充分な睡眠をとったニキータ・フルシチョフは、執務室のソファーで目覚めた。最高会議幹部会の他のメンバーは、しかたなく会議室の椅子で寝た。幹部はみな、皺くちゃのスーツで午前中の会議を始めた。

幹部会は、ケネディ宛のフルシチョフのメッセージを承認した。ソヴィエト軍の準備態勢のレベルを上げることにも同意した。ソヴィエト連邦内に配備されたミサイルに、核弾頭が搭載される。キューバ駐留ソヴィエト軍司令官プリーエフ大将は、アメリカから攻撃を受けた場合に短距離原子爆弾を使用する権限を与えられた。四隻の潜水艦は、キューバ近くの所定の位置で待機する。キューバに向かう全船舶は、キューバ国内の割り当てられた港に向けて航行を続ける。

ソヴィエトの幹部が、特に早く港に到着してほしいと気にかけていた船は、中距離弾道ミサイルに搭載する水素爆弾の弾頭二四発と、戦術核弾頭四四発を積んだ貨物船、アレクサンドロフスクだった。キューバ到着まであと一日の予定だった。

その日の午前中、アメリカの学校では、生徒が身をかがめて机の下に入ったり、窓から顔を背けたりする避難訓練を行った。教師は、各家庭で準備するシェルター用備蓄品リストを子どもたちに配布した。第三次世界大戦はいつなんどき始まるかわかりません、と教師は知らせた。警報が出て、時間に余裕がある場合は、生徒を帰宅させることになっていた。

缶詰食品、瓶詰の水、ラジオ、電池が買い占められて、店頭から消えた。ガソリンスタンドには長い行列ができ、銀行の窓口では多額の預金が引き出された。フロリダ州にいた行楽客は飛んで帰り、クルーズ船の会社はカリブ海の船旅を中止した。テレビ局はそれまで深夜放送をしていなかったが、経営幹部はニュースを二四時間放送するという大胆なアイディアを検討した。だが、それは実現不可能だった。単純に、人手が足りなかった。

ホワイトハウスではジョン・マコーンCIA長官が、キューバの東沖にいるソヴィエト軍潜水艦の動きをアメリカ海軍が監視していると、ケネディ及びエクスコムに報告した。アメリカ沿岸にこれほど近い距離でソヴィエトの潜水艦が確認されたのは、初めてだった。

対潜の専門家は、高性能聴音響測定機を使用して、スクリュー音の違いで潜水艦を識別する。キューバ沖にいるのは、ディーゼル・エレクトリック方式のフォックストロット型潜水艦と判明した。アメリカの基準に照らせば、かなり旧式だ。フォックストロットが核兵器を装備するとは、それまで一切知られていなかった。

つまり、アメリカにとってはよい知らせだった。

時間が許せば

その後、ケネディと補佐官たちはニキータ・フルシチョフからの書簡を検討した——前夜ケネディが行ったテレビ演説に対する、ソヴィエトの指導者からの正式な返答だ。「大統領閣下、想像してみてください」、という言葉でメッセージは始まる。「あなたがわれわれに突きつけた最後通牒の条件を、逆にわれわれから受け取るとしたらいかがでしょう」。

フルシチョフは怒りを込めてアメリカを無法な海賊になぞらえ、ケネディが「隔離」を強要する権利を否定した。「このような、国際水域における航行の自由の侵害は、人類を核ミサイル戦争という地獄の世界へ押しやる、攻撃行動です」、とフルシチョフは非難した。

ソヴィエトの船舶がアメリカの海上封鎖に従うとは思えない内容だ。

だが、アメリカが得ている最新情報とは一致している。ソヴィエトの船は相変わらずキューバに向けて全速で航行していた。八隻が明朝までに封鎖線に達する見込みだったが、それは、ケネディによる船舶停止命令が発効する時刻と重なっていた。

「わかった」、とケネディは言った。「では、明日の朝どうするかだ――その八隻がそのまま航行したら？」。

CIA長官が言った。「やつらの舵を撃って破壊すればいいじゃないか？」

「それは問題だ」、とマクナマラ国防長官が戒めた。「われわれは、極めて注意深くやるべきだ」。

問題点は明らかだ。いったん銃撃が始まれば、事態は直ちにエスカレートしかねない。

会議が終わると、ジョンとロバートは部屋に残り、ふたりで話をした。ふたりとも、録音テープがまだ回り続けているのを忘れていたかもしれない。

「見通しはどうだ？」。ロバートが尋ねた。

「実に厄介だ、そう思わないか？」。

「ああ、でも他に選択肢はなかった」、とロバートは答えた。大統領は、フルシチョフと正面からぶつからざるを得なかった。「つまり、そうでないと……そうでないと、弾劾されただろう」。

「私もそう思う」、とケネディは言った。「私は、きっと弾劾された」。

ロバートは、これから数日の間に何が起きても、たとえ戦争が始まっても、それは大統領の責任ではないと兄に請け合おうとした。けれども、よい言葉が見つからなかった。

「違うよ、本当に……つまり、もしもそうなっても、もしも兄さんが……そうなるときはなるんだ」。

「戦争になる?」。その晩、モスクワで散歩をしながら、セルゲイ・フルシチョフは父親に尋ねた。

ニキータ・フルシチョフは疲れ切っているように見えた。「核兵器は脅しにも使える」、と彼は言った。「実際に使うのとはまったく別の話だ」。

ハバナでは、フィデル・カストロが、アメリカとジョン・F・ケネディを非難する九〇分のテレビ演説を行った。「われわれは皆、男も女も、老いも若きも、この危機を迎えて一致団結している」。彼は締め括った。「われわれは皆、革命家も愛国者も、運命を共にしよう。勝利はわれわれ皆のものとなる。勝利を、さもなくば死を!」。

ニューヨーク駐在のソヴィエトの外交官たちは、核戦争が起きたら自分の墓にどんな言葉を刻むかと、冗談を言い合った。「ここにソヴィエトの外交官眠る」、とひとりが言った。「祖国の爆弾に殺害されて」。

ペンタゴンでは、壁いっぱいに貼りだされた大西洋の海図を前に、若手の職員が長い棒を使ってアメリカとソヴィエトの船の現在地を書き込んでいた。アメリカ軍の艦隊はプエルトリコからフロリダ半島の先端にかけて長い弧を描くように、キューバへ向かう航路を封鎖している。ソヴィエトの船はその封鎖線に向かっていた。

一方、ソヴィエトの潜水艦は水面下六〇メートルで一日をすごした後、海面付近まで浮上して、暗闇の中で蓄電池を充電した。艦長たちは艦の潜望鏡から目を凝らして外を見た。アメリカ軍の戦闘機が上空を警戒しているのが見えた。

一〇月二四日の早朝、海上封鎖が発効するほんの数時間前に、貨物船アレクサンドロフスクはキューバのイサベラ・デ・サグァ港に入った。たとえば、それまでの歴史で起きたあらゆる戦争で使われた爆弾をひとまとめにして、その爆発力に三を乗じる。それが、アレクサンドロフスクに積まれていた全爆弾の爆発力だった。

「それで、諸君はジャガイモと小麦をたんまりと運んできてくれたのだね」。ソヴィエト軍のアナトリー・グリブコフ大将は船長に冗談を言った。

船長には、誰が貨物の中身を知っているのかが、わからなかった。「私は、何を運んできたのか知りません」。

「心配せんでいい」、と大将は言った。「私は貨物の中身を知っているから」。

アメリカの国民はその水曜日の朝、学校や職場に向かったが、その日も無事に帰宅できるかどうかはわからなかった。

オハイオ州のコロンバスでは、気象予報士がこんなことを言った。「本日の最低気温は九度、最高気温は二六五〇度の予想です」。

テネシー州のメンフィスでは、マンホールの蓋をバールで開けようとしていた男性を警官が制止した。避難場所を探していた、と男性は警官に弁明した。

人々はポータブルラジオを耳に当てながら通りを歩いた。店頭に置いてあるテレビの前には、人だかりができた。アナウンサーは、非常時に鳴る空襲警報について解説した。音程が一定ならば攻撃まで一時間あるという意味、音程が上がったり下がったりする場合は、爆弾がすでに上空にあるという意味だった。

誰にでもわかる。ただし、ほとんどの人には逃げる場所などなかった。

自宅に核シェルターを備えたアメリカ人は、ごく少数だった。大多数は自前の防空壕を作る場所がないか、その気がないか、お金がないかだった。多数の公共の建物に黒と黄色の「放射性降下物《フォールアウト》シェルター」という標識がつけられたが、そのほとんどは食料、水、医薬品などを備えていなかった。一部の建物には、「防災用クラッカー」が何箱か準備してあった——挽き割り小麦《ブルガー》で作った角型の食べ物で、三〇〇〇年は日持ちしそうな代物だ。水の入ったドラム缶が備蓄されているところもあった、水を使ったあとはトイレとして使う算段だ。国全体が民間防衛を真剣に考えてこなかったのだから、今となってはもう遅い。

「アイオワ州は、核攻撃に対する準備ができておりません」。州の民間防衛責任者が、そう宣言した。

役に立たないことを競い合うかのように、ニューヨーク州の民間防衛責任者はこう言った。「市民の多数が懸念するシェルターに関してですが――むろん、当州は何も準備しておりません」。

シカゴの住民は攻撃を受けたらどう対応すべきかと問われた州政府の民間防衛担当責任者は、こう答えた。「身体を何かで覆って、祈ってください」。

「シェルター？　私の知る限り、この辺りにはありませんね」。ロサンゼルス市警察の警官は、必死で電話をかけてくる市民にそう答えた。「見つけたら、私にも教えてください」。

トマス・パワー大将――彼にはシェルターが用意されていた。

SACの司令官、パワー大将は、ネブラスカ州オマハにあるSAC指令本部で、地中へと続くコンクリートの坂道をつかつかと歩いていた。武装警護兵が立つ分厚い鋼鉄の扉を続けて通り抜け、さらに地下深くへ降りていく。

パワー大将は、第二次世界大戦でカーティス・ルメイとともに戦った。彼はルメイと同じく、ソヴィエト連邦からアメリカを救えるのは圧倒的な軍事力による脅威だけだと信じていた。「なぜ、われわれに攻撃を思いとどまらせたいのか？」。一度の大規模攻撃で数千発の爆弾を発射するという軍の計画を疑問視するケネディの顧問に向かって、パワーは怒りを爆発させた。「なぜそんなに、敵の命を救うことを気にかけるのだ？　敵を殺すのが戦争というものだ！

いいか、戦争が終わったときに、アメリカ人ふたりとロシア人ひとりが生き残っていたら、われわれの勝ちなのだ！」。

パワー大将はさらに二重の鋼鉄の扉を抜け、最前線となるSACの司令センターに入った。専門の職員たちが、ボタンやスイッチが並ぶパネルの前に座って忙しく働いている。室内は意図的に暗くしてあり、主な光源は「ビッグボード」――SACの戦闘機と敵軍の位置を表示する巨大な壁面スクリーン――の光だった。

パワーのデスクには、特別な電話機が二台置いてある。金色の電話機と赤い電話機だ。赤い方は世界中に配備されたSAC航空軍団に直接つながる。金色のは大統領との直通電話だ。この電話機は、ベルが六回鳴り終わる前に出なければならない。たとえ何があっても。

パワーは、赤い電話機を作動させた。二〇〇ヵ所以上の基地でブザーが鳴り、司令官から電話だと知らせた。

「パワー大将だ」。彼は話し始めた。「私が諸君に連絡したのは、わが国が直面する事態の深刻さを、改めて諸君にはっきりと伝えるためである」。

パワーはメッセージを暗号化せずに、普通の言葉で電波に乗せた。ソヴィエトが盗聴しているのは、承知のうえだ。彼は、ソヴィエトに聞かせたかったのだ。

封鎖線でソヴィエト船と対峙するまであと数時間となったとき、パワーは史上初めてデフコンのレベルを2に上げた。核戦争の一段階手前の準備態勢だ。

「次なる行動に備えて、各自計画を確認せよ」。司令官はそう続けた。「いかなる状況においても、自分が何をすべきか確信を持てないときは、時間が許せばここにいるわれわれに連絡せよ」。

時間がない場合は？　パワーの口から告げる必要はなかった。各パイロットには、攻撃標的が割り当てられていた。

空軍のパイロットたちは戦闘機に飛び乗り、全国各地の民間飛行場や軍用飛行場へ向かって爆撃機を分散させた。ソヴィエトに攻撃されても、全滅しないための措置だ。水素爆弾を搭載した六〇機のB‐52が、ソヴィエト連邦国境の外側――北極海のグリーンランド北部上空、地中海上空、アラスカ州西岸上空――を旋回する。追って通知があるまで、パイロットは二四時間態勢で飛び続け、空中で給油し、いつでも直ちに標的に向かう準備を整えていた。

「連中は、われわれを脅しにかかっているな」。ニキータ・フルシチョフは、そう言った。的確な見解だ。

ホワイトハウスでは、「緊急時に開封」と書いてある封筒が主要スタッフにわたされた。なかには、避難の際にヘリコプターに乗り込む場所を指示するカードが一枚入っていた――要は、街を出るためのチケットだ。チケットは、ひとり分だった。

エヴリン・リンカンは一瞬の疑念を振り払えなかった。大統領秘書として全力を尽くしてはいるものの、自分の夫を置いて行けるだろうか？

ケネディの側近、ラリー・オブライエンは、自分の妻がどうなるのかを知りたがった。妻は、車に貼る特別なステッカーをもらえるということだった。そのステッカーを貼っている車は、緊急避難の際、他の車に道を譲ってもらえる。ステッカーにそう書いてある。

「それは冗談のつもりか？」。オブライエンは尋ねた。

冗談ではなかった。ばかげているが、大真面目だった。

ペンシルヴェニア州ハリスバーグの軍事基地では、精鋭のヘリコプター飛行中隊が、ある任務のために厳戒態勢で待機していた。命令を受けたらすぐにホワイトハウスへ向かい、芝生に着陸し、大統領をシェルターからひっぱり出してマウント・ウェザーの掩蔽壕にある司令センターまで運ぶ任務だ。ワシントンDCがすでに核攻撃を受けている場合、兵士たちは放射線防護服を着用し、シェルターのドアを破壊してなかに入り、大統領を防護服で覆って脱出する。ケネディが服用するすべての医薬品を入れた、特別なブリーフケースが準備されている。マウント・ウェザーには、大統領の腰痛に配慮した特殊マットレスのベッドも用意してある。

ウェストヴァージニア州の高級ホテル、グリーンブライアとつながる議員用核シェルターには、六〇日分の食料が備蓄されていた。だが、ほとんどの議員はその存在を知らなかった。知ってしまえば秘密を守れない、と思われていた。

ソヴィエト船はキューバに向かって航海を続けていた。アメリカの艦隊はその行く手を封鎖した。四隻のソヴィエトの潜水艦は、水面下から状況を監視していた。

アトランタでは、ラジオを耳に当てながら交通整理をする警官がいた。「まだだ」。彼は、通り過ぎるドライバーたちに最新情報を伝えた。「まだロシアの船はやってこない」。

瞬き

モスクワの中心部で、ひとりのアメリカ人記者が街行く人々のようすを知ろうと、歩き回っていた。モスクワ市民の感情は、さまざまだった——恐怖、怒り、そして何といっても不屈の決意だ。第二次世界大戦の終結から、まだ二〇年もたっていない。ロシア人は戦争によって、大多数のアメリカ人には想像すらできないほど激しく荒廃した祖国の惨状を、耐え忍んできた。必要であればまた耐えてみせる、と人々は記者に語った。

「戦争？　それなら経験済みだ」。あるタクシーの運転手はそう言った。「戦いには慣れているさ」。

ある高齢の女性は、さらに遠慮なく答えた。「あなたのお仲間のケネディさんは、今ここにいなくて幸運でしたね。いたら、私たちの手で八つ裂きにしてやるところよ」。

ホワイトハウスの閣議室ではＣＩＡ長官、ジョン・マコーンが、キューバのミサイル基地建設は昼夜休みなく続けられていると報告した。弾頭貯蔵施設も、さらに建設されているのが確認された。ソヴィエト軍の戦闘準備態勢は、ますます整いつつある。兵器を運搬しているらしき二隻の大型貨物船、キモフスクとユーリイ・ガガーリンは、封鎖線まであと一時間の位置に迫り、四隻のソヴィエト軍潜水艦が護衛している。アメリカの艦船は定位置についていて、ロシア船の進行を阻止せよと命令を受けていた。

大統領の表情は、新しい報告を聞くにつれてこわばっていった。彼は、手のひらで開いた口を覆った。恐れていたあらゆる事態が、一挙に訪れようとしている。

しかも、この先は——どんな状況になるにせよ——制御不能だ。

「なぜ、こんなことになった?」。

「ああ、誰かひとりでもそれがわかっていれば」。

ロバート・ケネディは、机の反対側にいる兄を見た。ふたりはしばらくの間、ただの兄弟に戻って互いを見つめあった。ロバートには、兄が考えていることがはっきりとわかった。「もっとすべきことがあったのではないか? あるいは、すべきでないことが?」。

その場にいた数名が、ソヴィエト船を停止させて検査する手順について話し始めると、ジョン・マコーンが口を挟んだ。

「大統領閣下、たった今、メモを受け取りました」。

すべての会話が止まった。何かを読んだり書き取ったりしていた者も、手を止めた。

「現在キューバ海域で確認されているソヴィエト船は――何を意味するのか私にはわかりかねますが――停止したか、もしくは方向転換した」。マコーンは、一枚の紙を掲げながら言った。何名かが息をのんだ。

誰かが「やれやれ！」、と言った。

ディーン・ラスク国務長官は、当然の疑問を口にした。船は停止した――といっても、その船はキューバに向かうところだったのか、それともキューバから離れるところだったのか？

メモには書いてありません、とマコーンが答える。

「それを確認しようじゃないか」。ケネディが提案した。

マコーンは部屋を出て行った。数分間が長く感じられる。やがて彼が戻ってきた。

「ジョン、どうだった？」。ケネディが尋ねた。

「船はすべて西向きでした、すべてキューバに向かっていました」。マコーンが答えた。「連中はキューバ行きの船を停止させたか、もしくは方向転換させました」。

「睨み合っていたら、相手がふと瞬きしたようなものかな」。ディーン・ラスクが言った。

そうだろうか？ フルシチョフは瞬きをしたのか？

そうかもしれないし、そうでないかもしれない。いずれにせよ、差し迫っていた海上の衝突は回避できた。それは大きい。

しかし、危機的状況が解消したわけではなかった。

その後の七二時間に、さまざまな戦略や対抗手段がとられ、過ちと誤解が重なったせいで、前例のない恐ろしい事態がもたらされた。そのほんの一部でも題材にすればスリラー小説が書けるだろうが、それを読む人は本を投げ出して、「勘弁してくれ、こんなことが起こるはずはない！」、と叫びそうだ。

だが、それは本当に起きた。そうして、世界は破滅の一歩手前まで行った。

何があったかというと、たとえば、危機が最高潮に達していたとき、アラスカにあるアメリカ空軍の早期警戒レーダーシステムが、ソヴィエトのミサイル攻撃に極めてよく似た事象を捉えた。

実は、それは火星に向かう宇宙船だった。

人工衛星スプートニクの打ち上げやユーリイ・ガガーリンの宇宙飛行を成功させたロケット科学者、セルゲイ・コロリョフは、無人の宇宙探査機を赤い惑星、すなわち火星に送りたいと長年夢見てきた。多数のアメリカの爆撃機がソヴィエト国境付近を飛び回っていたその時期に、彼はロケットを発射した。宇宙船は無事に宇宙空間に到達したが、そこで爆発し、破片——アメリカのレーダースクリーンでミサイルに見えた物体——が地球に降り注いだ。

空軍職員は大急ぎで破片の軌道を計算し、その後ようやく、その空飛ぶ物体は北極を越えてアメリカの都市に飛んでくるわけではないと報告できた。

バイコヌール宇宙基地では、コロリョフのチームが次のロケットの発射準備を整え、再挑戦しようとしていた。

そう、彼らは世界のニュースをほとんど気にしていなかった。

ところが新しい命令がモスクワから届いた――次のロケットは、火星探査装置を取り外して二・八メガトンの弾頭を搭載せよ。

特別兵器を載せたソヴィエトの潜水艦四隻は、キューバ東方沖の温暖な海中で監視を続けていた。艦内はあまりにも暑く、料理どころではなかった。乗組員は毎日、野菜のピクルスとコップ一杯の水だけで生きていた。

キューバのミサイル部隊は、雨の降る夜間に、ダミーの弾頭をロケットに搭載する演習を行っていた。本物の水素爆弾は貯蔵施設から搬出され、何台ものトラックに積まれた。車列は時速三〇キロ以下で、夜を徹してミサイル基地に向かった。

アメリカ軍の爆撃機は、ソヴィエト国境上空で旋回飛行を続けていた。攻撃命令が発せられた場合、アルファベットと数字からなる六文字の文字列が、オマハのSACから無線で届く。各機に搭乗する二名のパイロットは、それぞれが離陸前に受け取った封印された封筒に入っているコードと、届いたコードを比較する。すべてが一致したら、割り当てられた標的に向けて任務を遂行する。

その夜遅くワシントンDCのあるバーで、ふたりのアメリカ人記者が、アメリカ軍によるキューバ侵攻が起きたら取材に行かされる可能性について話していた。

「どうやら、行くことになりそうだ」、とひとりが言った。

もしも侵攻が行われたら、行くことになるという意味だ。

ところが、ロシアの内通者であったバーテンダーは、「もしも」の部分をよく聞いていなかった。彼はしかるべきKGBの諜報員に連絡し、アメリカ人記者がキューバ侵攻を報道するために現地に向かうと報告した。

諜報員はソヴィエト大使館にかけつけ、この重大事を伝える。すぐに、アナトリー・ドブルイニン大使がワンタイムパッドでメッセージを暗号化した。電信会社のウェスタンユニオンに電話をかけると、集配係が自転車で電文を受け取りに来る。集配係は街を自転車で回り、他の場所でも電文を受け取って事務所に戻る。

信じがたいが、世界滅亡の瀬戸際にあっても、ワシントンDCとモスクワ間の情報のやりとりはそういう具合だった。

翌一〇月二五日、木曜日の朝、クレムリンで最高会議幹部会が開かれたが、バーテンダーからの情報はまだ届いていなかった。ニキータ・フルシチョフは、会議の冒頭で冗談を飛ばした。「アメリカは怖気づいている」。彼は、含み笑いをしながらそう言った。「ケネディは木のナイフを持ってベッドに入ったんじゃないか」。

誰も反応しない。気まずい沈黙だ。

ソヴィエトの高官たちは、フルシチョフがたびたび口にする的を射た格言には慣れていたが、今回は誰もが首を傾げた。

「木のナ、イ、フとは、どういう意味ですか?」。第一副首相が質問した。

「つまり」、とフルシチョフは説明を始めた。「初めて熊狩りに行く者は、木のナイフを持っていくと言われている――怖くてくそを漏らしても、ズボンからこそげ落としやすいからだ」。

なるほど、わからなくはない。ある程度は。アメリカによるキューバの攻撃はいまだ行われず、さらに一日が経過した。今度は、ケネディ大統領が瞬きをしたのか。

そうかもしれないし、そうでないかもしれない。

ケネディは引き続き、ソヴィエトのミサイルはキューバから排除されるべきだと主張している。そして、貨物船に引き返せと命じたのはフルシチョフだ。フルシチョフは、すべて想定内だと力説した。キューバには、すでに大量のミサイルと弾頭が運び込まれている。フルシチョフは、すべてを配置するために時間稼ぎをしただけだ。

その日の晩、息子と一緒に家の近くを歩きながら、ソヴィエトの指導者は心の内を明かした。ミサイルは国に戻すべきかもしれない、と彼はセルゲイに話した。

セルゲイは動揺した。なぜ、突然退却を？　なぜ、そのような屈辱的な道が選択肢に入るのか？

フルシチョフは、ケネディ大統領が受けているはずの圧力について語った。アメリカ軍はキューバのミサイルを力ずくで取り除くべきだと、ケネディをせき立てているに違いない。だが、それを許してはならない。

それが肝心な部分だった。フルシチョフは、息子にだけあえて真実を話した。キューバのミサイルは、最初からはったりだった。

目的はアメリカ人を自ら招いた災いで苦しませること、彼らにもう少し恐怖を感じさせることだった。そうすれば、世界の勢力バランスは安定する。ソヴィエトはベルリンからアメリカ人を追い出すことに再び集中できるようになり、そこから冷戦の勝利に向けて進んでいける。この計画の弱点は、もしもアメリカがキューバを攻撃した場合、フルシチョフには確かな策がないことだった。どうすればいいのか。ミサイルを発射するのか？　そうなったら、すべては終わりだ。フルシチョフが優位に立つベルリンで攻勢をしかけてもよいかもしれない。だがそれとて、たちまち核戦争に発展するだろう。

アメリカがキューバを攻撃しても、自分は報復しないというやり方はあり得るか？

ケネディと同じくフルシチョフも、不屈であれ、引き下がるな、という圧力を常に受けていた。ひとたび最高会議幹部会と軍の幹部の信頼を失えば、権力の座から引きずり下ろされかねない。投獄される可能性もある。ケネディと同じくフルシチョフも、自分自身の将来への不安と全世界を吹き飛ばしてしまう危険との間で均衡を図らねばならなかった。

帰宅したフルシチョフは、お気に入りの椅子に腰をおろした。レモンティーをすすり、新聞をめくる。それから寝室に上がり、眠りについた。


ミネソタ州北部のダルース空港で真夜中を数分すぎた頃、空軍の警備兵が、ある建物を囲むフェンスを黒い人影がよじのぼっているのに気づいた。その建物には、重要なレーダー機器が設置されていた。警備兵は侵入者に向けて発砲し、走って警報を鳴らしに行った。

警報装置は、五大湖地域全域の基地と空港につながっていた。ウィスコンシン州のヴォルクフィールド空軍州兵基地では誤った警報音が鳴った。破壊工作を知らせるサイレンが鳴るはずのところ、大音量の警笛が鳴って全員が目を覚ました――それは、即時発進を爆撃機に命じる警笛だった。飛行服を着て眠っていたパイロットたちは爆撃機に飛び乗り、エンジンを始動させて温めた。爆撃機には、すでにH爆弾が搭載されていた。パイロットたちは、戦争が始まったと確信して滑走路に向かった。

最初のジェット戦闘機が発進しようとしたところ、一台のジープが滑走路に入ってきてヘッドライトを点滅させ、パイロットに合図した。将校がジープから飛び降りて、ダルース空港に確認したとパイロットに知らせた。アメリカ合衆国は、戦争状態にはない。

ダルース空港では、兵士たちが破壊工作者を捜索した。破壊工作者がよじのぼろうとして破壊したフェンスを詳しく調べ、やがて、飛行場の周辺で出入りした足跡を発見した。足跡の形を見て気づいた者がいた。アメリカグマの足跡だった。

一〇月二六日、金曜日の朝、最高会議幹部会メンバーはアメリカで活動する諜報員からの最新報告を聞いた。アメリカ軍の兵士が、公然とフロリダ州に集結している。アメリカの政治家、報道陣、市中の人々――誰もがアメリカのキューバ侵攻を話題にしている。

ワシントンDCにいるKGBの情報源からメッセージが届いたのは、そのタイミングだった。バーテンダーが小耳にはさんだ、新聞記者が戦争報道のためにまもなくキューバに向かうという情報だ。ニキータ・フルシチョフは、うんざりだった。

「ナジェジダ・ペトロヴナ」。彼は速記者を呼んだ。

速記者は答えた。「いつでもどうぞ」。

戦争というロープの結び目

「いつになっても、私の心配は増すばかりです」。その日の午後、ジョン・マコーンCIA長官はケネディ大統領に伝えた。

ソヴィエトの船が何隻か引き返したが、だからどうだというのか？ 今夜には、さらに二ヵ所のキューバのミサイル施設で、発射準備が整うはずだ。

海上封鎖は奏功しなかった。

「隔離だけでは排除できそうにない」。ケネディは、ミサイルについてそう述べた。軍の幹部は、相変わらず空爆とそれに続く侵攻を主張した。だがそれでは、空爆を逃れたミサイルを発射する猶予をソヴィエトに与えてしまう。

「ということは」、とケネディが議論をまとめた。「いまだに、やつらが実際にミサイルを発射するかどうかが問題だということか」。

最初にキューバでミサイルが発見されてから一〇日がたち、大統領はひと回りして最初の立ち位置に戻っていた――アメリカ軍がキューバに侵攻してミサイルを取り除く。しかも、実行のタイミングが延びるほど任務の危険は増す。

「やつらが持っているのは、非常に物騒な代物です」、とマコーンは言った。「侵攻部隊を相当苦しめるでしょう」。

四隻のソヴィエトの潜水艦が南方への出航を命じられたのは、戦うためだ。四隻は、一隻ずつその機会に遭遇した。

ニコライ・シュムコフ艦長は、急速充電するために艦を海面近くまで浮上させた。一ヵ月近い航海を経てB-130のディーゼルエンジンは三基の内二基が動かなくなっていた。バッテリーも、かろうじて残っている状態だ。そして目前に迫る懸念が、アメリカ海軍の恐るべき対潜部隊、ハンターキラーグループによる追跡だった。

アメリカの艦船に接近され、シュムコフは自艦を一三七メートル潜航させた。それでも、敵艦の網からは逃れられない。敵艦が一定間隔で発するソナーの音波が、金属製の艦体に反射するため、何もかも丸わかりだ。

爆雷が一発、潜水艦の外の海中で爆発し、その後も次々と爆発した。

アメリカ軍が、潜水艦を浮上させる目的で行っている可能性が非常に高い。潜水艦の破壊が目的ならば、もっと破壊力の大きい爆弾を使用するはずだとシュムコフにはわかっていた。

だが、出港前にサイダ湾で会った最高司令官たちには、顔を叩かれないようにしろと言われたではないか？

爆雷が一発、艦体に直接当たり、耳をつんざく大爆音を立てて潜水艦を大きく揺らした。ニコライ・シュムコフは、自艦が装備している核魚雷の威力を知っていた。自分も実験に加わり、爆発を目撃したからだ。これを使えば、海上のアメリカ軍の艦船がどれほど強大でも、全滅するだろう。そして、自分と部下たちも死ぬ。彼には、外の世界で何が起きているのかを知る術がなく、考える時間もなかった。

シュムコフ艦長は浮上を命じた。第三次世界大戦がまだ始まっていなければ、少なくとも自分が口火を切ったことにはならない。

潜水艦は海面に出た。乗組員が、艦橋につながるハッチを開ける。シュムコフは梯子を登って新鮮な外気のなかに立ち、驚くべき光景に見入った。彼は、アメリカの艦隊に完全包囲されていた。

アメリカの駆逐艦が、大型の発光信号機で信号を送ってきた。潜水艦の通信士が信号を読み取る。

「向こうは、『助けが必要か？』、と尋ねています」。

シュムコフは、笑うしかなかった。「もちろんだ」、と彼は言った。「ディーゼルエンジン二基、真水一トン、それと生野菜でどうだ？」。

そしてつけ加えた。「今のは送るなよ」。

ニキータ・フルシチョフからの緊急メッセージが、当時の通常ルートでケネディに届いた。メッセージはまずモスクワのアメリカ大使館に届き、アメリカ人職員が英語に翻訳してから暗号化し、電信でワシントンDCの国務省に送り、暗号が平文に直され、手わたしでホワイトハウスに届く。

この手順には一二時間かかる。

「フルシチョフ本人が書いているようです」、とルウェリン・トンプソンは言った。「協議も編集もなさそうです」。トンプソンはソヴィエト連邦駐在大使をした経験があり、フルシチョフをよく知っていた。「彼は苦悩しています。相当なストレスがかかっていると思われます」。

ケネディは、自分宛ての手紙を読んだ。長文で、感情が込められ、奇妙なほど個人的な内容だった。いくつか、特に印象的なくだりがあった。

「もしも、戦争が始まってしまったら」、とフルシチョフは書いていた。「われわれの力では止められなくなるでしょう。それが、戦争の論理だからです。私はふたつの戦争に参加したので、知っています。戦争は、数々の都市や村を破壊し、いたるところに死をもたらすまで、終わらないのです」。

そしてフルシチョフは、目を疑うような提案をしていた。もしも、ケネディがキューバに侵攻しないと約束するのなら、ソヴィエトはキューバ島からミサイルを撤去するというのだ。

「大統領閣下、われわれもあなたも、それぞれが端を持つロープの戦争という結び目をもう引っ張るべきではありません。お互いが強く引っ張り合えば、結び目はますます固くなります。そして、あるところまで行くと、結んだ本人にさえほどけなくなるかもしれません」。

これがそうなのか？　危機を脱する道なのか？　それとも、またフルシチョフにだまされるのか？　ケネディは時間をかけて考える必要があった。


ニーナ・フルシチョワは、確認のため、クレムリンにいる夫に電話をかけた。ニキータは、今夜は帰らないと妻に伝えた。彼は執務室のソファーで眠れぬ夜をすごした。

フィデル・カストロも眠れずにいた。午前二時、彼はハバナのソヴィエト大使館に車で駆けつけ、アレクサンドル・アレクセーエフ大使を起こした。アメリカからの攻撃が間近に迫っていると確信していたカストロは、ニキータ・フルシチョフに必死で助けを求めるメッセージを、口述し始めた。

アレクセーエフが口を挟む。彼はスペイン語がとても上手かったが、自分が聞いた内容が聞き間違いでないかを確かめたかった。「あなたが言いたいのは」、と大使は尋ねた。「つまり、われわれが核で先制攻撃をすべきだということですか？」。

「違う、私はそこまで遠慮のない言い方はしたくない」、とカストロは答えた。「しかしこのままでは、どのみちこちらが先か、向こうが先か、となる。もしも、先制攻撃を受ける側になりたくなければ、もしも核攻撃が避けられないなら、やつらを地球上から消し去ってもらいたい」。

アレクサンドルは、青ざめながらその言葉を筆記した。彼は、モスクワにメッセージを送るために、時間のかかる手順を開始した。

その日——一〇月二七日、土曜日——朝を迎えたフルシチョフの気分は、幾分回復していた。もうひと晩、生き延びられた。シャワーを浴び、髭を剃って朝食をとり、最高会議幹部会を開いてアメリカの大統領に新たな手紙を書いた。新しい要求を盛り込んだ手紙だ。

フルシチョフは、ワシントンDCまで一二時間かかるルートはやめて、手紙をモスクワ放送で放送することにした。全世界が聞くことになる。そうすれば、またケネディがプレッシャーを受ける。次は、彼が難局で指す番だ。

アラスカ州は真夜中だった。U-2に搭乗したアメリカ空軍のチャールズ・モルツビー大尉は、フェアバンクスに近いアイルソン空軍基地から北方へ離陸し、アラスカ州の北海岸を越えて上昇し、北極海に向かった。ソヴィエト国境近くで大気の試料を採取し、最新のソヴィエトの核実験を監視するのが彼の任務だった。

当然ながら、誰かがこの飛行の延期を考えるべきだった。ひとつの小さな過ちが大惨事をもたらしかねないような世界情勢が落ち着くまで、この飛行は延期しても問題ないと誰かが指摘すべきだった。だが、誰もそうしなかった。

それでも、大丈夫なはずではあった。チャールズ・モルツビーは、経験豊富なパイロットだ。ソヴィエト領空に入り、一六〇キロも飛行するはずなどなかった。

ところが、地球の磁北極に近づいた頃、問題が起きた。真下が「北」なので、コンパスの針が揺れたり回転したりして北を示せない。だがそれは想定内であったため、モルツビーも、数百年前から船長たちが海上で行ってきたように、星図と六分儀を使って操縦する心づもりはあった。だが、彼にとって想定外だったのは、オーロラ・ボレアリス——北極光——だった。太陽から放出される荷電粒子が、北極上空の大気に含まれる原子にぶつかって美しい色に発光する、驚嘆すべき現象だ。モルツビーは、緑色の光線が躍る空で、星をはっきりと見分けられなくなった。

眼下に目印はなく、コンパスも六分儀も使えない状況で、モルツビーは正しい行動をとった。方向転換したのだ。

しかし、彼が取った方向は、やむを得ないが、正しい方角からほんの少し外れていた。

ソヴィエト連邦の北東の最果てにあるレーダー基地では、アメリカが攻撃してくる兆候がないかと、職員が常に監視していた。攻撃が始まった場合、最初にレーダーでとらえるのは、北極を越えて飛来し、最短ルートでソヴィエト各都市へ向かおうとするアメリカの爆撃機だろう。その日の早朝、レーダー技士が発見したのは、北極から速度を落としながらソヴィエト連邦の国境を越えてくる正体不明の飛行機だった。

最終提案

土曜日の朝、ホワイトハウスの閣議室では、ニキータ・フルシチョフから届いた「戦争というロープの結び目」について記した手紙が検討され、かすかな希望の光が差した。

「彼は恐れている」。ロバート・マクナマラが言った。

ケネディ大統領が頷く。ケネディは地球上でただひとり、ソヴィエトの指導者の恐れがどの、ような、ものかを正確に理解できる人間だった。

フルシチョフが、アメリカが侵攻しないと誓うのなら、自分はキューバからミサイルを撤去すると提案しているのは朗報だ。彼は、折れようとしているらしい。閣議室で議論が始まりかけたところに、AP通信の速報を手にした側近が飛び込んできた。

ケネディが、紙きれに印字されたニュースを声に出して読んだ。「本日、フルシチョフ第一書記はケネディ大統領宛てのメッセージにおいて、アメリカがトルコからミサイルを撤去すれば、ソヴィエトもキューバから攻撃用兵器を撤去すると述べた」。

ソヴィエトの指導者はたった今、ラジオでこの声明を発表したらしい。

何人かが一斉に口を開き始めた。何ごとだ？　フルシチョフは昨日の手紙では、侵攻しないというケネディの約束と引き換えにキューバにあるソヴィエトのミサイルを撤去すると提案していたではないか。今度は、アメリカはトルコからミサイルを撤去せよと要求している。彼はひと晩で態度を変えたのか？

「たいへん奇妙ですね、大統領閣下」。マクジョージ・バンディ国家安全保障担当補佐官が言った。

「われわれとしては」、とケネディが苛立ちをにじませながら言う。「これが彼らの新しい、最新の見解だと考えるべきだろう」。

「一度条件を出しておきながら、返事も待たずにまた条件を変えてくるような相手と、どう交渉するというのだ？」。マクナマラは尋ねた。

「最初の決定は、モスクワで覆されたのに違いありません」、とバンディが言った。

フルシチョフの最初の提案はパニック状態で行われ、今回の新しい提案は多少落ち着いた状態で書かれたのかもしれない、と的確に推測する者もいた。いずれにしても、側近の大多数が同意したのは、大統領は取引に応じるべきではないという点だった。ソヴィエトの圧力に屈してはならない。さもなければ、アメリカは同盟国から、そして世界中から、威信を失ったと見られる。

周りから言うのは易しい。だが、決断せねばならない者にとっては、とても難しい。

「たとえば――今日か明日のうちにすべきことは何だろう」。ケネディが言った。

アメリカがキューバを攻撃したとする。ソヴィエトがミサイルを発射したとする。そうなれば、もう後戻りはできない。だとしたら、フルシチョフからのキューバとトルコの交換条件は、すばらしく魅力的に見えてくる。


「問題が起きた」。

アラスカ州のアイルソン空軍基地で寝ていたフレッド・オキモト中尉はそう言われ、揺り起こされた。ベッド脇に立つ男は、チャールズ・モルツビーが搭乗するU‐2が消息を絶ち、ソヴィエト領空に入った可能性があると説明した。

オキモトは暗闇に包まれた基地を横切り、U‐2の格納庫まで急いだ。二階へ上がり、彼がモルツビーの飛行ルートを練って星図を準備した小さなオフィスに行く。今すぐパイロットを帰還させる方法を考えなくてはならない――飛行機の正確な位置を知る術はないけれど。

オキモト中尉は、窓の外を眺めながら考えた。アラスカ州中央部の空は真っ暗だ。けれども、東の低い山々の上にほのかな赤い光の帯がちらちらと見えた。そこで、オキモトにある考えが浮かんだ。

彼は無線でモルツビーを呼び出し、日の出が見えるかと尋ねた。

「見えない」、とモルツビーは答える。まずい。つまり、機体はアラスカ州からはるか西、ソヴィエト領空の数百キロ内側にいるということだ。

「左へ一五度旋回せよ」。オキモトは、パイロットに指示を出した。

モルツビーには、アラスカ州からの無線はかすかに聞こえるだけだ。近くの無線局からは、もっと強い信号が届いている。ヘッドホンのなかで、ロシア民謡が鳴る。モルツビーは、肺が縮み上がるような気がした。耳の奥で、自分の血液が脈打つ音がする。

恐ろしい考えが浮かぶ。「俺は、第二のフランシス・ゲイリー・パワーズになるのか」。

正午過ぎ、ロバート・マクナマラ国防長官は自ら車を運転してポトマック川を渡り、ペンタゴンに向かった。一週間ほど、執務室の簡易ベッドで数時間眠るだけの日が続いた。疲れ切っていた。

マクナマラは壁に巨大な世界地図を貼った作戦会議室、「タンク」に入った。参謀総長が全員集まり、キューバのミサイルを破壊する作戦をまとめ上げていた。

「具体的な内容を教えてくれないか?」。マクナマラは尋ねた。

まず大規模な空爆から始めます、とカーティス・ルメイ大将が説明した。その後すぐに総力を上げて侵攻します。「実行は、日曜か月曜です」。

今日は土曜日だ。

当惑したマクナマラは、ミサイル基地にいるロシア兵をあまり殺さずにミサイルを排除できるかどうかを知りたがった。

ルメイが反発した。「正気の沙汰とは思えませんな」。

緊迫したやりとりのさなかに、アラスカから知らせが入った。U-2が一機、コースを外れてソヴィエト領空に入り込み、ソヴィエトのジェット戦闘機六機に追跡されている。フルシチョフはこう考えているはずだ。「なぜ今？」。アメリカはなぜ今、偵察機を送り込んでくるのか。これから爆撃機で襲いかかるので、最後の偵察をするとでもいうのか？

血の気を失ったマクナマラが叫ぶ。「これでは、ソヴィエト連邦と戦争になる！」。

大統領が昼食前の水泳を終えると、国防長官からU-2の件で電話が入った。ケネディは、すぐに騒ぎ立てるタイプではない。にわかには信じがたいというように、笑うしかなかった。今こそ、モスクワと電話で話すよい機会ではないか。ニキータ・フルシチョフに、彼の国がすぐにも地図上から消し去られるわけではないと知らせてやろう。

それが可能でさえあれば。

腹が立つし、これほどばかなことはないが、大統領にできるのはただひとつ、ソヴィエトがU-2の領空侵犯に過剰反応しないようにと願うことだけだった。戦争の引き金となりかねないできごとはいくらでもあるのに、ケネディがコントロールできるのはその内のごくわずかだったとわかる苦い事例のひとつだ。

フレッド・オキモトの指示によって、チャールズ・モルツビーは救われた。おそらく全世界も救われた。

一〇時間近い飛行で燃料は底をつきかけていたが、モルツビーはアラスカ州の最西端、コッツビューにあるレーダー基地の凍った滑走路に着陸した。キャノピーをどうにか開いたものの、凍えて痺れた脚では立ち上がれず、レーダー技術者の手を借りなくてはコクピットから出られなかった。そんな彼が最初に求めたのは、少しばかりのプライバシーだ。

「膀胱が爆発しそうだった」、と彼は後に語った。「だからちょっと失礼して、機体の反対側まで足をひきずっていった」。

パイロットが無事に戻ったという一報は、ケネディにとてつもない安堵をもたらした。しかし、気を緩める暇はなかった。

エクスコムのメンバーが集まると、さらに悪い知らせが届く。U‐2でキューバ上空を飛ぶ任務にあたっていたパイロット、ルドルフ・アンダーソンが戻らない。それ以上のことは、まだわからなかった。

チームは、ふたつの異なるフルシチョフのメッセージにどう応えるかという厄介な問題に取り組んだ。夜までに決断しなくてはならない。ケネディは、どのような案を提示することになろうと、それを最終提案にすると強調した。それで、モスクワが直ちにミサイルを撤去すると合意しなければ、アメリカ軍が仕事を始めるまでだ。

全員が、急いで最後通牒の文言を検討しはじめた。それぞれが書き換えや言葉の差し替えを主張し、お互いの文章を批判してばかりいる。誰もが疲れ、いら立っていた。

「どうだろう、誰か……」と、ケネディが口を開き、言い直した。「われわれは、どんなメッセージを送るか決めなきゃならない」。

「われわれだけでやってみるのはどうかな」、とロバート・ケネディが提案した。「大統領抜きならば、細かいことを言われなくてすむからね」。

ロバートでなければ、そんなことは言えなかった。

ヴィタリ・サヴィツキー艦長も、最終判断を迫られる事態となった。

ケネディのチームがワシントンDCで協議していた頃、サヴィツキー艦長が率いるソヴィエトの潜水艦B‐59は水深三〇〇メートルの海中でアメリカの対潜部隊、ハンターキラーグループに囲い込まれていた。敵のソナー音が絶え間なく自艦内に反響して、拷問のようだ。艦内の温度は五〇度近くになり、エンジンコンパートメントの温度は六〇度まで上昇した。汗だくの乗組員は、空気を求めてあえぐように呼吸する。誰かが息を吐くたびに酸素濃度が低下し、二酸化炭素濃度が上昇して、致死レベルに近づいていく。

爆雷が潜水艦の周囲でいくつも爆発し始めた。警告目的なのか殺害目的なのか、艦長には判断がつかない。

「絶対に浮上しないぞ！」。サヴィツキー艦長は乗組員に宣言した。

敵に追い込まれて浮上させられるのは屈辱だ。しかも、浮上は命令違反にもあたり、万が一帰国できたとしても恐ろしい目に遭わされかねない。だが、浮上しないのならば、選択肢は限られてくる。バッテリーの残量はわずかで、時速五キロがやっとの状態だ。逃げるのは不可能だった。

爆雷が潜水艦を直撃し始め、バケツをハンマーで叩くように艦体にぶつかってくる。乗組員は酸素不足で、文字どおりばたばたと倒れていった。攻撃を受けていると確信し、怒りに燃えたサヴィツキー艦長は、核魚雷担当の士官を呼びつけた。

「特別兵器を用意しますか？」。士官は尋ねた。

「そうしろ」、とサヴィツキーは命令した。「二番発射管準備」。

最初の発砲

ケネディとチームが引き続きフルシチョフにどう返答すべきかを協議していると、補佐官が入ってきてロバート・マクナマラにメモをわたした。

「あのU-2は」、とマクナマラが口を開く。キューバで行方不明になった偵察機を指しているのは、みんな承知だった。「あのU-2は、撃墜されました」。

ケネディが動揺した声で言う。「あのU-2が撃墜されただと?」

「はい、撃墜されたとわかりました」。

「パイロットは死亡したのか?」。ロバート・ケネディが尋ねた。

マクスウェル・テイラー大将が、短報に目を通した。「パイロットの遺体は、機内に残っています」。

ルドルフ・アンダーソンは、キューバミサイル危機で命を失った最初のひとりとなった。またしても、ケネディのコントロールが及ばないところで起きた事件が、世界を崖っぷちへと押し進めた。

「われわれは、これをどう――」、とケネディが言いかけた。

「われわれは、これをどうとらえるべきでしょうか？」。マクナマラが大統領の言葉を引き継いだ。

フルシチョフは、偵察機は非武装だと知っている。なぜ撃ち落としたのか？　なぜ今？　何らかのシグナルなのか？　交渉には手遅れなのか？

「向こうが先に発砲しました」、とマクナマラの補佐官のひとりが言った。

ケネディは同意した。「まったく新しい段階に入ったな」。

誰もが怒り、報復したがっていた。テイラー大将は、即時攻撃を訴えた。少なくとも、アメリカの偵察機を被弾させた対空砲は始末せねばならない。

「夜明けにでも攻撃すべきだ」、とマクナマラも同意した。

しかしまたもや、ケネディは即断に抵抗した。

短い休憩をとることになり、ロバート・マクナマラは外に出た。ワシントンDCの夕空に筋をひくように重なるさまざまな色を見上げながら、夕焼けを見るのもこれが最後だろうかと考えた。

そのとき、カリブ海で何が起きているかは知らないまま。

◉カリブ海、キューバ沖を航海するソヴィエトの潜水艦 B-59

サヴィツキー艦長が率いるB－59潜水艦の魚雷担当員が、先端を紫色に塗装した特別兵器を二番発射管に装塡した。標準的な手順では、この兵器を発射するにはふたりの士官の許可が必要となる――この艦の場合は、艦長と、ソヴィエト政府代表として乗り込んでいる政務官だ。それぞれが、独自の鍵を持っている。特別兵器の点火装置を作動させるには、そのふたつの鍵を合わせて使わねばならない。

サヴィツキー艦長と政務官は、それぞれに鍵を取り出した。

他の潜水艦であれば、これで条件は満たされた。魚雷は発射されたはずだ。アメリカの艦船は、湧き上がるキノコ雲の下で吹き飛ばされ、粉々になったに違いない。そして、どうなるか？　ケネディ大統領は、ソヴィエトから何がしかの攻撃を受けた場合は、「全面的な報復措置」を取ると警告していた。

しかし、そういうことは起きなかった。それは、ソヴィエトの潜水艦四隻全体の小艦隊司令官、ヴァシーリイ・アルヒーポフがたまたまこのB‐59に乗艦していたからだ。アルヒーポフはその前年に起きた、原子力潜水艦K‐19の大惨事から生還した。途方もないプレッシャーのなかで平常心を保つ経験を積み、急性放射線症の恐ろしさを目の当たりにしていた。

「だめだ！」。アルヒーポフは命じた。「発射条件を満たしていない」。

「上ではもう、戦争が始まっているかもしれんのだ！」。サヴィツキーが叫ぶ。「今すぐ、奴らを吹き飛ばしてやる！　われわれも死ぬが、奴らを全員沈められる――わが艦隊の恥をさらすわけにはいかん！」。

またしても爆雷が潜水艦に命中し、乗組員は衝撃で投げ出されて膝をついた。防水シールが破裂して、緑色の海水が吹き込んでくる。

ヴァシーリイ・アルヒーポフは、落ち着きを失わなかった。彼は、サヴィツキーの腕をつかんで言った。「そんなことはできない」。

「二番発射管用意」。サヴィツキーは命令する。

アルヒーポフは、引き下がらなかった。アメリカ海軍は今投下しているものよりもずっと強力な爆弾を持っているはずだ、と彼は主張した。とっくにこの艦を沈めることもできたはずだが、そうしていない。もしもB‐59が特別兵器を発射したら、われわれが戦争を始めることになってしまう。

サヴィツキーとアルヒーポフは、長い間睨み合った。

「攻撃中止」。ついにサヴィツキーが言った。「浮上の準備をせよ」。

モスクワは、真夜中過ぎだった。ニキータ・フルシチョフは自宅でお気に入りの椅子に座って紅茶を飲んでいた──ちょうどそのとき、名も知らぬひとりの男が世界を救ったとは知らずに。

彼は、やはり自分のコントロールから抜け落ちる事態がいくつかあると感じていた。U‐2偵察機によるソヴィエト領空侵犯は、恐るべき瞬間が世界にもたらされるという警鐘となった。そして、また別のU‐2がキューバ上空で撃墜されたという報告もつい今しがた届いた。そのような許可はしていない。現地の司令官がやってやろうと決断しただけだ。それでもアメリカが報復に出たら、どうなるのか？　九七〇〇キロ離れたところにいるフルシチョフには、そのような暴力行為を食い止める手立てはなかった。

さらに悪い知らせが届く。クレムリンに泊まりこんでいた外交顧問、オレグ・トロヤノフスキーが電話をかけてきて、フィデル・カストロから常軌を逸した内容のメッセージが届いていると言う。カストロは、キューバは今にも攻撃を受けそうだとフルシチョフに伝えたいらしい。トロヤノフスキーが、主要部分を電話越しに読み上げた。「今こそ、このような危機に対する永遠の終止符について考えるべきでしょう。どれほど困難で恐ろしい決断であろうと、私の考えではこれ以外の解決策はありません」。

「なんだと？」。フルシチョフは、恐ろしさのあまり息をのんだ。「われわれに核戦争を始めよと提案しているのか？」。

「そのようです」。

今夜は多少休めるかもしれないという希望は吹き飛んだ。フルシチョフはニーナとセルゲイに、明朝はモスクワ郊外にある政府の保養施設、ノヴォオガリョヴォで、最高会議幹部会のメンバーと会う予定だと伝えた。彼はふたりに、その近くにある家族のダーチャへ行ってはどうかと勧めた。モスクワを離れるのに、ちょうどよい日和になりそうだから。

ジャクリーン・ケネディと子どもたちも、放射性降下物が降り注ぐ可能性のあるワシントンDCを離れて、ヴァージニア州の郊外にある別荘で週末をすごしていた。大統領は電話で家族と話したあと、側近中の側近だけをオーバルオフィスに集めた。

彼らは、フルシチョフ宛ての、ケネディからの公式書簡をまとめ上げた。ケネディは、フルシチョフから届いた「戦争というロープの結び目」の手紙に記されていた提案――ソヴィエトはキューバからミサイルを撤去する、そしてアメリカは手紙にあったとおり、「キューバ侵攻を行わないと確約する」という提案を受け入れた。キューバのミサイル基地における全活動の即時停止を求める厳しい内容も盛り込まれ、他方で、フルシチョフのふたつ目の手紙にあった要求、トルコからアメリカのミサイルを撤去する件については何も言及しなかった。

戦争を回避しつつ危機を解決するための、ケネディの最後の一手だった。その点を念頭に置き、彼は最も信頼する人物、弟のロバートに特別な任務を依頼した。ケネディにはもうひとつ、フルシチョフに伝えたいメッセージがあった。文字では伝えられないメッセージだ。

ロバートは理解した。彼は電話機を取り、駐米ソヴィエト大使、アナトリー・ドブルイニンに電話した。

三〇分後、日頃から怒りっぽいロバートがまた爆発するのではないかと覚悟しながら、ドブルイニンは司法省のロバート・ケネディの執務室にやってきた。だが、ロバートがいつものようにやり合う気分でないのはすぐにわかった。何日も寝ていないようすで、怒っているというよりは恐れているように見えた。

「われわれは、非常に厳しい重圧を受けている」。ロバートはそう切り出した。そして、ケネディからフルシチョフに宛てた書簡の写しをドブルイニンに手わたした。文章は報道陣に公開されているので、モスクワにも通常のような長い時間を経ずに伝わるはずだ。ロバートは、書箇の核心部分を改めて説明した――もしもフルシチョフがキューバのミサイルを撤去しないのなら、アメリカが排除する。

「戦争が始まる危険性は、非常に高い」、とロバートは言った。「現在の流れを止めるのは難しくなる。軍の将官たちは、戦争をしたくてうずうずしている。彼らは戦いたくてしかたがない。押さえが利かなくなり、取り返しのつかない結果になる可能性がある」。

ドブルイニンは、これは脅しかと尋ねた。

「事実を述べているだけだ」、とロバートが答える。

「トルコはどうするつもりだ？」。ドブルイニンが質問した。

それは、慎重な対応を要する問題だ。だからこそロバートは大使を呼び、トルコに配備したアメリカのミサイルについて、内密のメッセージを直接伝えたかった。大統領はいずれトルコのミサイルを撤去する、とロバートは話した。四、五ヵ月後には撤去されるだろう。ただし、大統領はこの提案を公に認めるわけにはいかない。交渉のこの部分は断じて口外してはならず、それができないのなら取り下げる。ソヴィエトの指導者には、一日で決断してもらいたい。

「もう時間がない」。ロバートは言った。「われわれはこのチャンスを逃してはならない」。

ジョン・F・ケネディと補佐官のデイヴ・パワーズが、ホワイトハウスの居住階で遅い夕食のローストチキンを食べていると、ロバートが入ってきた。

「どうだった?」、と大統領が尋ねる。

メッセージは届けた、とロバートは報告した。彼は骨つきの鶏もも肉をつかみ取り、ドブルイニンとの話のあらましを伝えた。その口ぶりでは、楽観視はできそうにない。デイヴ・パワーズはあたふたと口を動かし続けた。

「やれやれ、デイヴ」。ケネディは、冗談めかして言った。「そんなふうにチキンをたいらげてワインを飲み干していたら、誰だって最後の晩餐かと思うぞ」。

パワーズが答えた。「ロバートの話を聞いたら、これが私の最後の晩餐になると思ったんだよ」。

モスクワ時間

日曜日の午前一〇時、白樺の森に囲まれた二階建ての邸宅、ノヴォオガリョヴォの正面にニキータ・フルシチョフの車が止まった。

「新しい情報は？」。フルシチョフは車を降りながら、オレグ・トロヤノフスキーに聞いた。

「ケネディから書簡が届いています」、とトロヤノフスキーは答えた。「夜中にアメリカのラジオで放送されました」。

「なかに入ろう。すべては入ってからだ」。

幹部たちが長いダイニングテーブルの周りに座っていた。それぞれの前には、重要書類が入ったファイルが置いてある。情報部門からの最新報告によれば、アメリカはカリブ海で攻撃を始める準備を整えて、本日中か明日にでも攻撃を開始する可能性が非常に高い。

第一書記は、冒頭で冗談を言わなかった。もう、木のナイフの話はしない。トロヤノフスキーが、ケネディ大統領の書簡を声に出して読み上げた。ケネディは、ソヴィエトのミサイル撤去と引き換えにアメリカはキューバに侵攻しないと約束すると提案している。大統領のメッセージは、警告でしめくくられていた。「このような脅威が継続すると」、とトロヤノフスキーはゆっくりと、落ち着いた声で読んだ。「必ずやキューバ危機の増大を招き、世界平和に深刻なリスクが生じるでしょう」。

室内が静まり返った。フルシチョフはテーブルを見渡し、意見が出るのを待った。

最高会議幹部会の面々は、すでに何度も見たはずのページをめくりながらファイルの書類を眺めるばかりで、誰も口火を切ろうとしない。

フルシチョフは状況を理解した。彼らをこのような窮地に引き込んだのは、自分だ。自分こそが、痛みを伴う言葉を語るべきなのだ。

「われわれは、戦争、そして核による大惨事に直面してしまいました。人類滅亡という結果を招きかねない危機です」。彼は、幹部に向かってそう語った。真に勇気ある行動、敵にミサイルを向けたり戦争を起こすと脅したりするよりもはるかに勇気を必要とする行動によって、「世界を救うため、われわれは撤退せねばなりません」。

そこから車で一〇分ほどの場所にある家族用のダーチャで、セルゲイ・フルシチョフは部屋から部屋へ行きつ戻りつしながら、最高会議幹部会はどうなっているかと案じていた。

母は座ってテレビを見ている。なぜそんなに落ち着いていられるのかと、彼には不思議だった。

セルゲイはクレムリンの父の執務室に電話をかけて、最新情報を知ろうとした。

「みなさん、まだ会議中です。会議は別の場所で行われています」、と職員が教えてくれた。

「終了時刻は、わかりません」。

いけないとはわかっていたが、セルゲイはほど近いところにある政府のダーチャの番号をダイヤルした。ばかげた言い訳をとっさにひねり出し、父は自宅に戻って昼食をとるかと尋ねた。

電話に出た兵士は、最高会議幹部会は昼食時までに終わりそうにないと述べた。

「何かあったのですか？」。セルゲイは聞いた。

「何もありません」。

兵士は電話を切った。

セルゲイはラジオをつけた。音楽、そして定時ニュースが流れる。彼は、ラジオをつけておくことにした。念のためだ。

ノヴォオガリョヴォでは、幹部たちがケネディの提案について話し合いを始めたばかりだった——さほど悪くはない。少なくともミサイルと引き換えに何かを得られる——そのときオレグ・トロヤノフスキーに電話が入り、彼は廊下で電話に出て、手書きのメモを持って戻ってきた。ワシントンDC駐在のドブルイニン大使から電報が届いたと、彼は説明した。

「読んでくれ」、とフルシチョフが言った。

昨夜のロバート・ケネディとの短い会見に関する、ドブルイニンの報告だった。重要な点は、トルコからアメリカのミサイルを撤去するという、ケネディ大統領の内密の提案だ。

「それで、諸君はどう思うかね？」。フルシチョフが言った。

沈黙が続く。

フルシチョフは、まるで自分自身に語りかけるように、声に出しながら考えをまとめた。ケネディは助けを乞うている。トルコの件を追加してきた大統領は、「手遅れになる前にどうか私の公開メッセージを受け入れてほしい」と懇願しているのだ。交渉のその部分は、なぜ秘密でなければならないか？　もちろん、自分の政治的立場や自らのイメージを考えてのことだ。彼は、この決戦に「勝った」と世界から思われたい。よろしい、それならば受け入れられる。アメリカから得る見返りを考えればよい――キューバに侵攻しないという誓約、加えてトルコに配備されたミサイルの撤去だ。

全員が賛成した。部屋の雰囲気が和らいだ。まるで、ついに危機が去ったかのようだった。

廊下の電話が再び鳴った。ドアが開いて、セミョーン・イワノフ上級大将が職員に手招きされた。彼は部屋を出て電話を受け、新しい知らせを聞いて戻ってきた。アメリカの新聞によると、ケネディ大統領は本日の午後五時、国民に向けてテレビで演説するらしい。

「五時とは、どこの時間だ？」。フルシチョフが聞いた。

イワノフはメモを確認した。「モスクワ時間です」。

ワシントンDCでは朝の一〇時だ。著しく憂慮すべき事態だった。これまでアメリカ大統領は、日曜日の朝にはテレビ演説を行っていない。ケネディがアメリカ国民に伝えたいのは、きわめて重大なことに違いない。アメリカ軍がキューバに侵攻するという発表以外、あり得ないのでは？　軍に押し切られたのに決まっている。結局は、キューバ侵攻に踏み切るつもりだ。そうなれば後戻りはできない。あとどれくらい猶予があるのか？　数時間か？　フルシチョフはマリノフスキー国防大臣に、至急キューバのソヴィエト軍司令官に伝えよと叫んだ。「誰もミサイルに近づいてはならない。発射命令は無視せよ！」。

マリノフスキーは、慌てて部屋を出て行った。

次はケネディにメッセージを送らなくてはならない。通常の暗号化された電報では間に合わない。彼は速記者に向かって言った。「さあ始めよう、ナジェジダ・ペトロヴナ」。

最高会議幹部会のメンバーのひとり、レオニード・イリイチョフが、大急ぎでタイプされた書簡の束を持って建物を飛び出した。黒い政府公用車に飛び乗ると、運転手は猛スピードで森を抜け、市街地に向かう混み合った道を走らせた。渋滞する車の間をすり抜け、クラクションを鳴らしながら赤信号を突っ切り――モスクワでは違法行為だが――モスクワのラジオセンタービルに到着した。イリイチョフは、車がまだ停止しないうちに外へ飛び出した。

ロビーでは、ラジオ局の職員が待ち受けていた。

「何階だ？」。イリイチョフがエレベーターに駆け込みながら叫ぶ。

ぼろぼろのエレベーターは、きしみながらゆっくりと上昇した――そして、ふたつのフロアの間で停止した。

ラジオ局の職員がエレベーターの外に集まってきて、修理担当者を呼んだから大丈夫だとイリイチョフに伝えた。

時間がないからと、イリイチョフはエレベーターの扉のわずかな隙間から原稿を差し出した。原稿はほどなく、ソヴィエト連邦で最も有名なニュースアナウンサー、ユーリイ・レヴィタンの手にわたった。ヒトラーに対する勝利も、スターリンの死も、ユーリイ・ガガーリンの宇宙飛行も、最初に伝えたのがレヴィタンの荘重な声だった。彼は咳払いをして、原稿にさっと目を通した。レヴィタンは下読みに数分もらいたいと求めたが、エレベーターからどうにか脱出したレオニード・イリイチョフが、今すぐ放送せよと言い張った。

「お知らせいたします。こちらは、モスクワ放送です」。レヴィタンがマイクに向かって語りかけた。「これから重要な発表を行います」。

最高会議幹部会のメンバーは、ノヴォオガリョヴォのダイニングルームでラジオの生放送に耳を傾けた。

「親愛なる大統領」。レヴィタンが書簡を読み始めた。「一〇月二七日付けのあなたのメッセージを受け取りました。あなたが示された均衡のとれた判断力と、全世界の平和維持についてあなたが取るべき責任を認識していらっしゃることに、私は満足と感謝を表明します」。

ニキータ・フルシチョフは、自分の言葉に頷いた。

「ソヴィエト政府は」、とアナウンサーが続ける。「あなたが攻撃的と形容した兵器を解体し、木箱に詰めてソヴィエト連邦に送り返すべく、新たな命令を下しました」。

セルゲイとニーナは、家族のダーチャでラジオを聞いていた。

「ああ、これで終わりだ」、とセルゲイは思った。「われわれは退却したのだ!」。

「あなたが二七日のメッセージで述べた、攻撃も侵攻もしないという声明を、私は敬意と信頼をもって評価します」。レヴィタンが読み上げた。「したがって、キューバにこのような援助を提供するわれわれの動機も消滅します」。

モスクワのアメリカ大使館では、録音テープが回っていた。ロシア語を話せる外交官たちが、メッセージを急いで翻訳した。

「もしもわれわれが、あなたとともに、そして心ある他の人々とともに、この緊張関係を緩和できたら、われわれは、世界に核の大惨事を引き起こしかねない危険な衝突を二度と起こさないという点も確認すべきでしょう」。

日曜日、ワシントンDCの朝は晴れて例年よりも暖かく、最高気温は一五度以上になる予想だった。国家安全保障担当補佐官のマクジョージ・バンディがホワイトハウスで朝食をとっていると、側近がフルシチョフの声明文を持って飛び込んできた。

バンディは受話機をつかみ、大統領の寝室に電話をかけた。

「生まれ変わった気分だ」。ケネディがそう言った。「ありがたい、すべてが終わった」。その日の午前中、世界中の人がそのニュースをラジオで聞いた。ホワイトハウスの補佐官たちは、出勤途中の車の中で歓声を上げた。エヴリン・リンカンは、放送を聞き逃した。夫のエイブと車に乗っていたが、最後の平和な瞬間になるかもしれない時間を、ラジオをつけずに楽しんでいたからだ。

「すばらしいニュースでしたね？」。ウェストウイングに入ってくるリンカンに、職員がそう話しかけた。

「ほんとうに」、と彼女は答えた。誰もが嬉しそうにしている理由がまるでわからないのを知られまいとして。

ロバート・ケネディも、ラジオを聞き逃した。その日の朝は、娘たちを馬術ショーに連れて行く約束をしていたからだ。ホワイトハウスからの電話に出るため、彼はスタンドから呼び戻される羽目になった。

カーティス・ルメイ大将は、これはフルシチョフの新たな策略に違いないと考えた。ケネディが提案を受け入れるつもりだと知り、ルメイは激怒した。「わが国の史上最大の敗北だ！」。ルメイは、テーブルを叩きながらわめいた。「われわれは、本日侵攻すべきだ！」。

ハバナでは、新聞社の編集長、カルロス・フランキがフィデル・カストロの電話番号をダイヤルした。「フィデル」、とフランキが話しかける。「このニュース、どうすればいいですか？」。「何のニュースだ？」。

フランキは、カストロがまだフルシチョフの決断を聞いていないと気づき、躊躇した。長い沈黙があった。カストロは、電話はまだつながっているかと聞いた。

ようやくフランキは、ニュースを知らせた。

「ちくしょう！」。カストロは吠えた。「あのやろうめ！　くそやろう！」。

ブーツで壁を蹴る音や、ガラスが粉々になるような音が、フランキの耳元に聞こえてきた。

ノヴォオガリョヴォのダイニングルームでは、ニキータ・フルシチョフと幹部たちがホワイトハウスからの反応を待ちわびていた。そこへひとりの補佐官が、ワシントンDCにいるソヴィエトの諜報員から届いた電報を持って飛び込んできた。KGBの最新の報告によると、ケネディ大統領は教会に向かっている。

それは何を意味するのか？

最高会議幹部会のメンバーは、その点について議論した。間近に迫る戦争について、神の導か？

きを乞うのか？　何かの策略なのか？　だが、教会まで巻き込むとは、どのような策略なの

　彼らは、推測するしかなかった。

　ついに、夕方近くになって、ニキータ・フルシチョフの提案に対するケネディの返答が、アメリカのラジオで放送された。

「フルシチョフ議長の、政治家にふさわしい英断を歓迎します」、とケネディは表明した。「私は切実に願います。キューバ危機の解決をきっかけに、世界各国の政府は、軍備拡張競争を終わらせて世界の緊張を緩和するという、差し迫った必要性に早急に目を向けていただきたい」。

　幹部たちは、ウォッカのグラスを回して祝杯をあげた。

フルシチョフが立ち上がる。「みんなで劇場に出かけようじゃないか？　恐れるものはもう何もないと、世界中に示そうじゃないか」。

　モスクワでどんな公演が行われているかを調べるために、誰かが新聞を取りに行った。

　ケネディ大統領のテレビ演説は、どうなったのか？　彼がその日に行うと新聞で告知されていた演説だ――その告知があったからこそ、フルシチョフは人類史上最大の危機を直ちに終わらせようと急いだのではなかったか？

　それは大きな誤解だった。

アメリカの新聞のテレビ番組欄を見ると、午前一〇時の枠には確かにジョン・F・ケネディの演説と書いてあった。ワシントンDC時間の午前一〇時だ。だがそれは、六日前に放送された、オーバルオフィスから世界に向けて危機を発表した演説の再放送にすぎなかった。番組欄を見たソヴィエトの諜報員は、この大切な細部を見落としていた。

恐怖には大きな目がある、という格言のとおりだ。


ジョンとロバートの兄弟は、オーバルオフィスで穏やかなひとときを楽しんだ。

アメリカの報道はすでに、ミサイル危機はケネディの勝利であり、大統領就任一年目にフルシチョフから受けた仕打ちへの痛快な復讐だと、大きく取り上げていた。兄と弟も、そういう見方をしていた――だが、表立って騒ぎ立てたくはなかった。愚弄されたと感じたフルシチョフが腹を立て、心変わりしたらどうなる？　ケネディは内々に、トルコに配備したアメリカのミサイルを撤去すると約束したのだ、とフルシチョフが世界に公表したらどうなる？　そうなれば、今回の危機の解決はアメリカの勝利というよりも妥協の産物だと見えるのではないか。

妥協の何が悪いのか？　何も悪くはない。けれども、ケネディは一九六四年の大統領選挙で再選を目指していた。彼としては、睨み合いで相手に瞬きをさせたのは自分だ、という話にしておきたかった。

この一三日間に経験した、はらわたがちぎれんばかりの苦しいできごとを弟とともに振り返りつつ、ケネディは、自分は大統領として難局を乗り切れたかもしれないと思った。彼は、第一六代大統領、エイブラハム・リンカンを例に引いた。リンカンは南北戦争で勝利を収めたあと、観劇に出かけた――その後何が起きたかは誰もが知っている（＊5）。惨たらしいイメージの何かを、ブラックジョークが好きなケネディは気に入ったようだ。

「こういう夜こそ、芝居を観に行くべきだな」、と彼は言った。

「行くなら」、とロバートが応える。「一緒に行きたいな」。

それから五日後、世界が落ち着きを取り戻しはじめた頃、モスクワのある電話が鳴った。緊急用として、オレグ・ペンコフスキーだけに番号を教えた回線だ。

ＣＩＡの諜報員が受話器を持ち上げて、耳に当てた。

電話の向こうで、何者かが三回、電話機に向けて息を吹きかけた――「プッ、プッ、プッ」

――そして電話は切れた。

六〇秒経過した。電話が再び鳴る。合図が繰り返された。

この合図を使うのは、ある特定の場合に限ると決めてあった。ソヴィエト連邦が今まさに核攻撃を始めるという場合だ。

＊5――観劇中に狙撃され、翌日亡くなった。

勝負再開

完全なパニック状態に陥らないうちに、モスクワにいるCIAの諜報員はソヴィエト中の情報源に電話を入れた。ソヴィエト軍の警戒態勢レベルは上がっていない。ミサイル基地や空港でも、特別な動きはない。

やはり、第三次世界大戦が始まる気配はなさそうだ。

諜報員のひとりが、クトゥゾフスキー大通り沿いの街灯を確認するために走り出た。灰色のチョークでXと書いた印がある——ペンコフスキーが隠し場所《デッドドロップ》に資料を置いたという合図だ。

デッドドロップへ行って資料を受け取る役目を引き受けたのは、リチャード・ジェイコブという二五歳の諜報員だった。用心のため、ジェイコブは自分が着る丈の長いレインコートのポケットのひとつに、切れ目を入れておいた。彼はモスクワの人通りの多い道を歩きまわり、いくつもの店に滑り込んではそっと出て、尾行をまいてからデッドドロップへ向かった。そして、あるアパートの薄汚れた玄関ロビーに入り、ラジエーターの裏側に腕を差し入れて、針金で吊るしてあったマッチ箱をつかんだ。

だが引き返そうとしたとたん、四人の大男が踏み込んできて彼をねじ伏せ、外で待つ車に押し込んだ。ジェイコブはもがきながら、マッチ箱をなんとかポケットの切れ目から落とした——スパイならではの巧みな工夫だが、役には立たなかった。ロシア人諜報員たちはマッチ箱を拾い上げ、ジェイコブを警察署へ連行し、スーツ姿の三人の男が尋問するべく待ち構える部屋に引きずり込んだ。

ジェイコブは、外交官の身分証を取り出した。それを見れば、彼はアメリカ大使館の秘書官兼記録官であるとわかる。だが、文字どおりに受け取る者はいなかった。

「秘書官兼記録官か、あるいはスパイか?」。尋問官のひとりが問いただした。


オレグ・ペンコフスキー逮捕の詳細は、今もロシアの機密ファイルのなかに収められたままだ。しかし、ミサイル危機の開始とともに、ペンコフスキーを泳がせておくのはあまりにも危険だとKGBが判断したのはわかっている。逮捕が一〇月二二日だったのもわかっている——ジョン・F・ケネディが国民の胸に響くテレビ演説をした日だ。そして、ペンコフスキーが口を割ったこともわかっている。少なくとも、彼はデッドドロップの場所について話し、電話で行うCIAへの秘密の合図についても教えた。

そこで疑問が生じる。なぜソヴィエト側は、電話の合図を利用したのか?

おそらく、罠をしかけたかったのだろう。誰がデッドドロップに現れて箱を持ち去るのか、確認したかったのだ。

しかし、たとえそうだとしても、電話の合図は核戦争がすぐに始まると知らせる手段だった点はどうなのか？　モスクワ駐在のアメリカ人が、その情報をそのままホワイトハウスに伝えていたらどうなっていたか？　そしてケネディが、国家として対応を開始したらどうなっていたか？

考えられる解釈はふたつあるが、どちらも穏やかではない。

一、KGBは合図の意味を知っていたが、それでも利用した。新たな危機を誘発するリスクを冒してでも、アメリカのかけ出しの諜報員を捕まえて、最大の敵、CIAを出し抜こうとした。

二、KGBは合図の本当の意味を知らなかった。ペンコフスキーは方法だけを教えて、意味を教えなかった。この仮説の場合、ペンコフスキーは自分が間もなく殺されると知っていて、全世界を自分の道連れにしようとしたことになる。

第一の仮説の方が、可能性は高そうだ。

いずれにせよ、かつてアメリカが利用したなかで最も有益だったロシア人スパイの一八ヵ月にわたる任務は終わりを告げた。ジョン・マコーンCIA長官は、スパイゲームならではの冷たい言葉で表現した。「この情報源に、これ以上の価値なし」。

一週間後、西ベルリンでは、ハリー・ザイデルが七つ目の脱出トンネルを掘ろうとしていた。

ザイデルの母親がようやく東ベルリンの刑務所から解放され、母親を東側から脱出させると心に決めていた彼に、ついにチャンスが訪れた。それまでの彼は、自分で計画したトンネルを自分で掘っていたが、今回は急いで母親を脱出させるため、すでに進行中のトンネル計画に参加することにした。西側の造園会社の倉庫から、地下約三メートルの深さのトンネルを壁の向こう側の農家まで七六メートル掘り進める。ザイデルは倉庫に行っていつものように一心不乱に作業を進め、服を洗うときだけ帰宅した。

仕上げのひと掘りに出かける前、ザイデルは幼い息子、アンドレに、行ってくるよとキスをした。

「いい子でいろよ。あと二日もしたら、おまえはおばあちゃんの膝の上に座っているよ」。ザイデルはそう言った。

一一月一四日、脱出予定の日の夜に、掘り手の者たちは農家側から「問題なし」という合図を受けた。農家の家族も計画に加わっていて、その夜に脱出するメンバーに入っていた。ザイデルは最後の穴をあける役を、いつものように志願した。もうひとりの肩の上に立って土の表面を突き破り、草の上を覗いた。

脱出者たちがすぐにやってくるはずだったが、農家のなかで人が動く気配はなかった。農場は暗く、静かだ。ザイデルは土を摑み、窓に向けて投げた。反応はない。小石を投げる。ガラスに当たって音がした。反応はない。

ザイデルは穴の外へ這い出た。ポケットからピストルを静かに取り出し、玄関のドアをそっとノックした。

ドアがさっと開き、シュタージの分隊がマシンガンをザイデルに向けた。彼はピストルを落とした。ザイデルは建物から押し出され、あたりを照らし出すサーチライトのなかでトンネルの開口部に向けて蹴られた。

「逃げろ!」。ザイデルは穴に向かって叫んだ。「裏切られた!」。

警官に拳銃で頭を殴られ、彼は気を失った――しかし彼が知らせたおかげで、他の者は大急ぎで安全な西側まで引き返せた。

ハリー・ザイデルは監獄に入れられた。シュタージは、数日前からトンネル作戦を把握していたようだ。農家の家族に「問題なし」の合図を送れと強制し、その後、全員を逮捕した。唯一の救いは、ザイデルの母がまだ農家に到着していなかったことだ。

一二月一一日、ソヴィエトのメディアは、オレグ・ペンコフスキーが逮捕されて自白したと公式に報じた。ニュースがイギリスに伝わると、このスパイがイギリスの民間人、ジャネット・チザムと接触していたという疑惑に、人々はとりわけ関心を寄せた。イングランドにあるチザムの自宅を記者が取り囲み、好奇心をあおるようなネタを欲しがった。けれども、充分に訓練されているチザムが話すはずはない。チザムは、子持ちの若い女性が国際的なスパイ活動に関与するわけがないという世間の先入観を逆手にとって尋ねた。「私が、スパイに見えますか？」。

東ドイツの監獄では、シュタージの職員が来る日も来る日もハリー・ザイデルを厳しく尋問した。だが彼は、口を割らなかった。シュタージが死刑をちらつかせて脅しても、ザイデルはただのひとりも仲間の身元を明かさなかった。「覚えていることはひとつだけだ」、と彼は答えた。「みんな髪が短かった」。

キューバでは、ソヴィエト兵がミサイル基地を解体した。発射台の跡を整地し、ミサイルを港へ運び、船に載せて帰国した。

同盟国に裏切られたと感じていたフィデル・カストロは、ハバナでソヴィエト大使に面会するのも拒否した。「キューバは」、と彼は怒鳴りたてた。「世界のチェスボードのポーンになど、なりたくはない！」。

ソヴィエトの四隻の潜水艦は、北極圏の基地によろよろと戻った。潜水艦の艦長たちは即刻モスクワに出頭するように命じられ、アメリカによる発見を「許した」と叱責を受けた。彼らが海で耐え忍んだ苦境と恐怖に対する思いやりは感じられず、爆弾が炸裂するなかで落ち着きを保ち、破滅的な開戦を防いだという事実への感謝もなかった。「恥さらしだ」。国防第一次官は、自分の眼鏡をテーブルでたたき割り、艦長たちをそう非難した。「諸君はロシアに恥をかかせた」。

ワシントンDCでは、ジョン・F・ケネディの支持率が七〇パーセントを超えた。就任初期の失敗を乗り越えたケネディは、再選を果たして自国や世界の重大問題に取り組もうとしていた。「一九六四年を待ってろよ」、と彼は友人たちに話した。

ニキータ・フルシチョフも、ミサイル危機に勝利したのは自分だと宣言した。「史上初めて、アメリカの帝国主義者という獣は、ハリネズミを丸飲みするしかなくなったのだ」、と彼は断言した。「われわれがやり遂げたことを、誇りに思う」。

自らに甘い解釈だった。世界の多くは、フルシチョフの退却は弱さの証だと見ていた。そして、ソヴィエトの高官たちは、一連のできごとを国家の恥だとみなした。フルシチョフにしてみれば実に腹立たしい事態だった——ひとつ後退したからといって世界が終わるわけではない。そうしなければ、文字どおり世界が終わるところだったのだ。

チェスのグランドマスター同士の対戦は、こういうものかもしれない。チェックメイトでゲームが終了するケースはない。優れたプレイヤーは、自分のポジションに勝ち目がなくなったとわかる。自分が敗北に至る道筋がはっきりと見えるから、先に降参する。それは、世界の終わりではない。

ソヴィエト連邦にとって、勝利すべき冷戦はまだ終わっていない。葬るべき敵はまだいる。

あとは駒を並べ直して、またゲームを始めるだけだ。

エピローグ

自分で結果を選び取ろう

「すべての罪を認めます」。

オレグ・ペンコフスキーは、そう言わねばならなかった。彼の裁判には筋書きがあり、判決さえも裁判開始前から決まっていた。

「虚栄心、慢心、自分の仕事に関する不満」、と彼は法廷で語った。「そして、楽な生活へのあこがれから、犯罪の道に進んでしまいました」。

すべてが数時間で終わった。裁判官は国家反逆罪で有罪、銃殺刑に処すると言いわたした。一九六三年五月一六日、ソヴィエトの新聞『プラウダ』は、「刑が執行された」と報じた。

ペンコフスキーは、ソヴィエトの長所と短所に関わる機密を合計一万ページ近く、アメリカとイギリスに流していた。CIAは、「CIAとMI6がかつてソヴィエトというターゲットに対して実施したなかで、最も有効で価値の高い秘密作戦」だった、と報告書に記す。

東ドイツのハリー・ザイデルが公正な裁判を受けられる見込みは、ソヴィエト連邦のペンコフスキーと同じくらい低かった。命をかけて、一度に何十人も繰り返し自由世界に逃してきた彼は、「誘拐を計画し、多くの人を西ベルリンへおびき寄せた」罪に問われた。二四歳の彼が宣告されたのは、重労働を伴う終身刑だった。

西ベルリンに残された妻のロトラウト・ザイデルは、夫に科された過酷な刑罰に対する抗議活動を始めた。東へ圧力をかける活動は、実を結ぶ。メディアが「身柄《ボディー》とバターの交換」と名づけたプログラムの一環で、東ドイツの独裁的指導者、ヴァルター・ウルブリヒトは、西側諸国から食料品を受け取り、それと引き換えに政治犯を解放した。『ボストン・グローブ』紙が一九六六年に報じたところでは、「共産主義者はザイデルと引き換えに、身代金として九五〇〇〇ドル分の果物を受け取った」。

その間に、ハリーの母親は自力で東ドイツを脱出した。ザイデルは家族のもとに戻ってサイクリングを再開し、一九七三年には三名の仲間とともにサイクルレースの全国タイトルを獲得した。彼は、二〇二〇年に八二歳で亡くなった。

ルドルフ・アベルとの囚人交換——スティーヴン・スピルバーグが、二〇一五年公開の『ブリッジ・オブ・スパイ』で映画化した——の後、フランシス・ゲイリー・パワーズは、メリーランド州の辺地にあるCIAの隠れ家に直接連れていかれ、何日も連続で厳しい取り調べを受けた。CIAは、彼がソヴィエトで薬物による洗脳を受けたのではないかと、特に懸念していた。尋問の合間に、パワーズは新聞を読むのを許された。そこには、取り調べよりも心が動揺する見出しがあった。

英雄、それとも役立たず？
彼は英雄か、それとも任務に失敗した男か？

パワーズは信じられない思いで読んだが、まさに自分に関する記事だった。事実を知らずに書かれた記事は、彼は撃墜され、毒針を使わずに「みすみす」囚われの身となった、と非難していた。ＣＩＡは最終的に、あらゆる背信行為の疑いについてパワーズの潔白を認めた――しかし国民に対しては、パイロットは自殺を命じられていなかった、毒針を入れた空洞コインを携帯せよという命令もなかった、という説明はなかった。

パワーズはＣＩＡを辞し、妻のバーバラと別れ、新しい人生を始めた。再婚して、息子フランシス・ゲイリー・パワーズ・ジュニアが生まれ、ロサンゼルスのテレビ局でヘリコプターのパイロット兼レポーターとして働いた。一九七七年、四七歳でヘリコプターの墜落事故により亡くなる。

二〇一二年、息子の精力的な活動のおかげで、空軍からパワーズにシルバースター勲章が授与された。

ルドルフ・アベルのスパイ引退後の生活は、さほど騒ぎ立てられもせず、穏やかだった。妻エレナ、娘エヴリンと再会したアベルは、ソヴィエト連邦で英雄として迎えられ、アメリカ人に紛れて見つからずにすごした九年間の生活を称賛された。アベルはいくつもの学校で教壇に立ち、アメリカでの経験を詳しく語り、聡明な若者たちにスパイとして生きてはどうかと勧めた。ただし彼は、現実とスパイ映画はまったく異なると率直に語ってもいる。

「諜報活動には、華々しい冒険の連続、相次ぐ策略、楽しい外国旅行などはありません」。彼はそう戒めた。「諜報活動とは、何といっても困難で骨の折れる仕事であり、懸命な努力、忍耐、気力、不屈の精神、意志力、高度な知識、熟練した技術が求められます」。ルドルフ・アベルは一九七一年、モスクワにて六八歳で亡くなった。

第二次世界大戦中に原爆開発の機密を盗もうとするソヴィエトに手を貸し、ルドルフ・アベルがニューヨークで最初に接触した人物でもあったロナ・コーエンは、鉄のカーテンの向こう側に数年間姿を隠してから、ヘレン・クローガーという名の風変わりなカナダ人となって蘇った。夫モリスとロンドン郊外に移り住み、ソヴィエトのためにスパイ活動を続けた。逮捕されて禁錮二〇年の判決を受けたが、最終的にはモリスとともに、ソヴィエト連邦で拘束されていたイギリス人捕虜と交換で祖国に戻された。ロナは残りの人生をモスクワ郊外のダーチャで送り、若いスパイの指導をした。一九九二年に、七九歳で死亡した。

ルドルフ・アベルの無能な相棒だったレイノ・ハイハネンは、ニューイングランドで潜伏生活を続けるべき身であったのに、二〇〇〇ドルの報酬につられて、『デイヴィッド・ブリンクリー・ジャーナル』というテレビのニュースショーに出演した。顔を隠した状態で、ハイハネンはアベルに対する印象を語った。

「彼のことは嫌いだった。秘密めいた奴だった」。

「でも、スパイとは秘密めいたものですよね」、とブリンクリーが指摘する。

「そうだ、でも俺は違う」。

「彼らは、あなたを殺したいと考えているでしょうか?」。ブリンクリーは、KGBについてそう尋ねた。ソヴィエトの情報機関は当時――今もなお――元諜報員を追跡して殺害するという噂があった。

「俺を見つけるのは困難だ」、とハイハネンは言った。「躍起になって探しているだろうな」。

だが、KGBは成功した可能性がある。

ルドルフ・アベルの弁護士、ジェームズ・ドノヴァンがのちに記したところでは、ハイハネンは一九六一年の夏にペンシルヴェニア・ターンパイク［ペンシルヴェニア州南部の東西を結ぶ有料道路］で、ドノヴァンの記述によれば「謎の」事故によって死亡した。

その手の事故については、警察の報告書も病院の記録も存在しない。CIAは問い合わせに対して、本件にはコメントしないと回答した。

ピッグス湾で拘束されたペペ・サン・ロマンとエルネイド・オリバを含む一一〇〇人余りの侵攻部隊のメンバーは、その後、三〇年の重労働の刑を宣告された。しかし、アベルとパワーズの交換を交渉したジェームズ・ドノヴァンが、一九六二年一二月、フィデル・カストロの説得に成功し、囚人たちは五三〇〇万ドル分の食料、医薬品と引き換えに解放された。

ハンサム・ジョニー・ロッセーリも、カストロを排除しようとして果たせなかった多くの人間のひとりだったが、一九七五年にアメリカ上院の委員会で証言すると同意した。彼はCIAの暗殺計画における自分の役割について詳しく語り、手を貸した犯罪組織の幹部の名前までしゃべった。犯罪組織の連中を怒らせるようなことをして心配にならないのかと友人に聞かれ、七〇歳のロッセーリは肩をすくめて答えた。

「誰が私のような老人を殺そうと思うかね?」。

翌年の夏、マイアミの警察が五五ガロンのオイル用ドラム缶を市内の入り江で発見した。なかに入っていたのは、身体を折りたたまれ、タオルで口を塞がれた、ハンサム・ジョニーの死体だった。

キューバのフィデル・カストロは、ケネディとフルシチョフが去ってからも長く権力の座にとどまり、冷戦の終結も見届けた。健康状態の悪化により、二〇〇六年に引退して弟ラウルに実権を譲る。カストロは最後の最後まで議論を呼ぶ反抗的な存在であり続け、二〇一六年にハバナで亡くなった。九〇歳だった。

ヴァシーリイ・アルヒーポフは、帰港後に自分を含む潜水艦の乗組員が受けた不当な扱いに怒り、その後何年か、キューバでの任務についてほとんど語らなかった。腎臓がんを患い、七二歳で亡くなったが、彼を含め、K‐19の惨事を生き延びた多くの水兵を苦しめたのが腎臓がんだった。キューバ危機から五〇年が経過した二〇一二年、ヴァシーリイの妻は、『The Man Who Saved the World（世界を救った男）』という彼にふさわしい題名のドキュメンタリー映画で、誇らしげに彼について語った。

ソヴィエト連邦の水素爆弾の父であり、地球史上最大規模の爆発を起こした爆弾の設計者でもあるアンドレイ・サハロフも、世界を救うために彼なりの役割を果たした。イヴァンの実験を終えたあと、サハロフは放射性降下物の危険性について公言するようになる。政府の追及を受け、軍事機密に関わる仕事から締め出されても、サハロフは新兵器の開発に反対し続け、ソヴィエト国民の人権確立と政治的自由拡大を支持し続けた。「国民を信頼しない政府を決して信頼してはならない」。彼は、たびたびそう語った。サハロフは一九七五年にノーベル平和賞を受賞する――だがソヴィエト政府は、授賞式出席のための出国を許可しなかった。一九八九年、六八歳のサハロフは、モスクワで亡くなった。

ユーリイ・ガガーリンは、二度と宇宙へは行かなかった。世界に名を馳せた宇宙飛行士は、世界各地を訪問し、群集の歓声に応え、要人と会食するのに忙しかった。ロンドンのバッキンガム宮殿で行われた公式朝食会では、目の前のテーブルセッティングを見て、どんな操縦席よりもまごついた。

「女王陛下」。ガガーリンは、エリザベス女王に向かって言った。「ご存じでしょうが、英国の女王と朝食をいただくのは初めての経験でして、どのカトラリーを使うべきかがたいへん難しいですね」。

君主に話す言葉としては、行儀がよいとはいえなかった。けれども、女王は喜んだ。「ご存じのとおり」、と女王は言った。「私はこの宮殿で生まれましたが、いまだにわからなくなることがあるんですよ」。

ソヴィエト連邦に戻ったガガーリンは、五名の女性宇宙飛行士候補者を訓練した。一九六三年、ワレンチナ・テレシコワが初の女性飛行士として宇宙へ飛び出すのを、ガガーリンは誇らしく見守った——アメリカに二〇年先んじる偉業だった。ガガーリン自身は現役復帰を夢見たが、これほどの価値ある有名人を宇宙飛行の危険にさらすわけにはいかないと判断したソヴィエト政府は許さなかった。それでも彼は、夢を振り払えなかった。一九六六年に偉大なロケット設計者、セルゲイ・コロリョフが亡くなると、ガガーリンはこう言った。「コロリョフの遺灰を月に持っていかないと、私の気がすまない」。ガガーリンはミグ戦闘機に乗って訓練を再開し、操作感覚をもう一度身につけようとした。ところが一九六八年、三四歳になって三週間もたたないときに、墜落事故で死亡した。

翌年、アメリカ人宇宙飛行士ニール・アームストロングとバズ・オルドリンが、月面を歩いた。彼らは、灰色の砂粒が積もったような月面に、ユーリイ・ガガーリンを称えるメダルを置いて月を後にした。


「就任からの二年間を振り返って、大統領として経験なさったことは想定どおりでしたか？」。「そうですね、まず、さまざまな問題があり、解決は想像していたよりも困難でした」。ジョン・F・ケネディは、記者たちにそう答えた。「演説はずっと簡単です、最終的な判断を下すことに比べれば」。

大統領経験者なら、誰もが同意するだろう。

ケネディはフルシチョフとの約束を守り、一九六三年四月にトルコに配備していたアメリカのミサイルを撤去した。報道陣から、ソヴィエトと交わした秘密の取引の一環かと問われたケネディは、質問をはぐらかし、計画に沿ったアップグレードの問題だと答えた——さらに、地中海に配備中のアメリカの潜水艦からも、同じ標的を容易に攻撃できると指摘した。

一九六三年六月、ケネディはベルリンの壁のすぐそばで五〇万人近い群衆に向けて演説を行い、世界という舞台で最高の瞬間を味わった。

「自由には多くの問題が伴います」、と彼は述べた。「また、民主主義は完全ではありません。

けれども、われわれはかつて一度も、国民を閉じ込めるための壁を築く必要に迫られたことはありませんでした」。アメリカは、西ベルリンと西ベルリンが象徴するすべてを守るために責任を果たす、と彼は繰り返した。「自由を求める人は、どこに暮らしていようとも、誰もがベルリン市民です」。群衆の喝采が鳴り響く。「だからこそ、自由を求める人間として、私はこの言葉に誇りを持ちます。『Ich《イッヒ》 bin《ビン》 ein《アイン》 Berliner《ベルリーナー》!』」。

「私はベルリン市民である!」という意味だったかもしれない。

あるいは、「私はジャムドーナツである!」という意味だった。

ドイツでは、ジャム入りの揚げパンも「ベルリーナー」と呼ばれているからだ。

ドイツ語文法の専門家たちは協議の結果、ケネディのドイツ語は正しかったと認めた。

今後のやりとりをさらに効果的に行うため、ケネディとフルシチョフは「ホットライン」を開設した――モスクワとワシントンDCを結ぶ直通電話だ。彼らは、部分的核実験禁止条約に合意する。史上初の核軍備管理に関する合意であり、地下以外では核実験を全面的に禁止する内容だった。ケネディは、この条約は自身の最高の業績であり、第三次世界大戦を防ぐ本当の一歩となると考えていた。

自信は深まり、腰の具合も二年前の植樹式の一件以来良好で、彼はテキサス州に向かった。再選に向けて極めて重要になる州で、キャンペーンを行う予定だった。ジョン・F・ケネディは一九六三年一一月二二日、ダラスで暗殺された。四六歳だった。

約一年後、黒海沿岸の別荘に滞在中のニキータ・フルシチョフは電話に出た。かけてきたのはソヴィエト政府内で二番目の実力者、レオニード・ブレジネフだった。彼は、直ちにモスクワに戻ってもらいたいとフルシチョフに告げた。明日、最高会議幹部会を開く。

「なぜだ?」、とフルシチョフは尋ねた。「何について話し合うのか?」。

「農業問題と、その他いくつかです」。

「私抜きで決定してくれ!」。

「メンバーはもう集まっています」、とブレジネフは言った。「われわれは、あなたに来てほしいのです」。

農業に差し迫った問題などないことは、フルシチョフもわかっていた。キューバミサイル危機で失われた彼の威信は、完全には回復していない。彼よりも若い幹部たちは、権力を奪い取る機会を常にうかがっていた。彼らが行動を起こそうとしているのは明らかだった。

次の日、日焼けで赤い顔をしたフルシチョフは、最高会議幹部会が開かれる部屋に入って長テーブルの議長席に着いた。一一年前、彼がラヴレンチー・ベリヤと対決したときと似たシーンが繰り広げられた。ただし今回は、筋書きを知らされていない人物はフルシチョフだ。

ブレジネフが先頭に立って攻撃した。フルシチョフは軽はずみな決断ばかり行った。助言に耳を貸さなかった。

「なぜこんなことをするのだ？」。フルシチョフは問うた。「なぜだ？」。

「ちょっと待て。今度はわれわれの話を聞きなさい」。

最高会議幹部会の他のメンバーも、口々に攻撃した。

「短気で、一貫性がなく、陰謀を企ててばかりいる」。

「虚栄心に取りつかれている」。

「人気取り」。


ベリヤとは違い、フルシチョフは逮捕も処刑もされなかった。モスクワの自宅と贅沢なダーチャを失ったが、穏やかで快適な引退生活を許された。

だが、本人は不満だった。「自分の人生は終わったと、苦々しそうに繰り返し話していた」。息子のセルゲイは、後にそう振り返っている。「人生は人から必要とされてこそ意味があるものだが、誰からも必要とされなくなった今、人生は無意味になったと言っていた」。

ニキータ・フルシチョフは、一九七一年に心臓発作で死去する。七七歳だった。

冷戦のドラマと危機は、ケネディとフルシチョフがこの世を去った後も続いた。ソヴィエトの新しい指導者たちは、核兵器の保有数を急速に拡大した。キューバ危機では引き下がらざるを得なかったが、同じことを繰り返すつもりはなかった。アメリカも後れを取るまいと同調し、キューバミサイル危機当時に約二万九〇〇〇発だった世界の核兵器の総数は、一九八〇年代半ばには六万九〇〇〇発まで増えた。

筆者が核兵器に興味を持つようになったのは、この時期だ。ひねくれたティーンエージャーだった私は、核戦争で終末が訪れる映画に夢中だった——ダークでおもしろい『ウォー・ゲーム』から、救いようのない悪夢を描いているにもかかわらず今も広く観られているテレビ映画、『ザ・デイ・アフター』まで、あらゆる作品を観た。私は、賢明であるはずなのに「相互確証破壊(Mutually Assured Destruction)」——MAD——について気軽に話すリーダーたちに嫌悪感を抱いた。彼らはこう考えている。アメリカ合衆国とソヴィエト連邦は、どちらも相手の国を何度も繰り返し破滅させるほどの兵器を持っている——だから心配は要らない! どちらも、先に攻撃をしかけるほど愚かではないはずだ!

このままでは高校を卒業する前に核戦争が起きると、私は半ば確信していた。だがその後、事態は急速に変化した。

東欧とソヴィエト連邦の多くの地域で、民主化運動が勢いを得ていった。ソヴィエト経済は苦境にあり、その原因の一部は、軍拡競争にお金を使いすぎたこと、また共産主義システムが機能しなくなっていたことにあった。一九八九年一一月、転機となるできごとがベルリンで起きる。東ドイツ政府が、ベルリンの壁の反対側への移動規制を緩和せよという圧力に屈したのだ。東からも西からも、つるはしを手にした群衆が嫌悪の的の壁に登り、文字どおり壁を打ち壊し始めた。東欧全域で共産主義政権が倒れ、一九九一年にはかつての強大な国、ソヴィエト連邦が崩壊し、ロシア連邦と一四の新独立国が生まれた。

冷戦は終わった。

だが、もちろんご承知のように、アメリカとロシアのライバル関係は続いている。

今日では軍備管理に関する合意によって、世界の核兵器保有数は一万三〇〇〇発に抑えられ、そのほとんどをロシアとアメリカが所有している。核兵器を保有する国は、他に七つある――中国、フランス、イギリス、パキスタン、インド、イスラエル、北朝鮮だ。そうした核兵器は、使われはしないのか？

この物語はまだ続いている。どのような結末を迎えるのか、私たちにはわからない。

最後に、現在の視点で見て、一九六二年一〇月、世界はどの程度第三次世界大戦に近づいていたのか？　人類が自らの種をこの地球上から消し去るような事態に、どれほど近づいたのか？　キューバミサイル危機は、テロリズム、気候変動、パンデミックといった二一世紀の脅威とどう比較されるべきか？

これは、議論や論争の余地がある問題であり、当時その場にいた人々の話に触れるのは興味深い。

冷戦終結後、アメリカとソヴィエトのかつての当局者は、キューバ危機及び当時の恐怖、機密事項に関する記憶を持ち寄る会合を開くようになった。四隻のソヴィエトの潜水艦が核魚雷を装備していたとアメリカ側が初めて知ったのも、そのような会合があればこそだった。また危機の間、ソヴィエトは数十発の水素爆弾の弾頭をキューバに配備していたこと——加えて戦術核兵器も配備し、ソヴィエトの司令官たちは発射準備を整え、攻撃されれば発射するつもりだったことも初めて明らかになった。

キューバ危機の際にケネディの側近であったアーサー・シュレシンジャーは、こう結論づけている。「キューバ危機は、冷戦で最も危険な瞬間であったのみならず、人類史上最も危険な瞬間であった」。

危機当時の国防長官、ロバート・マクナマラは、私から見ればはるかに憂慮すべき結論に至っている。現在の、そして将来の危機に立ち向かう私たちが、心に留めるべき結論だと思う。「結局のところ、われわれは運に恵まれたのだ」。一九六二年、世界が間一髪で命拾いしたことについて、マクナマラはそう語った。「核戦争を回避できたのは、幸運のおかげだ」。

私が得た重要な教訓は、彼らはみな利口だったが、それでも地球を吹き飛ばしかけたということだ。私たちは、もっと賢明になるべきだ。今後は、どのような類の脅威に立ち向かうとしても、運に頼るのはやめよう。

訳者あとがき

本書はアメリカの作家、スティーヴ・シャンキンが著したノンフィクション、『FALLOUT〔放射性降下物〕』の全訳です。

平安時代や鎌倉時代のことはよく勉強したけれど、世界の近現代史についてはなじみがないという方もいらっしゃるかもしれません。本書に記されているのは、まさにその近現代史、第二次世界大戦後の東西冷戦の時代のできごとです。

新聞配達の少年が受け取ったチップの硬貨が、実は冷戦時代の象徴ともいえるスパイの手で細工された小道具で、ストーリーは冒頭から大きく展開していきます。スパイといえば、映画「007シリーズ」が頭に浮かびますが、実在したスパイたちの「活躍」は、映画とは違って、地道で手堅い行動の積み重ねだったようです。また当時は、一般の市民に紛れて機密を盗み出すスパイ活動の他に、航空機で敵国の上空を飛行し、写真を撮影して視覚的な機密情報を得るスパイ活動も行われていました。撃墜されるリスクが常にあり、本書に登場する元米軍パイロット、フランシス・ゲイリー・パワーズは実際に撃墜され、命は助かったものの、捕虜として刑務所に入れられます。やがてパワーズは、アメリカ側に逮捕されていたソヴィエトのスパイとベルリンのグリーニッケ橋で交換されますが、そのあたりのストーリーは、二〇一六年に日本で公開された映画、『ブリッジ・オブ・スパイ』の土台となった実話です。ベルリンは、東西冷戦の最も厳しい対立地点だったといえるでしょう。

当時、世界はアメリカを中心とする西側諸国とソヴィエトを中心とする東側諸国に分断されていましたが、ドイツの場合は国そのものが東西に分断され、なかでもかつて首都だったベルリンは、街そのものが東西に分断されてしまいました。分断の象徴だったベルリンの壁が一九八九年一一月に崩壊したことをご存じの方は大勢いらっしゃると思いますが、その壁が造られたのは第二次世界大戦終結から一六年後の一九六一年八月、フルシチョフとケネディが東側諸国と西側諸国のリーダー的存在だった時期です。壁はある日突然、建設されました。そのときたまたま壁の東側にいたか西側にいたかというだけで、引き裂かれた家族、友人、恋人が大勢いました。驚くべきは、その壁の地下にトンネルを掘り、東側から西側へ大勢の人を逃がして助けた人物がいたということです。その人物、ハリー・ザイデルは、妻とまだ赤ん坊だった息子を助け出したのち、何度もトンネルを掘って、脱出を希望する人々を救出しました。

アメリカの第三五代大統領、ジョン・F・ケネディは、西ベルリンをいつも気にかけていました。ベルリンは、アメリカとソヴィエトが向き合う最前線といってもよい場所で、そこで何かが起これば次の世界大戦の引き金になりかねないと懸念していました。ところが、その何かが起こりかけたのは、ベルリンではなく、アメリカから目と鼻の先のキューバでした。ソヴィエトからキューバに「筒状の物体」が運び込まれ、キューバの山中には明らかにミサイル発射台らしきものが建設されます。もしかすると、核弾頭もすでに運び込まれているかもしれない状況です。これが「キューバ危機」と呼ばれる歴史上の大事件で、世界を第三次世界大戦へ、すなわち世界滅亡の縁へ追いやったできごとです。本書では、キューバ危機の始まりから危機が回避されるまでの一三日間に、ソヴィエト政府とアメリカ政府が何を考えたか、どのように危機を回避したかが、臨場感をもって詳しく記されています。危機を回避したのは、もちろん両国のリーダーの決断によるところが大きいのですが、実は、ふたりの間には相当な信頼関係があったのではないかということも本書から感じられます。本書には記載がありませんが、当時司法長官を務めていたケネディ大統領の弟、ロバート・ケネディが著した『13日間——キューバ危機回顧録』(中公文庫)には、「ケネディ大統領は、ソ連が戦争を欲していなかったことを理解していた。そしてソ連は、米国が武力紛争を回避しようと願っていたことを理解していた」、という記述があります。ふたりが、お互いの胸の内をよく理解していたことが窺えます。さらに、『13日間——キューバ危機回顧録』の解説のページには、一九九〇年代に入って、ケネディとフルシチョフがやりとりした書簡が公開されたと記されています。ふたりの往復書簡は少なくとも一一八通に及び、ケネディの在任期間を考えれば、一〇日に一通のやりととりとなります。大統領就任のお祝いなど、多くは儀礼的、外交的な内容のようですが、手紙であるがゆえに、滞在中の別荘から見える美しい景色について書いたり、日々の忙しさをねぎらったりと、個人的な話題も含まれていたようです。そのようなやり取りを続けたおかげで、ふたりはある種の信頼を相手に寄せ、敵国同士とはいえ、多少なりともお互いを理解できたのかもしれません。そうした事実を知ると、現在の国と国の関係においても、もう少しわかり合える方法があるのではないかと思えてなりません。

最後に、スペインの芸術家、ベアトリッツ・カラバッジオの映像作品、「Out of Control. Reports on the Atomic Bomb」をご紹介したいと思います。この作品は、核兵器の恐ろしさを音声と映像で伝えています。水爆開発の経緯、屋内にマネキンの「家族」を置いて行う実験、カメが登場する『ダック・アンド・カバー』の動画など、本書で取り上げられている内容が次々と視覚的に訴えられていて、文字で読む以上に圧倒的な恐ろしさを感じる作品です。現在、YouTube で一部が公開されていますが、日本の美術館等での全編公開も期待したいところです。

最後の最後になりましたが、本書に記載されている科学的な内容の理解、訳出にあたり、北海道大学名誉教授の芳村康男さんに多大なご指導とご協力をいただきました。改めて心から御礼を申し上げたいと思います。ありがとうございました。

また、本書の訳出作業は高橋未来さんの堅実なご協力がなければ完成しませんでした。この場をお借りして感謝申し上げます。
そして、亜紀書房編集部の斉藤典貴さん、足立恵美さんには、ひとかたならぬお世話になりました。厚く御礼申し上げます。

二〇二四年九月

寺西のぶ子

参考文献

書籍、雑誌

Abel, Elie. *The Missile Crisis*. New York: Bantam Books, 1966.

Adamsky, Viktor, and Yuri Smirnov. "Moscow's Biggest Bomb: The 50-Megaton Test of October 1961." *Cold War International History Project Bulletin* 4 (Fall 1994): 3, 19–20.

Albright, Joseph, and Marcia Kunstel. *Bombshell: The Secret Story of America's Unknown Atomic Spy Conspiracy*. New York: Times Books, 1997.

Allain, Rhett. "Why Do Astronauts Float Around in Space?" *Wired*, July 9, 2011. wired.com/2011/07/why-do-astronauts-float-around-in-space/.

Ambrose, Stephen E. *Eisenhower*. Vol. 2, *The President*. New York: Simon & Schuster, 1984.

Andrew, Christopher, and Vasili Mitrokhin. *The Sword and the Shield: The Mitrokhin Archive and the Secret History of the KGB*. New York: Basic Books, 1999.

Appelbaum, Yoni. "Yes, Virginia, There Is a NORAD." *Atlantic*, December 24, 2015.

Applebaum, Anne. *Iron Curtain: The Crushing of Eastern Europe, 1944–1956*. New York: Doubleday, 2012.

Ashley, Clarence. *CIA SpyMaster*. Gretna, LA: Pelican, 2004.

Bernikow, Louise. *Abel*. New York: Trident, 1970.

Beschloss, Michael R. *Mayday: The Crisis Years: Kennedy and Khrushchev, 1960–1963*. New York: HarperCollins, 1991.

『危機の年――ケネディとフルシチョフの闘い 1960-1963』上下巻、マイケル・ベシュロス著、筑紫哲也訳、飛鳥新社、1992年

———. *Eisenhower, Khrushchev and the U-2 Affair*. New York: Harper & Row, 1986.

Bird, Kai, and Martin Sherwin. *American Prometheus: The Triumph and Tragedy of J. Robert Oppenheimer*. New York: Vintage Books, 2006.

『オッペンハイマー――「原爆の父」と呼ばれた男の栄光と悲劇』上下巻、カイ・バード、マーティン・シャーウィン著、河邉俊彦訳、PHP研究所、2007年

Boot, Max. "Operation Mongoose: The Story of America's Efforts to Overthrow Castro." *Atlantic*, January 5, 2018.

Brown, Rob. "The Solomon Islanders Who Saved JFK." BBC News Magazine, August 6, 2014. bbc.com/news/magazine-28644830.

Brugioni, Dino A. *Eyeball to Eyeball: The Inside Story of the Cuban Missile Crisis*. New York: Random House, 1990.

Bundy, McGeorge. *Danger and Survival: Choices About the Bomb in the First Fifty Years*. New York: Random House, 1988.

Burchett, Wilfred, and Anthony Purdy. *Cosmonaut Yuri Gagarin: First Man in Space*. London: Panther Books, 1961.

Cadbury, Deborah. *Space Race: The Epic Battle Between America and the Soviet Union for Dominion of Space*. New York: HarperCollins, 2006.

Carlson, Peter. "Nikita Khrushchev Goes to Hollywood." *Smithsonian*, July 2009. smithsonianmag.com/history/nikita-khrushchev-goes-to-hollywood-30668979/.

Carr, Barnes. *Operation Whisper: The Capture of Soviet Spies Morris and Lona Cohen*. Lebanon, NH:

University Press of New England, 2016.
Castro, Fidel, and José Ramón Fernández. *Playa Girón: Bay of Pigs; Washington's First Military Defeat in the Americas*. New York: Pathfinder, 2001.
Chang, Laurence, and Peter Kornbluh, eds. *The Cuban Missile Crisis, 1962: A National Security Archive Documents Reader*. New York: New Press, 1999.
Chernev, Irving. *200 Brilliant Endgames*. New York: Simon & Schuster, 1989.
Dallek, Robert. *An Unfinished Life: John F. Kennedy, 1917–1963*. New York: Little, Brown, 2003.
『JFK 未完の人生——1917-1963』ロバート・ダレク著、鈴木淑美訳、松柏社、2009 年
———. "JFK vs. the Military." In "JFK: In His Time and Ours," special issue. *Atlantic* (Fall 2013).
———. "The Medical Ordeals of JFK." *Atlantic*, December 2002.
DeGroot, Gerard J. *The Bomb: A Life*. Cambridge, MA: Harvard University Press, 2005.
Detzer, David. *The Brink: Cuban Missile Crisis, 1962*. New York: Thomas Y. Crowell, 1979.
Dille, John. "We Who Tried: The Untold Battle Story of the Men on the Beach at the Bay of Pigs." *Life*, May 10, 1963.
Dobbs, Michael. "Gary Powers Kept a Secret Diary with Him After He Was Captured by the Soviets." *Smithsonian*, October 15, 2015. smithsonianmag.com/smithsonian-institution/gary-powers-secret-diary-soviet-capture-180956939/.
———. *One Minute to Midnight: Kennedy, Khrushchev, and Castro on the Brink of Nuclear War*. New York: Alfred A. Knopf, 2008.
『核時計零時 1 分前——キューバ危機 1 3 日間のカウントダウン』マイケル・ドブズ著、布施由紀子訳、日本放送出版協会、2010 年
———. "The Real Story of the 'Football' That Follows the President Everywhere." *Smithsonian*, October 2014. smithsonianmag.com/history/real-story-football-follows-president-everywhere-180952779/.
Dobrynin, Anatoly. *In Confidence: Moscow's Ambassador to America's Six Cold War Presidents*. New York: Times Books, 1995.
Donovan, James B. *Strangers on a Bridge: The Case of Colonel Abel and Francis Gary Powers*. New York: Scribner, 2015. First published 1964 by Atheneum (New York).
Donovan, Robert J. *PT 109: John F. Kennedy in World War II*. New York: McGraw-Hill, 1961.
Doran, Jamie, and Piers Bizony. *Starman: The Truth Behind the Legend of Yuri Gagarin*. New York: Walker, 1998.
『ガガーリン——世界初の宇宙飛行士、伝説の裏側で』ジェイミー・ドーラン、ピアーズ・ビゾニー著、日暮雅通訳、河出書房新社、2013 年
Doyle, William. *PT 109: An American Epic of War, Survival, and the Destiny of John F. Kennedy*. New York: William Morrow, 2015.
Duns, Jeremy. *Dead Drop: The True Story of Oleg Penkovsky and the Cold War's Most Dangerous Operation*. London: Simon & Schuster UK, 2013.
———. "The Spy Who Saved the World—Then Tried to Destroy It." *Daily Beast*, November 11, 2013. thedailybeast.com/the-spy-who-saved-the-worldthen-tried-to-destroy-it.
Ellsberg, Daniel. *The Doomsday Machine: Confessions of a Nuclear War Planner*. New York: Bloomsbury, 2017.
『世界滅亡マシン——核戦争計画者の告白』ダニエル・エルズバーグ著、宮前ゆかり、荒井 雅子訳、岩波書店、2020 年

Flanner, Janet. "Letter from Paris." *New Yorker*, June 4, 1960.

Frankel, Max. *High Noon in the Cold War: Kennedy, Khrushchev, and the Cuban Missile Crisis*. New York: Ballantine Books, 2004.

Franqui, Carlos. *Family Portrait with Fidel*. Translated by Alfred MacAdam. New York: Random House, 1984.

Fursenko, Aleksandr, and Timothy Naftali. *Khrushchev's Cold War: The Inside Story of an American Adversary*. New York: W. W. Norton, 2006.

———. *"One Hell of a Gamble": Khrushchev, Castro, and Kennedy, 1958–1964*. New York: W. W. Norton, 1997.

Gaddis, John Lewis. *The Cold War: A New History*. New York: Penguin, 2005.

Galante, Pierre. *The Berlin Wall*. With Jack Miller. New York: Doubleday, 1965.

Garber, Megan. "The Doll That Helped the Soviets Beat the U.S. to Space." *Atlantic*, March 28, 2013.

Garrison, Dee. *Bracing for Armageddon: Why Civil Defense Never Worked*. New York: Oxford University Press, 2006.

Gee, Alison. "Pushinka: A Cold War Puppy the Kennedys Loved." BBC News Magazine, January 6, 2014. bbc.com/news/magazine-24837199.

George, Alice L. *Awaiting Armageddon: How Americans Faced the Cuban Missile Crisis*. Chapel Hill: University of North Carolina Press, 2003.

Gibney, Frank. "A Russian Master Spy." *Life*, November 11, 1957, 123–30.

Golovanov, Yaroslav. *Our Gagarin*. Translated by David Sinclair-Loutit. Moscow: Progress, 1978.

Gorelik, Gennady. "The Riddle of the Third Idea: How Did the Soviets Build a Thermonuclear Bomb So Suspiciously Fast?" guest blog, *Scientific American*, August 21, 2011. scientificamerican.com/blog/guest-blog/the-riddle-of-the-third-idea-how-did-the-soviets-build-a-thermonuclear-bomb-so-suspiciously-fast/.

———. *The World of Andrei Sakharov: A Russian Physicist's Path to Freedom*. With Antonina W. Bouis. New York: Oxford University Press, 2005.

Gouré, Leon. "Soviet Civil Defense." Santa Monica, CA: RAND Corporation, 1960. rand.org/pubs/papers/P1887.html.

Graff, Garrett M. *Raven Rock: The Story of the U.S. Government's Secret Plan to Save Itself—While the Rest of Us Die*. New York: Simon & Schuster, 2017.

Gup, Ted. "Civil Defense Doomsday Hideaway." *Time*, December 9, 1991. content.time.com/time/subscriber/article/0,33009,974428-1,00.html

———. "The Doomsday Blueprints." *Time*, August 10, 1992.

Halberstam, David. *The Best and the Brightest*. New York: Penguin, 1983.

『ベスト＆ブライテスト』上中下巻 デイヴィッド・ハルバースタム 著、浅野輔訳、二玄社、2009 年

Harford, James: *Korolev: How One Man Masterminded the Soviet Drive to Beat America to the Moon*. New York: John Wiley & Sons, 1997.

Hargittai, Istvan. *Judging Edward Teller: A Closer Look at One of the Most Influential Scientists of the Twentieth Century*. Amherst, NY: Prometheus Books, 2010.

Hersey, John. "Survival." Reporter at Large. *New Yorker*, June 17, 1944. newyorker.com/magazine/1944/06/17/survival.

Hershberg, Jim. "Anatomy of a Controversy: Anatoly F. Dobrynin's Meeting with Robert F. Kennedy,

Saturday, 27 October 1962." *Cold War International History Project Bulletin* 5 (Spring 1995).
Hertle, Hans-Hermann, and Maria Nooke, eds. *The Victims at the Berlin Wall, 1961– 1989: A Biographical Handbook*. Berlin: Ch. Links, 2011.
Hirsh, Seymour M. *The Dark Side of Camelot*. Boston: Little, Brown, 1997.
Holloway, David. "Research Note: Soviet Thermonuclear Development." *International Security* 20, no. 4 (Winter 1979–80): 192–97.
———. *Stalin and the Bomb: The Soviet Union and Atomic Energy 1939–1956*. New Haven, CT: Yale University Press, 1996.
『スターリンと原爆』上下巻、デーヴィド・ホロウェイ著、川上洸、松本幸重 訳、大月書店、1997 年
Huchthausen, Peter A. *K-19: The Widowmaker; The Secret Story of the Soviet Nuclear Submarine*. Washington, DC: National Geographic, 2002.
『K−19(ナインティーン)』ピーター・ハクソーゼン著、楠木成文訳、秋山信雄監修、角川文庫、2002 年
———. *October Fury*. Hoboken, NJ: John Wiley & Sons, 2002.
『対潜海域 キューバ危機幻の核戦争』ピーター・ハクソーゼン著、秋山信雄、神保雅博訳、原書房、2003 年
Jacobsen, Annie. *Area 51: An Uncensored History of America's Top Secret Military Base*. New York: Little, Brown, 2011.
Jogalekar, Ashutosh. "The Many Tragedies of Edward Teller." *Scientific American*, January 15, 2014. blogs.scientificamerican.com/the-curious-wavefunction/the-many-tragedies-of-edward-teller/.
Johnson, Haynes. *The Bay of Pigs: The Leaders' Story of Brigade 2506*. With Manuel Artime, José Peréz San Román, Erneido Oliva, and Enrique Ruiz-Williams. New York: W. W. Norton, 1964.
Jones, Thomas. "A Full Retaliatory Response." *Air & Space*, November 2005. airspace- mag.com/history-of-flight/a-full-retaliatory-response-6909238/.
Jungk, Robert. *Brighter Than a Thousand Suns: A Personal History of the Atomic Scientists*. Translated by James Cleugh. New York: Harcourt Brace, 1956.
『千の太陽よりも明るく――原爆を造った科学者たち』ロベルト・ユンク著、菊盛 英夫訳、平凡社ライブラリー、2000 年
Kaplan, Fred. "JFK's First-Strike Plan." *Atlantic*, October 2001.
———. *The Wizards of Armageddon*. Stanford, CA: Stanford University Press, 1991. First published in 1983 by Simon & Schuster (New York).
Keeney, L. Douglas. *15 Minutes: General Curtis LeMay and the Countdown to Nuclear Annihilation*. New York: St. Martin's, 2011.
Kempe, Frederick. *Berlin, 1961: Kennedy, Khrushchev, and the Most Dangerous Place on Earth*. New York: G. P. Putnam's Sons, 2011.
『ベルリン危機 1961――ケネディとフルシチョフの冷戦』上下巻、フレデリック・ケンプ著、宮下嶺夫訳、白水社、2014 年
Kennedy, Jacqueline. *Historic Conversations on Life with John F. Kennedy: Interviews with Arthur M. Schlesinger, Jr., 1964*. New York: Hyperion, 2011.
Kennedy, Robert F. *Thirteen Days: A Memoir of the Cuban Missile Crisis*. New York: W. W. Norton, 1969.
『13 日間――キューバ危機回顧録』ロバート・ケネディ著、毎日新聞社外信部訳、中公文庫、

2001 年
『13 日間——キューバ危機回顧録』改版 ロバート・ケネディ著、毎日新聞社外信部訳、中公文庫、2014 年
Khrushchev, Nikita. *Khrushchev Remembers*. Edited and translated by Strobe Talbott. New York: Little, Brown, 1970.
『フルシチョフ——封印されていた証言』ニキータ・フルシチョフ著、ジェロルド・シェクター、ヴャチェスラフ・ルチコフ編、福島 正光訳、草思社、1991 年
———. *Khrushchev Remembers: The Last Testament*. Edited and translated by Strobe Talbott. New York: Little, Brown, 1974.
『フルシチョフ最後の遺言』上下巻、ニキータ・フルシチョフ著、佐藤亮一訳、河出書房新社、1975 年
Khrushchev, Sergei N. "The Day We Shot Down the U-2." *American Heritage* 51, no. 5 (September 2000). americanheritage.com/day-we-shot-down-u-2.
———. "How My Father and President Kennedy Saved the World." *American Heritage* 53, no. 5 (October 2002). americanheritage.com/how-my-father-and-president-kennedy-saved-world.
———. *Nikita Khrushchev and the Creation of a Superpower*. Translated by Shirley Benson. University Park: Pennsylvania State University Press, 2000.
Klara, Robert. *The Hidden White House: Harry Truman and the Reconstruction of America's Most Famous Residence*. New York: St. Martin's, 2013.
Kozak, Warren. *Curtis LeMay: Strategist and Tactician*. Washington, DC: Regency History, 2009.
Krugler, David F. *This Is Only a Test: How Washington D.C. Prepared for Nuclear War*. New York: Palgrave Macmillan, 2006.
Krulwich, Robert. "You (and Almost Everyone You Know) Owe Your Life to This Man." *National Geographic*, March 2016.
Lacey-Bordeaux, Emma. "Declassified Report: Two Nuclear Bombs Nearly Detonated in North Carolina." CNN, June 12, 2014. cnn.com/2014/06/12/us/north-carolina-nuclear-bomb-drop/index.html.
Lamphere, Robert J., and Tom Shachtman. *The FBI-KGB War: A Special Agent's Story*. New York: Random House, 1986.
Lapp, Ralph E. *The Voyage of the Lucky Dragon*. New York: Harper & Brothers, 1957.
Lebow, Richard Ned, and Janice Gross Stein. *We All Lost the Cold War*. Princeton, NJ: Princeton University Press, 1994.
Life. "Fallout Shelters: A New Urgency, Big Things to Do—and What You Must Learn." September 15, 1961.
Lincoln, Evelyn. *My Twelve Years with John F. Kennedy*. New York: David McKay, 1965.
『ケネディとともに 12 年』エベリン・リンカーン著、宮川毅、倉田保雄訳、恒文社、1966 年
Lindsay, James M. "TWE Remembers: Maj. Richard Heyser Flies a U-2 Over Cuba." *The Water's Edge* (blog), Council on Foreign Relations, October 14, 2012. cfr.org/blog/twe-remembers-maj-richard-heyser-flies-u-2-over-cuba.
May, Ernest R., and Philip D. Zelikow, eds. *The Kennedy Tapes: Inside the White House During the Cuban Missile Crisis*. Cambridge, MA: Harvard University Press, 1997.
May, Sandra, ed. "What Is Microgravity?" NASA, February 15, 2012. nasa.gov/audience/forstudents/5-8/features/nasa-knows/what-is-microgravity-58.html.

McIlmoyle, Gerald E., and Linda Rios Bromley. *Remembering the Dragon Lady: Memoirs of the Men Who Experienced the Legend of the U-2 Spy Plane*. Solihull, England: Helion, 2011.

Mitchell, Greg. *The Tunnels: Escapes Under the Berlin Wall and the Historic Films the JFK White House Tried to Kill*. New York: Crown, 2016.

Mydans, Carl. "A Red Show Tries the U.S. By Proxy." *Life*, August 29, 1960, 14–18.

Newsweek. "Survival: Are Shelters the Answer?" November 6, 1961, 19–20.

Norris, Robert S., and Hans M. Kristensen. "Global Nuclear Weapons Inventories, 1945–2010." *Bulletin of the Atomic Scientists* 66, no. 4 (July/August 2010). tandfonline.com/doi/pdf/10.2968/066004008.

NPR. "The Secret Bunker Congress Never Used." *All Things Considered*, March 26, 2011. npr.org/2011/03/26/134379296/.

Oberdorfer, Don. "Survival of the Fewest." *Saturday Evening Post*, March 23, 1963.

O'Donnell, Kenneth P., and David F. Powers. *"Johnny, We Hardly Knew Ye": Memories of John Fitzgerald Kennedy*. With Joe McCarthy. Boston: Little, Brown, 1972.

Pastore, Rose. "7 of the Creepiest Cold War Fallout Shelters." *Popular Science*, February 21, 2013. popsci.com/science/article/2013-02/7-creepiest-cold-war-fallout-shelters/.

Perrottet, Tony. "How Cuba Remembers Its Revolutionary Past and Present." *Smithsonian*, October 2016. smithsonianmag.com/history/cuba-remembers-revolutionary-past-present-180960447/.

Powers, Barbara. *Spy Wife*. With W. W. Diehl. New York: Pyramid Books, 1965.

Powers, Francis Gary. *Operation Overflight*. With Curt Gentry. New York: Tower, 1970.

Powers, Francis Gary, Jr., and Keith Dunnavant. *Spy Pilot: Francis Gary Powers, the U-2 Incident, and a Controversial Cold War Legacy*. Amherst, NY: Prometheus Books, 2019.

Putnam, Thomas. "The Real Meaning of *Ich Bin ein Berliner*." In "JFK: In His Time and Ours," special issue, *Atlantic* (Fall 2013). theatlantic.com/magazine/archive/2013/08/the-real-meaning-of-ich-bin-ein-berliner/309500/.

Rasenberger, Jim. *The Brilliant Disaster: JFK, Castro, and America's Doomed Invasion of Cuba's Bay of Pigs*. New York: Scribner, 2011.

Reed, W. Craig. *Red November: Inside the Secret U.S.-Soviet Submarine War*. New York: HarperCollins, 2010.

Reel, Monte. *A Brotherhood of Spies: The U-2 and the CIA's Secret War*. New York: Doubleday, 2018.

Reeves, Richard. *President Kennedy: Profile of Power*. New York: Simon & Schuster, 1993.

Reid-Henry, Simon. *Fidel and Che: A Revolutionary Friendship*. New York: Walker, 2009.

Reston, James. *Deadline: A Memoir*. New York: Times Books, 1992.

Rhodes, Richard. *Dark Sun: The Making of the Hydrogen Bomb*. New York: Simon & Schuster, 1995.

『原爆から水爆へ――東西冷戦の知られざる内幕』上下巻、リチャード・ローズ著、小沢千重子、神沼二真訳、紀伊國屋書店、2001

Ropeik, David. "How the Unlucky Lucky Dragon Birthed an Era of Nuclear Fear." *Bulletin of the Atomic Scientists*, February 28, 2018. thebulletin.org/2018/02/how-the-unlucky-lucky-dragon-birthed-an-era-of-nuclear-fear/.

Rose, Kenneth D. *One Nation Underground: The Fallout Shelter in American Culture*. New York: New York University Press, 2001.

Rowberry, Ariana. "Castle Bravo: The Largest U.S. Nuclear Explosion." Brookings, February 27, 2014. brookings.edu/blog/up-front/2014/02/27/castle-bravo-the-largest-u-s-nuclear-explosion/.

Sagan, Scott D. *The Limits of Safety: Organizations, Accidents, and Nuclear Weapons*. Princeton, NJ: Princeton University Press, 1993.

———. "Nuclear Alerts and Crisis Management." *International Security* 9, no. 4 (Spring 1985): 99–119. jstor.org/stable/2538543.

Sakharov, Andrei. *Memoirs*. Translated by Richard Lourie. New York: Alfred A. Knopf, 1990.

『サハロフ回想録』上下巻、アンドレイ・サハロフ著、金光不二夫、木村晃三訳、読売新聞社、1990年

Salinger, Pierre: *With Kennedy*. New York: Avon Books, 1967.

『ケネディと共に』P・サリンジャー著、小谷 秀二郎訳、鹿島研究所出版会、1966年

Savranskaya, Svetlana. "New Sources on the Role of Soviet Submarines in the Cuban Missile Crisis." *Journal of Strategic Studies* 28, no. 2 (April 2005): 233–59.

Schecter, Jerrold L., and Peter S. Deriabin. *The Spy Who Saved the World: How a Soviet Colonel Changed the Course of the Cold War*. New York: Charles Scribner's Sons, 1992.

Schlesinger, Arthur M., Jr. *A Thousand Days: John F. Kennedy in the White House*. Boston: Houghton Mifflin, 1965.

『ケネディ――栄光と苦悩の一千日』上下巻、A・M・シュレジンガー著、中屋健一訳、河出書房新社 1966年

Schlosser, Eric. *Command and Control: Nuclear Weapons, the Damascus Accident, and the Illusion of Safety*. New York: Penguin Books, 2014.

Server, Lee. *Handsome Johnny: The Life and Death of Johnny Rosselli, Gentleman Gangster, Hollywood Producer, CIA Assassin*. New York: St. Martin's, 2018.

Shepard, Alan, and Deke Slayton. *Moon Shot: The Inside Story of America's Apollo Moon Landings*. Rev. ed. With Jay Barbree. Open Road Media, 2014.

『ムーン・ショット――月をめざした男たち』アラン・シェパード、ディーク・スレイトン著、菊谷 匡祐訳、集英社、1994年

Sherman, Casey, and Michael J. Tougias. *Above & Beyond: John F. Kennedy and America's Most Dangerous Cold War Spy Mission*. New York: Public Affairs, 2018.

Sidey, Hugh. "Were the Russians Hiding a Nuke in D.C.?" *Time*, November 12, 2001.

Silverman, Robert. "The Russian Spy Who Duped My Dad." Salon, February 8, 2014. salon.com/2014/02/09/the_russian_spy_who_duped_my_dad_partner/.

Singh, Simon. *The Code Book: The Science of Secrecy from Ancient Egypt to Quantum Cryptography*. New York: Anchor Books, 2000.

『暗号解読』上下巻、サイモン・シン著、青木 薫訳、新潮文庫、2007年

Smith, Thomas G. *Stewart L. Udall: Steward of the Land*. Albuquerque: University of New Mexico Press, 2017.

Sorensen, Theodore C. *Kennedy*. New York: Harper & Row, 1965.

『ケネディの道――未来を拓いた大統領』シオドア・ソレンセン著、大前 正臣訳、サイマル出版会、1987年

Stern, Sheldon M. *Averting 'the Final Failure': John F. Kennedy and the Secret Cuban Missile Crisis Meetings*. Stanford, CA: Stanford University Press, 2003.

Szulc, Tad. *Fidel: A Critical Portrait*. New York: William Morrow, 1986.

『フィデル・カストロ――カリブ海のアンチヒーロー』タッド・シュルツ著、新庄哲夫編訳、高沢明良訳、文藝春秋、1998年

Taubman, William. *Khrushchev, The Man and His Era*. New York: W. W. Norton, 2003.
Taylor, Frederick. *The Berlin Wall: A World Divided, 1961–1989*. New York: HarperCollins, 2006.
Teitel, Amy Shira. "How the Aurora Borealis Nearly Started World War III." *Discover*, March 12, 2013. discovermagazine.com/the-sciences/how-the-aurora-borealis-nearly-started-world-war-iii.
———. "Ivan Ivanovich Cleared the Way for Yuri Gagarin's Spaceflight." *Discover*, September 21, 2017. discovermagazine.com/the-sciences/ivan-ivanovich-cleared-the-way-for-yuri-gagarins-spaceflight.
Thompson, Neal. *Light This Candle: The Life and Times of Alan Shepard*. New York: Random House, 2004.
Thompson, Robert Smith. *The Missiles of October: The Declassified Story of John F. Kennedy and the Cuban Missile Crisis*. New York: Simon & Schuster, 1992.
Time. "The Cruise of the Vostok." April 21, 1961, 46–52.
———. "Gun Thy Neighbor?" August 18, 1961, 58.
———. "The Presidency: Measuring Mission." June 9, 1961, 9–13.
———. "Russia: A Bang in Asia." September 8, 1961, 26–30.
Tregaskis, Richard. *John F. Kennedy and PT-109*. New York: Landmark Books, 1962.
（参考）
映画『魚雷艇 109』1963 年公開（第二次世界大戦の太平洋戦域で哨戒魚雷艇 PT-109 を指揮するアメリカ海軍でのジョン・F・ケネディを描いた映画）
Triay, Victor Andres. Bay of *Pigs: An Oral History of Brigade 2506*. Gainesville: University Press of Florida, 2001.
Ulam, S. M. *Adventures of a Mathematician*. Berkeley: University of California Press, 1991.
U.S. Department of Defense. *Fallout Protection: What to Know and Do about Nuclear Attack*. Washington, DC: U.S. Government Printing Office, 1961.
Weir, Gary E., and Walter J. Boyne. *Rising Tide: The Untold Story of the Russian Submarines That Fought the Cold War*. New York: Basic Books, 2003.
West, J. B. *Upstairs at the White House: My Life with the First Ladies*. With Mary Lynn Kotz. New York: Warner, 1974.
Whittell, Giles. *Bridge of Spies: A True Story of the Cold War*. New York: Broadway Books, 2010.
（参考）
アメリカ映画『ブリッジ・オブ・スパイ』（原題：Bridge of Spies）2015 年アメリカ公開（日本公開 2016 年）。スティーヴン・スピルバーグ監督、マット・チャーマン、コーエン兄弟脚本。
Wills, Garry. "Did Kennedy Cause the Crisis?" In "JFK: In His Time and Ours," special issue, *Atlantic* (Fall 2013).
Wolfe, Tom. *The Right Stuff*. New York: Picador, 2008. First published in 1979 by Farrar, Straus & Giroux (New York).
『ザ・ライト・スタッフ――七人の宇宙飛行士』トム・ウルフ著、中野 圭二、加藤 弘和訳、中公文庫、1983 年
Wynne, Greville. *Contact on Gorky Street*. New York: Atheneum, 1968.
———. *The Man from Odessa*. London: Robert Hale, 1981.
York, Herbert F. *The Advisors: Oppenheimer, Teller, and the Superbomb*. Stanford, CA: Stanford University Press, 1976.
Zaloga, Steven J. *Target America: The Soviet Union and the Strategic Arms Race, 1945–1964*. Novato, CA: Presidio, 1993.

Zubok, Vladislav, and Constantine Pleshakov. *Inside the Kremlin's Cold War: From Stalin to Khrushchev*. Cambridge, MA: Harvard University Press, 1996.

ドキュメンタリー、映画

Cold War Roadshow. Directed and edited by Robert Stone and Tim B. Toidze. Episode 7, Season 26, *American Experience*, PBS, November 18, 2014.
(参考)
https://www.amazon.co.jp/American-Experience-Cold-War-Roadshow/dp/B00O9ZSJ78
Command and Control. Directed by Robert Kenner. Episode 3, Season 29, *American Experience*, PBS, April 15, 2017.
Duck and Cover. Directed by Anthony Rizzo. Federal Civil Defense Administration, 1951. youtube.com/watch?v=IKqXu-5jw60.
(参考)
https://www.youtube.com/watch?v=5YJyUUM-NTA
The Fog of War: Eleven Lessons from the Life of Robert S. McNamara. Produced and directed by Errol Morris. Sony Pictures Classics, 2003.
ドキュメンタリー映画『フォッグ・オブ・ウォー　マクナマラ元米国防長官の告白』2003 年公開。2004 年 9 月日本公開。2004 年アカデミー長編ドキュメンタリー映画賞受賞。
JFK, pt. 2. Produced and directed by Susan Bellows. Episode 8, Season 25, *American Experience*, PBS, November 12, 2013.
The Man Who Saved the World. Written and produced by Nick Green. Episode 6, Season 12, *Secrets of the Dead*, PBS, October 23, 2012.
ドキュメンタリー映画。2014 年公開。日本未公開。
https://www.amazon.co.jp/Man-Who-Saved-World/dp/B00S4YGDNC
Operation Doorstep. Produced by Byron Inc. Federal Civil Defense Administration, 1953. youtube.com/watch?v=uIWAs_avpbY.
https://ktv-smart.jp/store/movie.php?id=A112203001999H01
https://www.slideshare.net/kumicit/operation-doorstep-1953
Operation Doorstep 1953 | PDF (slideshare.net)
1953 年の核実験の際に実施された、民間防衛実験「オペレーション・ドアステップ」の結果を解説した一般人向けブックレット。
Race for the Superbomb. Directed by Thomas Ott. Episode 2, Season 11. *American Experience*, PBS, January 11, 1999.
https://scienceandfilm.org/projects/647/race-for-the-superbomb
Documentary - Race for the Superbomb (youtube.com/watch?v=_C-5i_ac9I4)

新聞

Baltimore Evening Sun
Boston Globe
Charlotte (NC) *Observer*
Corpus Christi (TX) *Times*
Daily News (New York)
Democrat and Chronicle (Rochester, NY)

Detroit Free Press
Guardian (Manchester, UK)
Los Angeles Times
Miami Herald
Miami News
Moscow Times
News-Press (Fort Myers, FL)
New York Times
Observer (London)
Orlando Sentinel
Reno (NV) *Gazette-Journal*
San Francisco Examiner
Santa Cruz (CA) *Sentinel*
St. Louis Post-Dispatch
Tampa Times
Times (London)
Troy (NY) *Record*
Vancouver (BC) *Sun*
Wall Street Journal
Washington Post

公的機関、オンラインアーカイブ

Atomic Heritage Foundation, atomicheritage .org
Central Intelligence Agency Library, cia .gov/library
Dwight D. Eisenhower Presidential Library, eisenhowerlibrary .gov
Federal Bureau of Investigation, Rudolf Abel case files
John F. Kennedy Presidential Library, jfklibrary .org
Miller Center, University of Virginia, millercenter .org
NASA, "Missions A-Z,"nasa .gov/missions
National Air and Space Museum, "Space Race," airandspace .si.edu/exhibitions/space-race
National Security Archive, George Washington University, nsarchive .gwu.edu
The Public Papers of the Presidents of the United States, University of Michigan Digital Library, quod .lib.umich.edu/p/ppotpus
U.S. Department of State, Office of the Historian, history .state.gov
U.S. Senate, "Hearings & Meetings," senate .gov/committees/hearings_meetings.htm

写真クレジット

p29: Wikimedia Commons(2点とも)
p45: Wikimedia Commons(2点とも)
p51: FBI(2点とも)
p54: Wikimedia Commons
p73: Courtesy of the Powers family
p97: Wikimedia Commons
p101: National Archives photo no. 7865621
p141: Photographer unknown/John F. Kennedy Presidential Library and Museum
p182: Wikimedia Commons
p185: Wikimedia Commons
p205: Wikimedia Commons
p345: US National Archives, Still Pictures Branch, Record Group 428, Item 428- N-711201

著者について｜**スティーヴ・シャンキン**

出版社で歴史教科書の執筆に従事した後、2009年よりYA作家。著書は十数冊あり『The Port Chicago 50』で全米図書賞ファイナリスト（2014年）、『原爆を盗め！』（紀伊國屋書店、2015年）で全米図書賞ファイナリスト（2012年）とニューベリー賞オナーブック（2013年）、『権力は嘘をつく』（亜紀書房）で全米図書賞ファイナリスト（2015年）に選ばれた。本書は全米図書館協会児童部会のロバート・F・サイバート知識の本賞オナーブック（2022年）に選ばれている。

訳者について｜**寺西のぶ子**｜てらにし・のぶこ

京都府生まれ。訳書にブース『英国一家、日本を食べる』（角川文庫）、『英国一家、インドで危機一髪』『英国一家、日本をおかわり』（以上、KADOKAWA）、『ありのままのアンデルセン』、リッチ『世界の半分、女子アクティビストになる』（以上、晶文社）、レヴェンソン『ニュートンと贋金づくり』（白揚社）、タッカー『輸血医ドニの人体実験』（河出書房新社）、ヘット『ドイツ人はなぜヒトラーを選んだのか』『ヒトラーはなぜ戦争を始めることができたのか』（以上、亜紀書房）などがある。

亜紀書房翻訳ノンフィクション・シリーズV-2

スパイゲーム 核戦争《かくせんそう》に最《もっと》も近《ちか》づいた日《ひ》

2024年10月5日　第1版第1刷発行

著者――――スティーヴ・シャンキン
役者――――寺西のぶ子
発行者―――株式会社亜紀書房

〒101-0051　東京都千代田区神田神保町1-32
TEL　03-5280-0261
https://www.akishobo.com

装丁――――岩瀬聡
DTP――――山口良二
印刷・製本――株式会社トライ
https://www.try-sky.com

ISBN 978-4-7505-1855-8　C0095